U1007904

事实上，张学东关于朱安身与马娜这两位人物关系的设置构想，很容易就可以让我们联想到白居易的长诗《琵琶行》、郁达夫的短篇小说《春风沉醉的晚上》以及张贤亮的中篇小说《绿化树》。早在1980年代中期，一位天才的批评家黄子平，曾经创造性地将时间跨度如此之大，其实文体差异同样十分明显，这三部文学作品联系在一起，从原型母题的角度加以深入的研究。而致使黄子平做这样一种创造性研究的一个根本原因，就在于三部作品人物关系设计上的相似性。《琵琶行》中，是被贬谪的浔阳太守或者干脆说就是白居易自己与那位琵琶女，《春风沉醉的晚上》中，是落魄的知识分子"我"与烟厂女工陈二妹，到了《绿化树》中，则是被劳改的知识分子章永璘与劳动妇女马缨花。反正总括而言，其中的男女主人公，一个是不如意的知识分子（白居易那个时代虽然没有形成知识分子这样的概念，但他实际上无论如何都可以被看作是一位知识分子），另一个则是生活在底层的普通女性，人物关系设计的同构性，是一个不容否认的事实。张学东的《阿基米德定律》之所以能够让我们联想到以上的三部作品，根本原因正在于此。只不过，由于时代的缘故，发生在落魄知识分子朱安身与底层风尘女子马娜身上的，已经是隐含有新的思想质素的人生故事了。

最终不幸变身为杀人凶手的知识分子朱安身人生悲剧的起因，竟然是他那样一种可谓是与生俱来的丑陋相貌。对于朱安身相貌的丑陋，作家曾经借助于马娜的视角做出过相应的描述："这张脸委实丑得离谱，可以毫不夸张地说，在她见过的男人当中，似乎没有谁的脸面，比他更埋汰更龌龊了。""怎么说呢，这男人丑得有点儿叫人喘不上气来，他的丑不是某种单纯的丑，不是某个具体的器官没有生好，倒更像是，把她这辈子所见过的各种丑人的特点，统统集中到了一起，就跟一盘大杂烩似的，不论眼睛鼻子牙齿眉毛，还是头发和肤色，都让她吃惊得要命，即便打着灯笼，恐怕也找不到比他更难看的男人了。”唯其因为如此，所以在小说中，朱安身的那些大学同学曾经不无残忍地把他比作为雨果《巴黎圣母院》里的经典形象卡西莫多。实际上，朱安身之所以在事业尤其是爱情方面一再受挫，主要原因正在于此。正因为自己尽管已经老大不小的了，却依然还是无法解决迫在眉睫的婚姻问题，万般无奈的朱安身，方才想出了掏一千元钱让风尘女子马娜假装恋人陪自己回家去看望病重父亲的如此一种下策。没承想，正是朱安身的如此一种下策，才最终导致了他自己误杀同学这样一场人生悲剧的彻底酿成。

那么，好端端的，日常生活中一贯看似软弱无能的知识分子朱安身，为什么会突然爆发，会以这样一种极端的方式来面对他的同学方寅虎呢？对此，张学东曾经给出过详尽的说明：“太过分了，就算是打狗，也得看看主人吧！朱安身再也忍无可忍了。过去的经验一再证明，逆来顺受对他的生活毫无益处，一味地保持沉默，只能纵容坏人坏事一而再再而三地发生，让他一次次地陷入苦痛与挣扎。天地良心，他这辈子从来没有想得罪任何人，可身边总有些无聊的家伙，有意无意地要伤害他，并且以此为乐。就因为他天生一张丑脸，谁也瞧不起他，谁都可以随便戏谑他耍弄他侮辱他；同样因为这张难看的脸，他自己总是郁郁寡欢、不善言辞、甘于现状又毫无反抗意识，生活对于他和像他这样的人来说，似乎只能是一场忍气吞声、饱受凌辱的灾难。眼下，就连这个所谓的老同学，一个曾经抄他作业混日子的无赖，也大言不惭地来挑衅他羞辱他了，这世界真他妈的操蛋！”请原谅我把小说中如此长的一段文字转引到了这里，因为不如此就无法从根本上说明朱安身这样一位懦弱者何以会在突然间大爆发。却原来，从精神分析学的角度来说，朱安身这一次不期然间的异常行为，乃是他因为相貌丑陋而被迫隐忍了很多年的人格屈辱的大爆发。在方寅虎看来，既然马娜只是一位被朱安身临时雇来充门面的风尘女子，那自己就可以不管不顾地肆意侮辱马娜。他根本没有料想到，这个时候的朱安身，其实早已经把马娜和自己紧紧地联系在了一起。既然马娜这个时候的公开身份是自己的恋人，那么，方寅虎对马娜的肆意凌辱，就毫无疑问可以被看作是对他人格尊严的严重冒犯。如此一种心理状态，再加上父亲刚刚撒手人寰所形成的强烈刺激，朱安身那样一种看似意外的大爆发，其实就可以理解了。

朱安身之外，小说中另一位具有人性深度的人物形象，就是那位化名为马娜的风尘女子。依我所见，张学东的一大引人注目处，就在于别具慧眼地发现并写出了这位风尘女子身上好女人的善良那一面。实际上，马娜之所以会沦落成为一位卖身为生的风尘女子，并不是因为她的天性淫荡，而是被生活所迫的缘故。不足二十岁的时候，马娜在老家就遵从父母之命嫁给了邻村一个自己并不了解的男人。没想到，这个男人不仅嗜酒如命，而且往往还会在醉酒后肆意家暴。实在无法再忍受下去的她，到最后只好想法子逃了出去，投靠了一个外地的老乡。哪知遇人不淑，刚刚好不容易跳出狼窝的马娜，一不小心却又掉进了火坑。因为这位在外混世界的女老乡专门哄骗和召集有姿色女性在城乡接合部做皮肉生意，所以，在劫难逃的她，也就稀里糊涂地落入了对方早已设计好的圈套之中。虽然说一开始她也有过反抗，有过不适应，但时间一长，她就慢慢适应了这种卖身的生活："人就是这样，一旦跌入污泥浊水中，就算再多跌几跤，跌得再狠些，也都无所谓了。"然而，早已习惯了卖身生涯的风尘女子马娜，根本就没有料想到，只是因为她假扮了一次朱安身的未婚恋人，自己竟然会在朱家享受到一种从未体验过的被尊重。以至于，面对这种无法适应的被尊重，她竟然因此而生出了一种难得的羞愧之感："马娜发现，朱母说这话时的眼神，充满了渴望和欣慰——那渴望几乎是望眼欲穿的，那欣慰更是苦尽甘来的。所以，她再也不敢正视对方的眼睛了。她觉得自己有罪，且罪不可赦。”马娜之所以倍感羞愧，且不由自主地生出了一种罪恶感，乃因为她知道，自己其实是在假扮朱安身的恋人，自己其实是在欺骗这个善良的老人。实际上，正是因为有如此一种愧疚心理做支撑，到小说结尾处，当那场惨案发生之后，马娜也才会产生一种强烈的自责心理。一方面，她清楚地知道，一切都是因她而起，但在另一方面，那个时候的她，却偏偏就是不愿意买那个家伙的账，“她以前可不，只要有钱赚，管他什么男人，她才不在乎呢，至少在遇到朱安身之前就是这样的。但有时，她又分明觉得，自己并没错，要知道这两天朱家老少都拿她作上宾，把她当一个多好的闺女敬着供着呢，甚至于连她自己也有种错觉，她原本就是一个好女人。”说实在话，能够在马娜这样一位早已沦落多年的风尘女子身上，把一种好女人的善良质素挖掘表现出来，正说明了张学东对人性世界理解的一种包容与宽厚。

同是天涯沦落人，相逢何必曾相识。一个是因为相貌丑陋而遭受歧视凌辱很多年的知识分子，另一位则是沦落风尘若许年的底层女性。在一部中篇小说中，张学东能够创造性地运用物理学上的阿基米德定律，借助于一场多少带有一点“莫须有”色彩的杀人事件，把男女主人公身上那种人性的复杂与深邃不无精准地挖掘表现出来，所充分凸显出的，正是作家一种非同寻常的思想艺术表现能力的具备。

王春林

2018年11月28日下午18时许

完稿于北京旅次

目 录

阿基米德定律

一

隔着软乎乎的被窝，马娜用一根细手指轻轻捅了捅朱安身。

那阵子已过了凌晨一点钟，朱安身如梦呓般哼了两声，他让另一床被子缠裹得如木乃伊，一动也不动。马娜鼻孔似笑非笑地挤出咝咝声，仿佛一条蛰伏在黑暗中的母蛇，终于瞅准了一只活生生的猎物要大显身手。……别装蒜了，你根本就没睡着，当人家不知道呢。她幽幽地说着，空气中弥漫着女性特有的湿热香气。又慎了数秒，一条雪白的手臂就蔓爬而来，那些玫红色的指甲，像极了一簇火焰，还是她前天在街角的美甲店，花了六十元精心修饰过的，现在她就用它们猫爪样地，沙拉沙拉，抠抓朱安身的被面，说出的话越发柔缓暧昧了。我就知道，你肯定在被窝里想坏事呢吧。

朱安身始终保持静默，如此露骨挑逗的话头，他当然无法应接。半晌，他也没把头脸转向这个颇有几分姿色的女人，只是任由黑暗这只宽大的麻袋，将自己包围得严严实实。

马娜让自己侧卧在朱安身旁边，嘴里不无幽怨地继续嘟哝着，要不，你就进来嘛，听你哼哼得怪难受的，弄得人家老也睡不踏实呀。听她这样一味混说，朱安身顿觉浑身都不自在了，终于闷着头，回了一句，瞎说啥呢，谁哼哼了，谁哼谁是猪！他的言语明显带有一种厌嫌和恼怒。都困死了，快睡！

马娜不傻，当然听得出。可马娜没有生气，她从来不生这种没头没脑的闲气，要知她碰到过的男人船载车拉，要是在乎那些臭男人嘴里的混话屁话，她早就该抹脖子上吊了。那你承认自己是猪喽，我可听得真真的，你一直哼唧呢。马娜娇滴滴地说着，尽量将卷着棉被的身子，往那边靠拢，她一寸一寸地挪移，犹如一条惊蛰过后，刚刚苏醒的肥白的虫子，当两床被子在床中央约莫三分之二处黏合在一处时，这条丰腴而芳香的母虫就刺溜一下，热乎乎地钻进朱安身的被卷里了。

起初，朱安身确实是在执拗地抵制着。他顽固地弓起后脊梁，像一头受了惊吓的乌龟，总是示人以坚固的硬壳，整个脑袋完全逃避到枕头的外侧去，感觉他就是一个正在闹别扭的、小心眼的丈夫。别……别闹了……好不……咱们可是有……有君子协定的！但是，当那浑圆而滚烫的母虫一样柔软的肢体，一旦亲密无间地黏上这个男人的时候，几乎所有的抗议与抵触，瞬间就化为乌有，毫无意义了。好比是，朱安身仅仅用一片轻薄的羽毛，妄想拨开一块炽烈燃烧的火炭，自身立刻就焚烧殆尽了。

于是，朱安身的喉咙跟劈柴似的脆响一记，紧跟着，他如饿虎样反转了身体，迅猛而霸道地将那美艳的猎物压制在自己的胸膛下面了。这样一来，四目就相对了，马娜母狐般的骚情目光闪闪烁烁，完全罩在了男人那张脸上。但也就是刹那之间，女人的身体又莫名地绷紧了，心里忽然疙疙瘩瘩的。她觉得他的模样实在是有点儿可怖，甚至让人犯恶心，她的双手下意识地开始抗拒对方——如果说是男人的蛮干和重压让她喘不上气来，倒不如说是对方那异常丑陋的面貌，让她快要窒息了。

这张脸委实丑得离谱，可以毫不夸张地说，在她见过的男人当中，似乎没有谁的脸面，比他更埋汰更龌龊了。事实上，丑男人她自然是见过不少，五大三粗的、肥头大耳的、贼眉鼠眼的、兔嘴龅牙的、天生一对招风猴耳的、蒜头鼻子罗圈腿的，还有那种背上扣个罗锅子的……总之是形形色色，可似乎哪一个，也比不上这个朱安身的相貌。

怎么说呢，这男人丑得有点儿叫人喘不上气来，他的丑不是某种单纯的丑，不是某个具体的器官没有生好，倒更像是把她这辈子所见过的各种丑人的特点，统统集中到了一起，就跟一盘大杂烩似的，不论眼睛鼻子牙齿眉毛，还是头发和肤色，都让她吃惊得要命，即便打着灯笼，恐怕也找不到比他更难看的男人了。若不是觉得他这人还算老实，出手也够大方，关键是，那天她掐指一算，大姨妈这两天就要光顾她了，要知道那玩意儿一来，一周多的生意就全泡汤了。而恰好这时，这个丑男人羞羞惶惶畏畏缩缩找上门来，一副腼腆而又无奈的可怜相，后来他吞吞吐吐提出来，只要肯扮他的对象，跟随他回趟老家，来回也就三两天，就能轻轻松松挣到一千块。

一开始，马娜很是犹豫过。这样的要求听起来既荒唐又恐怖，扮演一个陌生男人的对象，而且，还是那么丑的一个家伙，假如是一个大帅哥，也许那感觉会稍好一点儿。她心里未免会生出些许狐疑，万一这货是个心理变态，或杀人狂什么的，到时候自己的小命怕是都保不住了。可马娜好歹也算阅人无数，对于出门寻乐子的男人，她基本上是有把握的，这类人通常直截了当、速战速决，进门直奔主题，只顾宽衣解带，办事走人，有时甚至连一句多余的话也不跟她讲。但这个相貌丑陋的男人一见她面，眼中就含着难言和乞求意味，语气近乎低三下四，他甚至给她出示了身份证，告诉她自己是做什么工作的，具体住在城里哪个地方。通常，来洗头店里图欢乐的男人，绝对没有这么蠢的，满嘴没有一句真话，结过婚的说自己刚刚离异，有老婆的偏说老婆是性冷淡。

那天傍晚，这个丑男人一面说，一面就从皮夹子里取出五张毛爷爷像来，说先预付她一半，完事后再给五百。马娜当时抿着嘴，看看那钱，又拧住眉头问了一句，你不会是诚心耍老娘吧？丑男人的表情突然变得十分严肃，严肃到马上要跟她翻脸了，好像她的质疑刺痛了一个男人的尊严。爱信不信，反正，我是不会碰你一手指头的，我保证！正是在最后一刻，她从对方的语气和目光中，找到了某种可以信赖的理由，做她们这种生意的女人，早练就了一双火眼金睛，只要男人在眼前一晃悠，准能掂量个八九不离十的。或者，只是单凭直觉，她多少动了恻隐之心，想想看吧，这么丑一个男人，哪个女的愿意给他当老婆呢？除非他是百万富翁挥金如土，再不就是个手握实权的大官子弟。因此，可以说，正是对方的丑陋相貌最终说服了她，后来她毅然接过了那一沓钱，嘴里还故作镇定地嘟哝了这么一句：谁跟钱也没仇，放着展光光的票子不拿，脑瓜子灌屎了。

我不喜欢让人死死盯着，心里怪毛的，再说，你这样压得人家骨头好疼。马娜总算是连撒娇带用力地掀开了朱安身，她能听见黑暗中的男人急不可耐地喘着粗气，犹如一头正在狂奔咆哮的公牛，被谁猛然绊住了四蹄，喉咙里不时发出含混痛苦的哞嗷声，由于太过亢奋，脸色憋得像块猪肝子，越发加深了这张脸丑陋不堪、令人生畏的印象。所以，她干脆忙别过脸去，就势伏在枕头上，双腿自然分开跪在棉被上，她觉得这样也许最好，所谓眼不见为净。按理说，这种时候，她是不该挑肥拣瘦的，像她这样的女人，有什么资格要求客人这样那样呢，可这张脸着实叫她不敢恭维，尤其是在这种时候。然而，她趴在那里干等了一会儿，却再无下文了。男人已在身旁瓮声瓮气地塌下腰去，继而，如同一头突然中了弹的猎物，一味地平板板地躺倒，长长地往外面吹气。

咋了？你这是……马娜好奇地侧过半拉脸，但依旧保持着等待的姿势。不会是有那种病吧，你们男人呀，就是嘴劲大，一轮到实战，就没屌事了，嘻嘻……说着，她忍不住发出一串轻浮的嬉笑。这种夸张的笑声，在孤男寡女形成的夜色中，显得十分突兀，明显带有一种瞧不起人的傲慢与偏见。此时，朱安身已默默地拉过旁边那床被子，照旧裹婴儿一般，再次将自己裹得严严实实。

马娜一阵懊恼。这人不但生得丑，性格也够古怪的，刚才还好端端的么，怎么突然就变成这副德行了？难怪他讨不到老婆，活该！或许，他还真就是个阳痿，一定是她刚才很无心的一句话，刺准了他那根最脆弱的神经，男人都好个面子，特别是在这种事上。这样想着，她多少又有些不好意思起来，她向来是口无遮拦地跟客人打情骂俏的。接下来，她像是要刻意讨好男人似的，又一次轻轻柔柔地爬到他的被卷边，哪知手指头刚一碰到柔软的被面，对方就跟被针戳着似的，一个打挺，诈尸般翻坐起来，同时，不忘把被子哗地披在身上。

喂，你最好离我远点！朱安身的口气不容置疑，咱俩井水不犯河水！

说罢，复又倒身睡去，只把后背坚硬地对着她，一种拒人于千里之外的架势。

有病！马娜心里再次恨恨地嘀咕道，真是个丑怪物！不过，她多少有些后悔了，自己一定是吃错了药，才答应跟这个相貌丑陋的家伙一起回家的。

他俩本打算只在家住一宿，天一亮就速速返城的，可是家里人死活不依，说好不容易回来一趟，怎么也得住上个三两日再说。朱安身在家排行老幺，他前面有三个姐姐，早都嫁人了，当她们得知小弟回家来了，而且还从城里领回一个漂亮的对象，都想来见见这个盼望已久的准兄弟媳妇，从昨晚到今早，姐姐姐夫们就陆陆续续赶回娘家来了。老母亲乐得跟要过年似的，屋里屋外地跟女儿们张罗起来，谁负责去镇上采购酒水糖果，谁负责在院里杀鸡煺毛，谁负责去和面炸油饼，谁负责邀请亲朋好友。按照老家的风俗，未来的媳妇头一回上门，家里怎么也得热闹热闹，而且，亲戚们还要给女方凑个见面礼什么的。所以，整个晚上，朱安身心里自然是忐忑难安的，早知如此，打死他也不会带这么一个不着调的女人跑回来。

事先，朱安身确实没考虑得那么周全。这次他之所以急匆匆赶回老家，主要是因为老父亲卧病在床多年，近来情况越发不妙，母亲才命姐姐给他去了电话，叫他务必赶回来看看，怕万一归来迟了，见不上老人最后一面。姐姐在电话里说着说着，竟呜呜地哭出声来。姐姐还语重心长地跟他唠叨，安子，你也三十好几的人了，咱爸咱妈做梦都想抱个小孙孙呢，你就不能抓紧时间？好歹搞个对象，赶紧成家立业啊，别一个人在城里老那么漂着，不然老爸人就是走了，也闭不上眼啊……那一刻，朱安身觉得，自己的心被什么硬物钝钝地戳了一下，一种从未有过的痛感突然袭来，泪珠就噗噗地落下两双，浑身一阵战栗。他觉得自己真是不孝，过去那些年，父母和姐姐们为了供养他一个人念书考学，吃过多少苦，受过多少罪，后来好不容易把他送进了省城的一所农学院，虽说是专科，学的又是个畜牧管理，毕业后又毫无悬念地被招进畜牧站当了一名小技术员。而他的那些同班同学，但凡有些门路和人脉关系的，多数都改弦更张、另谋高就了，唯独像他这种没有任何背景的，又天生相貌比较雷人，也只能听天由命了。

畜牧站的工作，成天价跟那些牛啊羊啊的牲畜打交道，干的活似乎并没有完全脱离农村，可那毕竟让他捧上了老家多少人眼红的铁饭碗啊。朱安身还记得，当初刚参加工作，头一次跟着实习师傅，牵着几头母牛去配种的情景。想想看，一个二十刚出头的愣头青，这辈子还从未真正摸过女孩子的手呢，头回见识那种野性十足的场面，情况可想而知。那头长势跟牛魔王相仿的大种牛，一见陌生母牛，便一副兽性大发的样子，哞地发一声吼，便直冲母牛扑来，趾高气扬地高高举起两只前蹄，下身那阳物好似烧火棍子，一个劲在母牛屁股上乱戳，那头小母牛吓得惊慌失措，在原地来来回回踢踏着四蹄，要不是让师傅和他拦着，几乎随时会夺路而逃。关键时刻，带领朱安身实习的师傅，居然命他过去帮把手，就是用手掀起母牛的尻尾，好把那个敏感部位露出来，以便种牛能够顺畅进入完成交配。那天，朱安身目睹了公牛和母牛之间的情事，除了感到一阵血脉偾张之外，更多的还是恶心，尤其是大种牛发出粗野的哞叫声，以及那挂满了牛嘴和脖颈上的，跟肥皂泡一样喧腾的白沫子，他就差当场把胆汁吐了出来。师傅嘴角始终叼着烟卷，眯缝着两条肉虫子眼瞅他，一副不以为意的样子，后来见他蹲在牛棚旁边，像个小孕妇似的哇哇干呕，师傅便撇着嘴角嘲笑道，你真格是个学生蛋子，连这个也没见识过，我就不信，你在大学里没搞过对象？

不提这个还好。对象自然是要搞的，校园里有那么多的课余饭后和月下花前，不过那好像都是别人的勾当，这种时候，朱安身只能默默地靠边站了，他总是一个人躲进阅览室，或教室的某个旮旯，尽量装出两耳不闻窗外事，一心埋头苦读的好学生样子。由于相貌难看，四年的大学生活，对于朱安身来说，有时简直就是场噩梦。过去在老家念书，因为那时年纪毕竟小，对于男女方面的事也知之甚少，平时虽说难免会被某些调皮的学生嘲弄一下，但那时他自己并不太在意，因为那阵他的学习成绩突出，老师还算器重他。可进入大学以后，这种局面立刻发生了改变：一者，他自己好像一夜之间成熟了，被一种很浓的羞耻感所包围，对于个人形象问题开始在意了；再者，班里一到周末和假日，不是组织大伙儿去郊游爬山，就是在教室里举办交谊舞会，男女生亲密接触的机会变得频繁起来。更要命的是，那阵子不知是心理负担太大，还是刚换了新环境水土不服，他的内分泌系统突然就失调得一塌糊涂，青春痘就像三月含苞待放的花蕾，那张原本就丑陋不堪的脸庞上，又暴增了这些疙疙瘩瘩的东西，乍一看去，简直跟公园里老猴子腚差不多，他当然没脸更没勇气去参加班里的任何集体活动。

他不得不悄悄上校医务室去做检查。大夫是个五大三粗的中年妇女，据说她还是某校领导的家属，手里整天抓着两根竹签子，在一堆花花绿绿的毛线团里兴致盎然地挑来挑去，活像一只正在愉快玩耍的老猫。学生进去半天了，她总是带搭不理的，充其量，腾出一只织毛衣的大手，浮皮潦草地捏捏学生的脖颈，或者，拿压舌板压压舌苔，然后来一句，没啥大不了的，回去多喝水，注意个人卫生，就完事了。好像，水是这里唯一能开出的灵丹妙药。轮到朱安身来看脸，女校医手里的竹签子始终没停，只那么歪斜着眼扫了他一下，女人脸上的表情就突然凝固，嘴巴莫名地张开，像是要打一个超级哈欠，却又因条件不成熟搁浅了，显然是被眼前这个年轻患者的相貌给震惊了。但是，女校医毕竟什么样的学生都见识过，马上就摆出一副职业性很强的敷衍神情说，这没啥大不了的，青春期嘛，平时少吃辛辣的东西，没事别老拿手去抠它，还得注意个人卫生，过一阵子自然就好了。后来，经不住他的软磨硬泡，女校医总算是破例给他开了两小纸包维生素 C、E 之类的口服药。这个一贯以不给学生开药而著名的吝啬女人，也算破了一次天荒。也许，女校医只是不想长时间盯着那张丑脸吧，所以才速速打发他走人。

就是这张遍布粉刺的丑脸，还是引起了班上一名女生的格外关注。有一天，他们在去教室上晚自习的路上，一个名叫肖晓虹的女生，突然从后面赶上来，轻声地叫住了朱安身。当时，天色基本上暗下来，旁人并没有太在意，叫住朱安生的女生，跟电影里的女特务似的，以快得惊人的速度，将一个小塑料袋递给他，并且，以同样快的速度叮嘱道，擦脸药，我弟以前用过，很管用的，你按说明书每天坚持擦擦吧。在朱安身几乎没有完全看清女生的脸面时，肖晓虹已经转身离去了，整个过程快得像眨了一下眼皮，等再睁开眼时，就像什么也没发生过。但正是这次飞快的传递和关怀，一下子就激活了他那颗原本死气沉沉的年轻的心。

当天晚上，朱安身一回到宿舍里，就迫不及待地取出了那只小塑料瓶，白色的瓶身上贴有标签：炉甘石洗剂，外用药液，辅助治疗皮肤过敏、痤疮、湿疹等瘙痒症等。这应该是朱安身自小到大，近二十年来，头一次收到的女生主动送给他的物品，而且，是绝对的雪中送炭，急他所急，想他所想，那张脸再不好好治疗的话，他眼看就要崩溃了。他的心在莫名地狂跳，十根手指始终在颤抖，小小的塑料瓶，被他死死地攥在手心里，潮湿的汗液漫漶起来，他像是攥着姑娘那颗火烫的红心。上床之前，他悄悄躲在卫生间的某个角落里，借着一抹昏暗的灯光，像头一次尝试化妆的爱美女生，手持药棉，将那种凉丝丝的如圣水般的药液，仔仔细细地在脸上涂抹了一层。尽管炉甘石的味道有些刺鼻子，而且，涂在那些红兮兮的粉刺疙瘩上，会产生一种隐秘的灼痛感，但他的心情从来没有那么舒畅过，他甚至透过那白石灰一样难闻的药液，清晰地嗅出一个女生最恬静最生动的香气。后来，他躺在自己的床上，翻来覆去，久久不能入眠。那个叫肖晓虹的女生，一会儿变得异常清晰，楚楚动人，一会儿又显得模模糊糊，如隔云雾。他把肖晓虹在路上跟他说过的话，一个字一个字地回想了若干遍，就像人们在睡不着的时候，不停地数绵羊那样，而几乎每一遍，他都觉得，自己一定遗漏了某个至关重要的细节或词语。他一直固执地认为，她一定跟他说了很多很多，只是一切来得太突然了，当时他简直紧张得快要休克了。

那段时间对于朱安身来说，一定有着非比寻常的意义。在连续擦抹了两周左右的炉甘石洗剂后，脸部的病情大为改观，那些恼人的层出不穷的红疙瘩，被明显压制住了，一种类似于久病康复后的自信和感念，让这个年轻小伙儿忽然跟换了一个人似的。他上课不再像往常那样，总是蔫头耷脑一言不发；课间，偶尔也能跟别的同学说说笑笑了；体育课上，他甚至主动报名，加入到男生的篮球比赛中，从而发挥出一个乡下小伙儿应有的耐力和体魄，让大伙儿对他多少有点儿刮目相看。

每天下午五点四十分左右，学生们由宿舍楼下来就餐时，都会顺手拎一两只空的暖水瓶，这些外表红红绿绿的玩意儿，通常先被大片大片地扔在开水房门口，等到去食堂吃过晚饭以后，大伙儿再顺路去开水房，灌满各自的暖瓶，然后成双结对地拎回各自的宿舍里去，这是大学生每天必做的功课。朱安身虽说其貌不扬，但身上有的是力气，毕竟打小就生活在乡下，农忙时节，他也得帮家里干两把地里的活计。朱安身总是尽可能快地吃完晚饭，然后迅速离开学生食堂，健步如飞地奔向开水房，在那一大堆花丛样鲜艳的暖水瓶里，准确无误地找到属于肖晓虹的那两只（上面用即时贴注明了年级姓名），当然他也会顺带再多拿两只，那是跟肖晓虹很要好的同宿舍的另一个女生的，他很小心地替她们灌满开水，一只手拎两三个暖水瓶，走起路来脚步腾腾直响，好像浑身有使不完的力气。女生宿舍楼在男生的对过，那里每天都花枝招展的，引得无数男生望眼欲穿，又想入非非。一旦爬上陡峭的楼梯，走进幽暗狭窄的楼道，一股说不清道不明的香气，就会扑鼻而来，那时的朱安身活像一名训练有素的运水工，他通常不怎么敢抬头看人，只顾大步流星一路向前，即便遇到班里某个女生，他也视而不见，在把手里的暖水瓶款款放在主人的宿舍门口之前，他甚至连大气也不出一下。一旦手里的重物卸下，他立刻如释重负，转身一溜烟跑开去，又像是调皮的男孩敲响了别人的房门，却又溜之大吉，嘴里倒是发出类似口哨的嘘嘘声，仿佛完成了多么重大的使命。

但是，这份送暖水瓶的工作并未持续太久，因为那些喜欢叽叽喳喳的女生们，很快就把这桩趣事添油加醋地传遍了全班的角角落落。最开始，还是比较积极正面的，她们说咱班可出了个活雷锋，号召全班男生要向朱安身同学学习；但接下来，事情就变了味了，说什么癞蛤蟆想吃天鹅肉，简直是痴心妄想……几个平素对肖晓虹颇具好感的男生，也仿佛原本属于自己的某项福利，突然遭到了一个相貌丑陋者的拦路抢劫，于是他们就依照雨果小说《巴黎圣母院》里的经典形象卡西莫多，阴阳怪气地给朱安身头上安了一个雅号“朱西莫多”。他们私下里总吵吵说，快看快看，朱西莫多屁颠颠地要去学雷锋了……朱西莫多又献殷勤去了……朱西莫多爱上咱们的班花肖晓虹了。

有一晚正上自习课，一个男生故作娇滴之态，将自己的嗓音憋成女生才有的那种尖细的频道，对身边的另一个男生说，卡西莫多，我美吗？对方马上会意地加以应和和演绎，你太美了，艾丝美拉达尔！大伙儿稍一愣怔，整个教室突然就爆发出一阵哄堂大笑……在那喧哗的笑闹落幕之际，大家忽然听见另一个声音愤愤地从某个角落陡然升起：喂，你们——真是——太过分了！此语正出自肖晓虹之口。她当时的脸色难看极了，好像刚被外面凛冽的寒风冻透了似的，青一块，紫一块，总之要多难看有多难看，一班同学从未见她这样过。打那之后，大伙儿就发现，肖晓虹再也不把暖水瓶随便放在开水房前，或别的什么地方了，她总是宝贝似的随身携带，不给对方创造任何可乘之机。

那张四周蒙了蚊帐的单身床铺，简直成了朱安身当时唯一有效的避难所。没课的时候，他总是把自己窝在里面，同寝室的人只能从外面看到一个模模糊糊的影子，好似一个虔诚的僧侣正在面壁打坐。他不主动跟任何人说话，有时别人向他打问一件什么事，他老半天也不吱一声，活脱脱成了一个哑巴。他一味地将自己囚禁在那个由发黄的旧蚊帐围拢起来的小小空间里，看书，听半导体小广播，或者长时间发呆，他几乎不再参加任何一项集体活动，时间久了，别人甚至都快忘了班里还有这样一个成员。那时，他唯一喜欢的活动，就是在熄灯以前，一个人去学校的操场上快速奔跑，跑完一圈又一圈。他尽量跑得像狂风一样快，让浑身上下热汗横流，不给任何一个熟人上前跟他搭讪的机会。也只有在这寂静昏黑的煤渣跑道上，他才感觉到自己不再那么孤单，因为这里有呼吸不完的自由空气，头顶还有跟家乡一样深邃湛蓝的天空。有时，月亮也会恰到好处地照亮他阴郁愁烦的面部轮廓，他就轻轻闭上眼睛，完全凭着感觉摸黑奔跑。这种时候，他才可能忽略白天的种种遭遇，忽略别人险恶的冷眼和无处不在的嘲讽。他唯一困惑难解的是，老天爷为何会让他以这样的容貌活在世上，或者，那个被称作同学的群体中，那些来自五湖四海的男生女生组合起来，竟是那么强大而不可一世，除了那个充满善意的肖晓虹之外，他们每一张面孔都那么狰狞可憎。

朱安身的第一场恋爱，不，更确切点说，是他大学时代唯一的暗恋或单相思，就这么短暂地夭折了。

二

醒来后，身边的男人已不知去向，被卷空成个狗窝样。

马娜一边喔喔地打着哈欠，一边懒懒地往自己身上套衣裙。她上身穿了件鹅黄色的开司米衫，尽管桃心领口开得不是很低，可那一对饱满的球形胸廓还是傲然凸现着；下面是条及膝的藕荷色条纹筒裙，里面配了肉粉色半透明的长筒袜，腰间还系了条装饰性很强的带金属镎扣的黑色细皮带，让她身材看上去很苗条。其实，这套装束比她平时要保守得多，因为朱安身在付给她钱的时候，顺带提了唯一的附加条件：记住，到时候可别打扮得太那个了。因此，出门前她尽量把自己收拾得像一个良家妇女，她几乎没敢怎么化妆，除了指甲的颜色艳了些。说心里话，她讨厌这种称呼，“良家妇女”直接对应了她们这种堕落的女人，就像好和坏、美和丑、真和假一样。

有时候，恐怕是极少极少数的时候，她也想过要当一个良家妇女的，清清白白，过正经日子，莫让旁人指指点点，可生活对于她来说，就像一个烂泥坑，她一朝不慎就栽了进去，结果从头到脚被污染得没一处干净的地方。那时在老家，她听从父母之命，尚不足二十岁，就草草嫁给邻村的一个男人，婚后才知那人嗜酒如命，每天离开二两猫尿，简直咽不下饭菜，可一旦喝醉了，又肆意动手动脚，她的脸上身上，隔三岔五就会青紫起来，肿痛难忍。她终究受不了丈夫的家暴，几次三番跑回娘家避难，结果还是给男人软磨硬泡弄了回去，接着又是毒打，又是囚禁，甚至还锁在黑屋里，一连两天不给她饭吃。她后来到底想法子逃了出去，远远地去了外地，投靠一个老乡。哪知遇人不淑，这个女老乡在外面混世界呢，专门和男友哄骗和召集有些姿色的妇女，在城乡接合部做皮肉生意。她一开始当然蒙在鼓里，稀里糊涂就落入对方设好的圈套，先是被老乡的男友下药迷奸了，再后来人家又软硬兼施，说她条子展容貌受看，只要听他们的话，舒舒服服就把票子挣下了，干吗还回老家受那号罪呢。人就是这样，一旦跌入污泥浊水中，就算再多跌几跤，跌得再狠些，也都无所谓了。现在，这个丑男人肯花钱雇她扮演两天良家妇女，她既能轻轻松松拿到一份应得的酬劳，又可以在某种程度上，满足了做一下良家妇女的愿望，她又何乐而不为呢？

早饭一过，家里就出现了某种混乱。

先是刷拉刷拉清扫院子的声音，接着是丁零咚隆搬箱挪柜的声音，再接着又是唧唧咕咕母鸡拍打翅膀满院奔逃的声音，当然，这中间少不了大人孩子说说笑笑的声音，总而言之，混乱的局面里透着一股难以压制的洋洋喜气——尽管，在这家堂屋里间的床上，还躺着一个病入膏肓的老爷子。这个情况马娜早就知晓了，她来此的目的，很大程度上就是为了这个老人。昨天，乍一见到朱安身的老父老母，她的眼眶莫名地湿热了一下，怎么说呢，这对年迈的乡下老人，几乎跟她在老家的父母没有多少区别，一样的眉眼，一样的清瘦，一样的忧愁，一样的少言寡语。她人已经很久很久没有回过家了，只是逢年节寄些钞票或衣物吃食回去，一来怕那个醉鬼男人上娘家纠缠不休，二来自己干了龌龊的事，实在是没脸回去见人。她想，等将来自己存够了花销，或许可以在城里买套小房子，到那时候，再把一双老人接来享几天清福也不迟，百善孝为先，她懂这个理。

屋里屋外转了一大圈，始终没见到朱安身人影。

马娜不清楚一大早他上哪儿去了。想到夜间床上那一幕，她的脸皮微微有些发热，倒不是说她有多么矜持和害臊，这种事她经历得不计其数了，可这个朱安身给她的感觉太出乎意料，她简直就是拿热脸贴了人家的冷屁股，由此，她又觉得在这个丑丑的男人身上，似乎有种独特的东西，具体是什么，她一时还归纳不出来。与朱安身对她的态度完全不同，这家里几乎每个人都对她笑眯眯的，他们都以热情待客的语调，轻声细语地跟她打招呼：小马起来了，夜里睡得好不好，饭还吃得惯吧……她觉得自己真的成了顶重要的一个客人。

客人，这个称呼她其实非常反感，在她昏天黑地应付男人的那个世界里，所有的男人都被称作客人，老板经常会打来电话交代，某个客人点名要你陪，马上过来！或者，你的那个老熟客又来缠你了，等等。一时半会儿她还适应不了，这家人带着讨好意味的亲近与问候，但她尽量装得一本正经，尽量让自己的举手投足都像个头回上门来的好女人，反正不能让他们瞧出什么破绽。她来这里就是装模作样演戏的，所有的戏都是假的，可假戏也得真唱，再说拿人钱财，替人消灾嘛！所以，她不能总在人家忙乱无序的院子里晃来晃去，那样肯定有失礼数，她得礼貌性地去做点什么，比如帮他们随便干点家务活儿。她想去搭手拔拔鸡毛的，可刚在那只冒着腾腾热气的水盆前蹲下身子，朱安身的大姐就好心好意地说，用不着你插手的，当心溅脏了新衣裳；之后，她又想去伙房里试试，正在那里吭哧吭哧揉面团的，是朱安身的二姐，这个胖乎乎的矮个子女人，扭过脸对她说，小马，你还是去堂屋歇着吧，咱家伙房实在太憋屈了。朱家的厨房确实又矮又小，简直像个小煤房，她觉得自己要是待在里面，那个胖女人一定会喘不上气来的。这样一连几次，她都没能帮上啥忙，最后，只好一个人低头走进堂屋。

堂屋是那种里小外大的套间，昨天她已经在里间屋里正式见过朱父了。听朱安身说，老人几年前患了脑出血，从此便中风瘫床不起，连屎尿都不能自理，到后来竟话也说不成了，只是心里明白，这个家就苦了朱母。现在，她百无聊赖，一个人坐在堂屋的一张很破旧的沙发上，沙发的扶手早被人摸得油黑放光，乍看上去，很像两块硬邦邦的生铁，屁股下面的灰布垫子也坑坑洼洼，有一处破了鸡蛋大的洞，黑黢黢的弹簧钢丝，脏兮兮的棉絮团，都如开了膛的动物内脏，清晰可见。她不无嫌弃地将自己的屁股稍微挨那么一点儿座位，生怕弄脏了自己的新裙子，或被弹簧扎着。空气中始终弥漫着浓浓的草药气和尿臊味，她的鼻子不时地一抽一抽，很快，她就爆发了两个响亮的喷嚏。

外间屋除了有一台十几寸很老式的电视机外，再也找不到任何一样家用电器了。她实在是闷得慌，就起身去摁下了电视开关，一串刺耳的噪声直戳耳膜，她的目光就在茶几和桌子上搜寻起来，想找到电视遥控器，可半天什么也没发现，她只好随便用手指去摁屏幕右下角几个同样黑得出奇的按钮，总算是把那惊人的音量调小了，后来屏幕也终于浮现出人脸，仅有的一个地方台，正在播放电视购物节目，推销员夸张的语气和矫揉造作的表情，让她觉得很搞笑，那几位起初还是平胸的女人，因为试穿了同一款婷美内衣，胸部立刻产生了不可思议的丰满效果，于是，她们便傲然地挺胸抬头，众口一词地讲述着早就设计好的台词：从此可以做自信女人，让男人整天跟屁虫似的黏着你……她觉得，这些女人真够贱的，大庭广众，多不要脸啊，两只手就那么在胸罩上摸来摸去，丢先人呢！于是，她近乎气急败坏地关掉了电视。与其说是电视上的模特让她感到很不舒服，倒不如说是这样的画面，让她不由得联想到自己有时为了讨好某个客人时的所作所为。

就在这时，她听到哐啷一记兀响，类似瓶罐之类的东西突然坠地的声音。她愣了一下，忙侧耳细听，一串含含糊糊的呜呜声，从里间屋缓缓传来。

那间屋子没有安门，只是挂了一条用零七碎八的布头缝制成的帘子，她就循着声音走上前，轻轻掀起那道布门帘，整个人再次怔住了。靠里挨着窗户下面，有张木头板拼凑起来的简易床，朱父正面朝她的方向侧躺着，青灰色的瘦脸小得像只山核桃，由于半拉脸是陷在枕头里的，好像那只核桃被谁敲开后拿走了一半。老人的一只手弯曲着，垂悬在床沿外，似要竭力伸开，又像是想抓住什么的样子。顺着那张同样苍青枯瘦的老手的方向，她的目光旋即落在地上的一摊液体上，倒扣在那液体上的，还有一只浅蓝色塑料尿壶。不用猜，朱父一定是自己摸索着想要小解。今天，包括朱母在内的所有家人，都忙得不可开交，朱父就被人们暂时忽略了，没有谁还顾得上他，病人大概只能自己想办法解决了。那个蓝塑料尿壶，原先是放在紧挨着床头边的一只小方凳上，老人卧床多年了，几根手指犹如痉挛的鸟爪，均扭曲着往内蜷缩，想要准确地拿起那只尿壶，对他来说太不容易了。

马娜的鼻孔急速抽动了几下，那股子顽固的尿臊味，几乎快让她窒息了。她一时有些进退两难。她想，自己应该立即转身出去喊人帮忙，但一只脚刚跨出里间屋门槛，耳边就冒出一个奇怪的声音，喂，你难道不是人吗？这种事你还好意思去叫别人？你是没长手，还是没长脚呢？……于是，她就被这个有些庄重的声音重新拉回到里屋，她绕开那片亮晃晃的尿液，谨小慎微地往里走着，她在手指能够到塑料尿壶的地方弯下腰身，她尽量屏住呼吸，但越是这样，那难闻的臊臭味越让她心烦意乱。

这时，马娜闪烁的目光，就跟躺在那里的朱父不期而遇了。

昨天，她已经被朱安身很隆重地介绍给了朱父，所以，此刻对方的眼光里就流淌着长辈特有的那种羞赧和无奈，她觉得他的样子好可怜，是那种既需要别人帮助，又羞于启齿的窘迫。况且，他要面对的还是他儿子的对象，未过门的儿媳，尽管她知道自己狗屁也不是，充其量只是个女骗子。这样胡乱思忖时，她已用右手三根手指，从地上艰难地捡起了尿壶。那一瞬间，喇叭状的壶口，还在滴滴答答往下流淌着什么。她的肠胃一阵翻涌，恶心，想吐，最好一走了之，但最终都让她强抑住了。她表现得很像一名训练有素的演员，该哭的时候哭，该笑的时候笑，任何困难都能坦然面对。她伸过另一只手，从朱父枕头边上抓起几片手纸。那些手纸，一看就知是由廉价劣质的大包卫生纸剪出的小方块，厚厚地摞在一起，方便病人平时使用。她拿起纸片去擦尿壶的外壳，她尽量让自己擦得仔细一点儿，因为她发现，此时朱父的目光老半天都没有离开过那个尿壶，像是在严格审查她这个未过门的儿媳如何做事，以便在关键时刻拿出他自己的意见。

擦完尿壶后，她才重新抓着这个塑料玩意儿，身体尽量往床边靠了靠，然后探过头去问，叔，你还要用吗？她的口气带着一种关切，她尽量不让内心的那种厌嫌和恶心表露出来。老人像是没听清，或者，听到了，只是不好意思表达。她觉得自己应该再多说点什么，以打破眼下的尴尬局面。她想了想才说，没事的，叔，你跟我老家的父亲差不多少，他有一年摔伤了腿，在家整整躺了三个月，都是我跟我妈服侍他的。她这样说，是为了打消了朱父此刻的顾虑和羞赧，当然，这同样也能打消她内心的种种不适感。对方又沉默了片刻，下巴颏儿终于抵在枕面上，微微动了几动，干瘪的嘴唇使劲往里抿着，牙床顶得高高的，晶亮的涎水如缓慢的溪流，正顺着嘴角漫延到枕巾上。这应该是表示，他需要继续小解吧。

她稍一犹豫，便自作主张地掀开了对方的被角，当她手指哆嗦着，将尿壶口对准老人下身，递过去的一刻，她的心还是莫名地狂跳了起来。朱父的私密处似乎也是病态的、萎缩的，甚至丑陋不堪，她都有点儿怀疑，对方还有没有小便的能力。为了不打搅病人方便，她迅速转过身去，背对着朱父。她让目光落在墙上挂着的一只小相框上，那里应该是一张多年前的全家福，她靠近相片，细细端详，她很快就从很小的一堆头像里找到了朱安身。相片上的他，似乎比现实中更丑一点儿，也许是那张脸太过严肃的缘故吧。她又挨个把上面的每张脸都打量了一番，她发现，朱安身的几个姐姐好像也没那么丑，朱父朱母也没那么难看，可唯独这个朱安身，好像基因突变后的一个怪胎，丑到了惊世骇俗的程度。

马娜拎着尿壶一走出堂屋，就跟迎面匆匆赶来的朱母碰上了。

啊呀呀，小马，咋让你拿这个啊……都把人忙糊涂了，快快给我吧……小心弄脏了你的手。

朱母一连声说着十分过意不去的话，一面慌里慌张从马娜手里抢过塑料尿壶，然后勾着头，见不得人似的，迈着碎步急匆匆地朝院墙根下的茅房而去。

很快，朱母就回来了，脸上的笑容多少显得有些不自然，但依旧带着道歉式的讨好，仿佛无端地让儿子对象拿这种脏东西，做老人的脸面无光似的。朱母利索地回屋端了脸盆，进伙房打来了半盆清水，又拿出一块新鲜的香皂，和颜悦色地招呼她说，小马，你快过来，好好洗一洗。

马娜觉得朱母的表情始终带着羞赧，就给她宽心道，阿姨，这没关系的，谁家还没个老人呢。

朱母就垂手站在一旁，像个本分的老用人，伺候着小姐洗净了手，又取来一条粉嫩粉嫩的毛巾，这东西正散发着一股乡野味很浓的商品气息，一看就知是才买的。

马娜用那条毛巾擦手的工夫，朱母才又叨咕起来。

我寻思着，姑娘大老远来一趟，怎么也得去外面买个新胰子新手巾给你使，我知道你们在城里，都卫生惯了的。

朱母顿了片刻，又啰唆道，刚刚真是多亏了你呀，要不他准又弄得一裤子一床单，害得我又得大洗一场。唉！人活成这样，真是家里的负担啊。

马娜忙接过话头，说，家家都有本难念的经，再说上年纪的人嘛，谁没个病啊灾的。

朱母微微点点头。谁说不是，咱这个家，姑娘你全都看到了，安子他爸一躺就是好些年，可把一家老小拖累苦了，安子好歹也算是个大学生，可到现在都没成个家，愁得我和他爸夜夜睡不着……这回好了，小马你不嫌弃咱安子，不嫌弃咱这个烂杆家，他爸就是哪天真走掉了，也瞑了目……

忽然，竟无言以对。

马娜发现，朱母说这话时的眼神，充满了渴望和欣慰——那渴望几乎是望眼欲穿的，那欣慰更是苦尽甘来的。所以，她再也不敢正视对方的眼睛了。她觉得自己有罪，且罪不可赦。

三

朱安身总算是把自己跑得汗流浃背双腿绵软了。

这是他一贯的伎俩，每当在生活中遇到过不去的坎，他都会找个没人的地方疯跑那么一通。可一旦停下来，大口大口喘气的间隙，那些漫漶如潮的思绪，又将他扯进一种无法摆脱的烦扰之中。他使劲抽了自己两个嘴巴，脸颊的痛感并不明显，倒是沾了一手的湿汗，汗液带着秋天早晨特有的清凉，他就拿手背来回抹着自己的额头，一股凉风当头吹来，他禁不住打了个响亮的喷嚏。现在正是秋高气爽的时节，天空蓝得有些忧郁了，偶尔掠过一群灰头土脸的麻雀，它们的翅膀几乎一动不动，只是发出那种很闹的聒噪声，他下意识地朝家的方向望着，一时间竟不知该不该回去。

他发现自己犯了一个天大的错误，而且，这错误看来已经无法弥补了。他亲手把自己拴在了那该死的套上，他成了一头盲目拉磨的青驴，只能顺着昏暗的磨道，一圈一圈愚蠢地往下走了。这荒唐透顶的点子，到底是怎么从脑壳里蹦出来的，他现在一点儿也记不清了，反正昨天下午，他确确实实把那个跟自己八竿子都打不着的野女人领回家来，而且，还装模作样地把她介绍给父母，说是他在城里找的对象。现在，一家老小都忙得不亦乐乎，他们并没看出什么破绽，相反一个个都好像很喜欢那个叫马娜的女人，他对这种莫名的操办自然是极力反对的，可母亲却板起脸跟他说，这事可不能再由着你的性子，咱们该走的程序一定要走，再说，你爸那病也不是一天两天了，兴许趁着这回家里热闹热闹，还能给他冲冲喜呢。姐姐们也都站在母亲的立场上，轮着番儿，好说歹劝，意思是他确实老大不小了，该尽早把婚事定下来，省得家里人着急。她们还一个劲质疑他，安子，你到底犹豫个啥呢，人家姑娘长得那么俊，哪点配不上你，你说啊，你说啊？他一下子就被堵到南墙上，没有退身步可走，他自然是没勇气揭穿自己编造的谎言，那样就等于是往爹娘亲人心口上捅刀子，他们含辛茹苦省吃俭用把他供养成一个大学生，一个有固定工作的城里人，他至今也没有什么可以报答老人的，他原以为用这个善良的谎言，至少可以让弥留之际的老父亲不那么遗憾，不想却弄巧成拙，让自己骑虎难下了。

可以说，长了这么大，他从来也没有像此刻这样，深深地怀恨过一个女人。如果说大学同学肖晓虹只是让他贫瘠的青春湖面泛起一丝小涟漪，而后又迅速归于平静的一粒小石子的话，那么，几年后单位里新来的同事丁茉玲，才是使他情感的池水真正荡漾起来的一块巨石。照老规矩，新来畜牧站的小年轻都要由师傅带一带，领导考虑朱安身为人老实，工作也拿得起来，又是个钦杆单身，且个人问题一直未能解决，或是有意要成全他，就让他做了小丁的实习师傅。起初，他多少有些畏难情绪，自己屁股后面整天跟着一个女徒弟，在牛栏羊圈和科室之间转来转去，监测那些牲畜吃喝拉撒，帮它们完成一次次交配，或人工提取动物精液，为科学合理育种探索新路……想想都觉得臊得慌。可领导拿话刺打他说，狗日的朱安身，别不识抬举了，把全站最美的差事派给你，是组织对你的信任！朱安身迟钝地抠抠后脑壳，没等他张嘴辩解，领导突然长叹一口气说，唉，咱这鸟不拉屎的破单位，这些年就没留住一个年轻女的，都走马灯似的晃上一圈，就颠了，这个小丁也不例外，你就当她是个学生娃娃，来这里新鲜两天了事。就这样，新来乍到的小丁，整天师傅长师傅短地跟在他后面开始毕业实习了。

要说，小丁这姑娘长得实在一般，个头不足一米六，皮肤是那种标准的小麦色，唯独有一双会说话的黑眼睛，看人时目光总是闪闪烁烁的，好像两摊碎玻璃碴子，阳光一照，到处都熠熠闪亮。这姑娘倒也嘴勤，叫起师傅来，比唐僧的仨徒弟都叫得亲热。畜牧站的职工宿舍，是一排砖瓦平房，还是八十年代的老房子，小丁一来，就被站里安排在这住下了，其实跟朱安身的宿舍仅隔着一面墙。事实上，除了他们这两间房真正住着单身，其他的房子，都让那些成了家尚未买房搬走的职工占用了。所以，每当午饭和晚饭时间，宿舍门前就热闹起来，好几对小两口在屋檐下面的小炉子上煎炸烹炒，弄得油花子刺刺啦啦四处飞溅，间或听到男女叽叽呱呱在说笑，还有几个小屁孩在院子里追逐嬉闹。

小丁只在职工食堂混了一个礼拜，就再也不肯去打饭吃了，她在饭桌上跟朱安身嘀咕过两次。师傅，你天天吃灶上的破饭，不觉得难受啊！当时，朱安身不置可否，只顾低头扒饭，他向来不跟同事磨唧什么，甚至连头也不怎么抬起。等到下一个礼拜，小丁神不知鬼不觉地就从外面买回了煤油炉，以及锅碗瓢盆之类。那天临近吃晚饭时辰，朱安身像往常一样，刚拿着饭盆从那间黑乎乎的宿舍钻出来，就被小丁给拦住了。只见她手里拎着一只雪亮的菜铲，腰间系着有碎喇叭花图案的新围裙，鼻尖上亮亮地爬了一层细汗，样子像个大师傅。原来，这姑娘正在门台前的小煤油炉上翻炒蔬菜呢，小黑铁锅热气喧腾，香味扑鼻。师傅，晚饭别去食堂吃了，也让你尝尝徒弟的手艺嘛。朱安身稍一迟疑，摇摇头继续往前走。小丁却从后面一把拽住了他的胳膊，师傅，师傅，人家都给你做上了，你要是不吃，撑死我，一个人也吃不完啊。朱安身就盯着挥动锅铲的姑娘，心里忽然有种异样的波动，他觉得一个忙于锅灶的女人，身上实在是有种叫人难以抗拒的魅力。

打那之后，师徒二人便越走越近乎了。吃饭这种事也被二一添作五，通常是朱安身提前溜出单位，去外面巷子里小摊贩那边，买点菜啊肉啊蛋啊，小丁则负责在宿舍门口拉开架势深加工，然后两个人头对头，围在小丁宿舍里的一张小条桌边吃起来。小丁会做西红柿炒鸡蛋、麻婆豆腐、蒜薹烧肉片和酸辣土豆丝，尤其是土豆丝，总是把朱安身吃得不亦乐乎。每每，小丁在煤油炉前忙乎起来，朱安身就不远不近地捧着一张过期的报纸，看似在浏览上面的新闻，实则是站在一旁偷眼观瞧，眼神里透出几分欣赏和赞许；有时，他也会身先士卒地打打下手，像拣个葱剥个蒜之类的小活儿，反正这种时刻，他的眼里鼻里嘴里心里，都弥漫着菜蔬浓热的香气，这气息自然也包含了一个年轻女性独有的芳香，他是愿意沉湎于其中的。

他本来是个极少照镜子的人。宿舍里仅有的一面巴掌大的圆镜子，也是偶尔刮胡须时才照一照的，等吃到了小丁亲手做的饭菜后，他再回到房间里，就平添了一项爱好，他会情不自禁地抓起窗台上落满灰尘的小圆镜子，用衣袖抹一抹，再很认真地照那么几下。这种时候，他多么希望镜中的面孔能对得起观众，能对得起人家做的可口的饭菜。可是，现实总是残酷的，那张脸好像故意跟他作对，肤色麻黑不说，上面尽是坑坑洼洼和疙疙瘩瘩的，早些年汹涌而来的青春痘给他留下的难以磨灭的印痕，而近期由于荷尔蒙分泌过甚，那些玩意儿又开始此起彼伏雪上加霜了，甚至连粗短的脖颈上，也捣乱似的爬上了好些个痘痘，那些红兮兮的痘尖，都泛着阴险的奶白色光。于是，他郑重地对着镜子照，恶狠狠地用两根手指去挤掐那些玩意儿，他依稀听到砰的一声，乳液般的粉刺头破茧而出，继而，有殷殷的红色从豆口涌出，他用手指头蘸了那血滴，吸血鬼样凑在舌尖上吮吸，血腥味十足。他恨透了它们。

时间稍长，左邻右舍便都瞧在眼里，大家再见了朱安身，脸上就露出那种不同以往的怪笑，或者轻浮地啧啧舌头，或者阴阳怪气地挤眉弄眼，言外之意是：嘿，这丑八怪也有时来运转的时候！

在大学里，朱安身就不太容易跟人打成一片，等到了单位，依旧是孤家寡人一个。所以，对于旁人的态度，他是极其敏感的，他就像一只落魄而乖戾的狗，因为总是铭记着过去的伤痛，他更善于远远地蹲在人群之外。这样一来，人们的每次举手投足，他都可以清晰地觉察到，并迅速做出有效反应。既然觉察到了，他就不能不在乎。在乎的办法只一个，那就是，继续埋头去吃他的食堂，远远地避开小丁，还有她那只热火朝天的小煤油炉。

哪里知晓，这天小丁竟大大咧咧地撵到职工食堂里，他明明都排好队正准备打饭，硬是让这姑娘死拽着胳膊，从队伍里拖了回宿舍。

小丁一直佯阴着一张瓜子脸，咬住红红的下嘴唇，给他端上热乎乎的饭菜，又递来一双筷子。想吃食堂，也不早说呀，害得人家等了这老半天，菜热了两回，都囊了。女人的抱怨从来都带着一股撒娇意味的，他立刻惭愧得口吃起来，我……我临时忙……忙手头的活……时……时间太……太晚了，就……就……小丁拿鼻子轻哼了一声，就什么就，还不快吃，待会儿可要罚你刷锅的。有时候，连女人的惩罚似乎都带着那么一丝甜蜜。吃过饭，他积极主动要去刷锅，却让她一把挡住，说哪好意思让师傅干这个，你歇着吧，还是我来。女人他自然是搞不懂的，因为他实在缺乏这方面的经验，他只知道，自己不该对女人抱有什么幻想，这是他的宿命。

看着小丁利索地干完了活，他很觉得有些不自在，一个劲地说着抱歉的话。小丁擦净双手，要摘自己身上的围裙，双手在背后摸索了一会儿，未能弄开，就对他说，师傅，你帮个小忙呗，刚不小心，挽成死结了。说着，转过身把后背支给他，他没多想，笨手笨脚去解那围裙带子，折腾了好几下，都未能解开。小丁就埋怨说，你们男人真够笨的，怎么连这个也弄不开。女人的这种嗔怪，听了会叫人心猿意马，他昨天刚好剪了指甲，系带又太细了，近来，他的指甲和头发都修理得好勤快。他一面笨笨地嘟哝着，一面低头继续摸索，好像遇到了一道棘手的物理难题，额头几乎毫无意识地触到了她的后背上。姑娘头发好长，垂柳细枝样纷纷披散下来，就在他的脸庞和鼻梁上来回划拉，那发丝携带着饭菜气息和洗发香波味儿，痒酥酥的，把他撩拨得终于打了个喷嚏。女人就应声发出一次尖叫，好像被他的声响惊到，忽而一转身，两个人就满怀满面地撞在一处。

小丁傻呵呵乐着，然后像脱毛衫一样，自下而上去褪除那件该死的围裙。当她双臂高高举过头顶时，他一下子就看到了，那裸露出的好大一截细的腰肢，以及潜藏在薄衫下面黑色球形的文胸边廓，兴许是黑白相衬的缘故，那腰身和腹部就跟鲤鱼肚般雪白光滑，这该是他平生头一回，如此近距离，又如此清晰地看到女人姣好的身体，他的心跳骤然加速，血液如同滔天洪水倒灌进了大脑。他依稀听到，喉咙脆骨嘎巴巴响起来，像被拧动的发条，整个人就跟短路似的，痴乜乜呆住，两眼死死抠住对方，一眨不眨，像极了饿死鬼，看到了一桌子丰盛的美食。旋即，他的双臂老鹰样忽地张开，再一用力，就将姑娘的腰身箍住了，他把脸紧紧贴近姑娘胸口，拼命嗅闻着那迷人的芳香。

那一刻，他满脑子都是日常见到的情形，大大小小的牲畜恣意交配，那种野性的气息和辣眼的画面，瞬间就将他体内的荷尔蒙全部点燃了，他觉得自己忽然变成一头哞哞吼叫的发情期的公牛，不顾一切地冲出栅栏，扑向眼前这头温顺可人的小母牛，以至于完全忽略了对方惊愕的表情，还有那愤怒的眼神……女人毕竟不是母牛，女人有自己的头脑和思想，有自己的判断和选择，只有母牛才会逆来顺受，女人不会，非但不会，面对男人的强迫，她会奋起反抗。几乎同时，小丁裂帛般尖叫着，她那几根锋利的指甲，毫不留情地如闪电般划过那张因亢奋而更加丑陋的面颊：混蛋！流氓！丑八怪！你真让人恶心……

喂——是朱安身吧？

随着吱嘎一记刹车声在耳边响起，一只油光光的秃脑袋，就从捷达轿车的窗口探伸出来。

哈哈，车还老远呢，我就瞅着像你么！刚才我去找商店买包烟，正好碰上你老娘了，我听她说，你趁十一过节，领着对象回家探亲。

朱安身迷乱恍惚的情绪，暂时被那刺耳的刹车声喝住了，一股呛人的尘土早裹挟着油烟味将他笼罩起来。他只好皱着眉眼，去瞅那只油亮的大脑袋，一时竟有些茫然，对方似曾相识的样子。

光脑袋已经推开车门，径自站在他面前了。怎么？连哥们儿也不认识了？对方高声大嗓地说话时，一只同样油腻腻的大手掌，用力拍到他的肩膀头上，像是要强力帮他唤醒某段沉睡的记忆。

操，我是你中学同学方寅虎啊，妈的，当了几年城里人，就把老同学忘光了！

直到这时，朱安身才强迫自己想起了这光脑袋男人。如果没有记错的话，念书那阵子，这家伙头上隔三岔五就生些顽固的癞疮，弄得一坨有发一坨没发，跟野狗啃过似的，后来他索性全剃秃了省事；他上课不是跟同座说话，就是搞些小动作，最擅长的是给女生投纸团，有时还传些莫名其妙的字条，惹得别人都讨厌他。兴许是有一颗癞疮头，常常遭同学们白眼，时间久了，他倒是很愿意跟朱安身搭讪，一个天生相貌埋汰，一个癞头秃脑，他俩在一起倒也般配，多少有点儿惺惺惜惺惺的味道。当然，更主要的原因是，那时朱安身成绩一直名列前茅，方寅虎就总想套近乎，抄了他的标准答案应付老师检查。眼下，方寅虎的脑袋越发油光可鉴，像是打过一层精致的蜡油，后脑勺上的肉褶子，跟爬虫样一条一条乱颤。露在外面的右手臂上，有只青蓝色的虎头纹身，那老虎龇牙咧嘴，虎口喷着寒气，要咬人似的，根根须毛更是逼真可见。加上紧身的圆领黑 T 恤，深灰色牛仔裤，使这个光头男人看上去十分生猛，仿佛黑社会影片里的大哥大。

走走走，快上车，好让老同学也载你一程！

方寅虎不容分说，几乎形同绑架，硬拿那只刺了虎头的手臂，将朱安身扭扯进银灰色轿车里。汽车呜啊呜地驶出一段距离了，朱安身才无话找话问了句，那你也是回来看看的？方寅虎白了他一眼，狗屁！家有啥好回的，要不是两个老的想孙子了，非让我趁着过节送回来瞅上一眼，我才懒得跑回来呢，这烂杆地方，一辈子不回来也不想。顿了一下，话锋一转，你小子总算搞上对象了，人长得咋样，漂不漂亮？还行吧，朱安身心虚地嗫嚅着，声音小得像秋后的蚊子，同时，尽量回避对方探询的眼光。哼，我原先以为，你真打算做一辈子光棍汉呢，到底还是憋不住了吧！方寅虎的语气里，或多或少带着一种揶揄和讥笑的成分。要说呢，做光棍也不赖，一人吃饱，全家不饿嘛！哪像我，要在城里做生意挣钱养家，成天忙得贼死，都快把老子烦屌死了！

朱安身实在不知道再说什么好了，这种不期而遇，让他一时半会儿无法适应，先前的那一通马拉松式的长跑，确实让他四肢绵软无力，此刻任由捷达车载着他空茫的大脑和疲惫的身体，一味地在乡间的土路上颠簸。倒是方寅虎的话匣子拉开了，天上地下，东拉西扯，说他这些年怎么在城里辛苦打拼，说他为了承包绿化工程，没日没夜地在酒楼和歌厅应酬，说他老婆一下子就给他生了一对双胞胎儿子，最后又讲到房子车子还有乱七八糟的女人……他虚虚实实听着，脑海中却不时地浮现出早已远去的画面，往事隔着一层薄薄的水雾，时而朦胧，时而又清晰。

兴许是见到这位老同学的缘故，追忆的触角最大限度地伸展开来，一下子就够到了往事的最深处。朱安身竟破天荒地记起来，那时自己在物理课学过的一个定律：浸在静止流体中的物体，受到流体作用的合力大小，正好等于物体排开流体的重力，这个合力又被称作浮力。此刻，他甚至还能背出那个著名的阿基米德定律的计算公式：F浮 =G

排 $= \rho$ 液$\cdot g \cdot V$ 排液。而在当年，他确实是班上为数不多，能够熟练掌握这种运算法则的好学生之一，像方寅虎这样的笨蛋，一遇到阿基米德这外国老头，就彻底傻眼了，用物理老师的话讲，你们的脑子完全短路了，难道你们都是旱鸭子没游过泳吗，这么简单的道理怎么就想不通？那天，物理老师在震怒之余，忽然将那种赞许的目光，投向了腰板挺得笔直的朱安身，还当众表扬他是今天唯一做对题目的好同学。之后，老师又声情并茂地阐述道，同学们，阿基米德定律不光是一个物理学概念，它其实对我们的人生也有很重要的启示，物体在流体中的状态不外乎三种：漂浮、悬浮、沉浮，而我们有的人，可能一辈子都浮在生活的水面上，时漂时悬，起起落落，还有的人几乎一直沉浮下去，永无出头之日……

时间过去那么久了，现在突然想起老师当年在课堂上的谆谆教导，他的内心不由得为之一振。现实中像方寅虎这样的人，学习一窍不通，成天游手好闲，就靠抄别人的作业打发日子，可如今也在城里混得人模狗样，要风得风要雨得雨；再看看自己，从中考到高考再到后来参加工作，一路可谓过关斩将，可到头来又能怎么样呢，不过是守在一个半死不活的破单位混口饭吃而已，三十大几的男人，要房无房，要车无车，就因为长得太丑，连个女人也讨不到，到头来居然昧着良心，领一个野女人回来糊弄家人。

俗话说得好，货比货得扔，人比人得死。朱安身从未如此强烈地意识到，自己这辈子竟惨败至此。

四

汽车到底是汽车，朱安身花了半上午时间，拼了老命跑出去的那段路程，眨眼间就让人家四个轮子给转了回来。

朱安身原本打算早点下车的，他说，寅虎你忙你的吧，可别耽误了你的行程，我自己慢慢走回去。可方寅虎的兴致似乎还很高，一个劲说，咱俩还客气个屎，不就是一脚油门的事。捷达轿车轰地一下子，就把家门前的小土路堵得死死的，银光闪亮的车壳，跟朱家破败萎靡的院门，还有低矮的土院墙形成了巨大的反差，好似贫民窟里，猛不丁冒出一个穿金戴银大腹便便的暴发户。

汽车的戛然而至，立刻将正在院里忙乎的人都吸引出来，当然还有一直无所事事的马娜。马娜见朱安身从小轿车里钻出来，就忍不住嚷嚷起来，这半天你去哪儿躲清闲了，害得人家到处好找呢。她的口气天生带着一丝淡淡的幽怨，给人的感觉是，他俩正如胶似漆，她是一时半刻也离不开他的。当然，她只是在演戏，在尽自己的本分，这两天她不能让任何人挑了理。朱家三姊妹则一面艳羡地踅摸小轿车，一面窃窃连声说着什么；朱安身的几个小外甥早飞奔到车边，小手不停地去摸摸车鼻子拍拍车脸，嘴里发出嗷嗷的欢叫，孩子们在这种时刻，都变成活蹦乱跳的小雀儿。况且，这辆车还是他们的舅舅坐来的，孩子们也由此对这个一直待在城里的长辈肃然起来。朱安身正要挥手跟车里的人告别，驾驶室的门又一次打开了，随即砰的一声用力合上。

方寅虎摇头晃脑地朝大伙儿走来。他的步子迈得有些夸张，尤其那颗肥硕的大脑袋，在阳光的映射下，愈发地耀眼夺目光彩照人，好像太阳的光芒，全部集中到他的头上去了。

朱安身欲跟老同学作别的话未及脱口，这阵子，朱母偏又颠着细碎的脚步，挤进儿女们中间，她身材矮小，挂在皱巴巴的脸上的笑，总显得那么卑微，她几乎有些低声下气地对方寅虎说，哟，你可是稀客呀，好久也不见回来一趟，今儿赶得巧，要是不嫌弃，就请来家里吃个便饭吧……

方寅虎习惯性地用手抹抹光脑门，好像那里有很厚的一层油水，需要他不停地揩抹。要说啊，过去念书的时候，我可没少来蹭大妈家的饭，你比我妈做的好吃多了。朱母闻听更加喜悦，忙扯扯朱安身的胳膊肘，安子，你还愣着做啥，还不快把你同学让进屋去。虽然朱安身露出左右为难的神色，但母亲已经发了话，他也就不能撵人家走了，便随声附和道，好，好，快，快进去坐。

好在此刻方寅虎并没留意他，那两只圆鼓鼓的蛤蟆眼只顾盯着马娜上下打量。人伙儿一起往院里走的时候，方寅虎突然扭过头，问旁边的马娜，你就是安身的那个对象喽？马娜很端庄地微笑着，并轻嗯了一声。朱母忙接过话头，你可不知道，这姑娘又懂事又勤快，这不，头回上咱门上，就知道给安子他爸端尿罐呢，我们老朱家可真是烧高香了……

母亲言语间流露出的那份心满意足，着实让朱安身内心一阵翻涌，仿佛谁不慎碰倒了他腹内的五味瓶，横竖不是个滋味啊！他把头低到了不能再低的位置，眼睛直愣愣瞅着自己的鞋尖。那双黑皮鞋上沾满了乡下的尘土，都看不出鞋帮的颜色了，龌龊得叫人鄙视。

接下来的时间，堂屋里充满了欢声和笑语。午饭足足准备了一大桌子，什么鸡鸭鱼猪牛羊肉，芹菜蒜薹茄子荷兰豆，甚至还有一盘刚炸出来的鲜虾，男人频频干着白酒，女人和孩子们则甜滋滋喝着饮料，大瓶的雪碧往出倒的时候，总是奔涌着欢腾雪白的气泡儿，惹得小孩子老是唏唏嘘嘘地叫。

朱父也被破天荒地从病床上架了起来，活像一个直不愣瞪的大号木偶，被女儿女婿安放在那只有扶手的旧轮椅上，身体两侧各用一只大枕头强撑起来。这辆轮椅，还是几年前朱安身从城里的旧货市场上淘来的，当时花了不到五百块，旧是旧了点儿，收拾一下也能凑合着用。之前，他去药店和医院打问过，新轮椅都死贵死贵的，尤其是那种带什么功能的，动辄要好几千块，后来考虑再三，他还是给父亲买了辆旧的。轮椅被送回家后，朱母见那人造革屁股垫磨破了，蜡黄色的海绵露出拳头大的两团，看着很像怪物的眼睛。朱母就用一块半新不旧的蓝涤卡布包住了垫子，又把左右扶手用积攒下来的花布条缠了一遍，这样人手扶着，就不感到金属的冰冷了。他们今天还给病人换了身干净点的衣服，头上还捂了一顶卡其色的鸭舌帽，简直跟过最隆重的节日一样。又生怕吃东西给污染了，就跟通常对待孩娃那样，绕着老人的脖颈，围了条半新不旧的蓝道道毛巾，这样涎水淌下来，就能拦截得住了。

朱母始终就坐在轮椅边，欢快的表情多少有些呆板。她偶尔才挑选一筷子极软和的小东西，慢慢塞进病人的嘴里，并顺手掀起毛巾的一角，机械地沾沾那只向一侧严重歪斜的嘴角。其实，吃对于朱父而言，仅仅是象征性的，食物含在他干瘪空洞的口腔里，半天也不见动一下，反倒引发了口水肆虐，朱母就不得不惦记着老去擦拭，而每次，她都会皱着眉头自言自语什么。

朱安身当然要跟马娜相邻而坐了。在他俩左右，还有临时请来捧场的姑妈姑父叔伯之类，人们一味地沉浸在吃喝与谈笑中。唯独朱安身，吃得相当沉默，沉默得像块黑铁，他始终不怎么说话，也不抬头跟任何人交流眼神。即便是大伙共同祝酒碰杯，他也是应付性地匆匆起身浅尝辄止，一家人最欢乐的时刻，于他却如坐针毡，痛苦万分。倒是一旁的马娜，不时地替他夹菜斟酒，表现得既温存又得体，多少有点儿喧宾夺主的意思，好像朱安身倒变成一个新上门的女婿了。

朱安身也是在众人起身碰杯时，突然觉察到的，他的那位老同学表情变得古怪起来，简直有点儿荒诞了，那油亮放光的额头下的一双蛤蟆眼，正诡异而叵测地来回扫视着马娜，还有那对厚而黑的嘴唇，始终隐藏着某种似笑非笑的轻薄和冒犯。朱安身一下子慌张起来，他几乎再也坐不住了，这一发现对于他来说，绝不亚于一次毫无征兆的地震突然来袭。他正欲起身开溜，方寅虎却端了酒杯，径自摇晃到他跟马娜中间。

来，老同学，我可借花献佛了。

那只有虎头刺青的右手臂，大大咧咧冲他俩伸来，青蓝色的虎头狰狞而恣睢，酒斟得又太满，就滴滴答答往下溢着，有几滴落在朱安身的衬衣上，那里的皮肤就有种灼痛感，酒水好像是被那老虎生猛的气息所撼动出来的。方寅虎已喝得红头涨脸，说起话来明显带有几分醉意，或者，他只是在佯醉，他的酒量应该不会太差。他的身体不受控制地前后栽晃了两下，光脑门几乎触到了马娜的胸口，马娜就下意识地往后仰身躲闪着。

我祝你俩早得贵子，大妈大叔也好早抱孙子！

朱安身的心再次被抽紧，脊梁骨仿佛抖透出一股寒气，面对老同学所谓的祝福，他简直无地自容了。他掩饰什么似的，赶紧扬起脖子，喝干了杯中酒。由于灌得太猛，酒水直接呛进气管里，导致他一阵狂咳，憋得脸通红，脖子发紫，他正好逮住这个有利时机，拿手捂住嘴巴，转身跑出了堂屋。

马娜本欲跟出去瞧瞧的，却让方寅虎一摁肩头，又款款坐回了原位。方寅虎也就势在朱安身原先的座位上坐了，他坐下去的时候，几乎是贴着马娜的身体，他还趁低头拉椅子的工夫，很小声却又很清晰地在马娜耳边嘀咕，你他妈的，不是叫李雪吗，啥时候改名换姓的?！马娜霎时愣住，接着，她不得不侧目盯视这颗油亮油亮的大脑袋，难怪她刚才也觉得有点儿眼熟，一准是她以前陪过的客人吧，不然，他怎么会叫出李雪这个化名呢？——她在店里一直用这个名字。说实话，去她们店里的男人，不可能挨个都记清楚，但对这光头男人多少有一些印象。他好像有个癖好，就是在做那种事的时候，他会把自己的秃脑门在她胸脯上蹭来蹭去，活像一头肥猪在玩命地拱门，嘴里还发出呜嗷呜嗷的怪叫。难怪你脑袋这么光呢，都是在女人身上蹭的吧，她当时还用这种话揶揄过对方。

马娜忐忑地思忖着，今天这种场合千万不敢露馅，否则，朱安身和他一家人的脸面全得丢光了。逢场作戏的事她经历得多了，她的脸上并不表露出过分的惊讶，也仅仅是一迟疑，马上就低声回了句，老同学，你怕是喝多了吧，怎么说开醉话了。说完，她立即起身，快步跑到院里去寻朱安身，她觉得得把这个情况跟他说说，好让他也有个心理上的准备。

院里院外寻了一遍，包括昨晚两人睡觉的耳房，甚至还有院墙根下的茅厕，始终都没有找到朱安身。马娜多少有些泄气，她越来越觉得，这个丑男人实在是有些怪诞，这种场合他居然能扔下她，一个人一走了之，就算是场戏，他俩合演一出双簧，那也得两个人配合默契才对。可转念又合计，八成是那个狗屁同学，让他哪里不舒服了，或者是，他的诡计已经让老同学给识破了，他才不得不在酒席中途匆匆撤退。按理说，这事本来就不关她的事，朱安身爱上哪儿上哪儿去，反正熬过了今天，她拿到该得的另一半钱，两个人就可以分道扬镳，从此老死不相往来。

马娜心里这样七上八下盘算时，朱母却急匆匆地跑到她面前，说，小马，你咋还不快点进来，亲戚们都等着你敬酒呢，他们还要给你见面礼呢。朱母不容分说，挽起她的一只胳膊，径直把她拽进了堂屋。马娜本想说安身也不知上哪儿了，话到嘴边又吞咽掉，她觉得自己也许有些小题大做了。

朱母把一只空酒杯递给马娜，让她站在身边，双手擎好。朱母又亲自拎起一只白瓷小酒壶，慢慢地往杯里斟酒，然后依次给她引荐，说这是安子的姑父姑母，那是安子的叔伯婶娘，这是大姐大姐夫，那是二姐二姐夫……

马娜嘴里就亲切地唤着这些称呼，挨着个儿给他们敬了一圈酒。亲戚们都爽快地干了，少不了唠叨两句祝福她和朱安身的话，同时，他们也将早就预备好的见面钱，款款地塞到她手里，有给一百的，也有两百的。女人们还借机摸摸她的腰身和脸蛋，像在自由市场里挑选一件稀罕的商品，嘴里啧啧有声，一个劲地夸她长得受看。她平时在店里收钱收惯了的，也都是一百二百的小费，可像今天手里一下子抓这么多干净钱，忽然就让她有种很沉重很负罪的感觉，她实在有些勉为其难地领受了。

这个仪式对于她来说，其实也并不算十分陌生。当初，她还是个黄花闺女的时节，头一次上未婚夫那边去看家，好像也走过类似的程序。此情此景，倒让她忽然伤感起来，面对朱家这些憨厚朴实的长辈，她仿佛又一次重温了自己过去的某段光阴。也正是在这样一场重要的仪式之后，她的人生从此滑入了万劫不复的深渊，而当时的她还懵懵懂懂，对未来一无所知，只是在内心深处，似懂非懂地憧憬着生活该有的面貌和爱情的甜蜜，可婚姻最终变成一副冷冰冰的枷锁，将她年轻的身体和前程美梦牢牢锁住——那个嗜酒而野蛮的坏男人，很快就成为她这一生的噩梦，一步步逼她走向了绝路。她后来毅然决然地远走他乡，直至误入歧途而无法自拔。想到伤心处，眼泪就止不住了，早已滑下两行。在场的亲戚们也许并未注意，或者，即便看到了，他们也会单纯地理解为，这姑娘很是多情善感，因为收了见面礼，就感动得流眼泪了。总之，有情有义的女人，是值得大家信任和托付的。

当酒最终敬到朱安身的那个老同学时，对方却挑了理，一个劲嚷嚷着，安身溜到哪儿去了，喜酒当然要成双成对喝嘛。朱母又慌忙上前打圆场，说，你又不是不知道，咱安子打小喝不得个酒，喝一点儿头就晕得不行，八成是又去耳房趴着了。马娜明明知道实情，朱安身根本就不在耳房里，可她为了佐证朱母的话，也插言道，我刚去看过，他说头晕得很厉害，估计躺一会儿就没事了。

酒席之后，家中又是一阵小混乱。

女人们都忙乎着收拾碗碟杯筷，整理桌椅，然后挤进狭小的伙房里，说着笑着洗锅刷碗；男人们则倒在堂屋的大床上，横七竖八地歇晌了。朱安身的那个同学，已经摇摇晃晃钻进汽车，一溜烟颠了。这让马娜揪着的心才不那么悬着了。说心里话，刚才敬酒的时候，她一直有种不祥的预感，总觉得事情会坏在这个光头的身上。后来，方寅虎接连喝了两杯她敬的酒，然后从牛仔裤屁股兜里摸了半天，总算摸出两百块钱，那钱压得皱巴巴的，像泡过水的一团卫生纸，他把钱塞给她的时候，还直着舌根在她耳边嘀咕道，这可是老哥给你的见面礼哟，记住，我们做生意的人，付出是要讲回报的。说着，忽然发出一串既隐晦又张扬的笑声。她当时心里一阵打鼓，真担心这个家伙口无遮拦再胡说什么。

马娜也想去伙房搭把手的，一来打发打发无聊的时间，二来她也是从心里觉得有些不安，朱家上下确实都待她不薄。朱安身的姐姐婉转地说，哎呀，小马，不用你操心的，快回耳房好好歇会儿吧，你们城里人都有午休的习惯，也顺便照顾一下咱安子。马娜就有些无着无落的，于是她只好走回耳房去，主要是急于将那些礼金放下，因为穿着裙子，身上几乎没有装钱的兜儿，再说，她知道这些钱本来就不属于她，等见了朱安身，她要当面如数奉还。可朱安身依旧没有回来的迹象，鬼晓得这家伙到哪里躲清静去了。她实在是觉得无聊，又从耳房里踱了出来，一眼就瞧见朱父了。先前朱母说过，难得天气这么好，想让老人好好晒晒太阳，平日里病人几乎没怎么离开过床，今天借着家里人手多，就让几个女婿七手八脚地把老人和轮椅一起抬到了院里。

这会儿，朱父正静悄悄地坐在轮椅上。下午两三点钟的阳光，照得轮椅的金属构件闪闪发亮，病人就让那一圈圈刺眼的光线团团包裹着，如同城市广场上的一座什么青铜雕塑，老人的头颅神经质地偏向一侧，刻意朝某个固定的方向长时间凝望，又似在等什么人从外面归来。

不知怎地，阳光下的这个病怏怏的老人，让马娜心里有种说不出的滋味。许多次，她也那么依偎在自己的老父亲身边，而老人始终沉默地坐在屋檐下的小凳上，也像此刻的朱父这样偏着个脑袋，一个劲地朝院外张望着，嘴里不时地吧嗒一下旱烟锅子，那烟雾就袅袅地在眼前散开，似真似幻……她在深夜醒来，发现枕巾湿了好大一片，阴暗的出租房空荡荡的，唯一的一扇上了钢筋护栏的小窗，正静静地透着城里的月光。近来，她总是在睡梦中想家。

五

马娜想都没想，就把停在屋檐下的轮椅慢慢地推出了小院。

朱母说得对，应该让病人享受一下这秋天午后的大好阳光。这里的村庄和道路，跟她老家甘肃那边很像，她打小生活在偏僻的乡下，对这种秋高气爽的北方景致有着与生俱来的好感。她在异乡的城市里一待就是好几年，简直快要把故乡的土地和村庄忘光了，城里的马路宽宽的，车子多得像蚂蚁，楼房也盖得密密麻麻的，唯独她租住的那种城乡接合部的楼房又破又旧，像一块块巨大的牛皮癣，城里人是根本瞧不上眼的，只有像她这样无根又无靠的漂泊者才稀罕住。现在，一旦推起这辆轮椅，漫步在曲曲弯弯的土路村街上，看见左一排右一排的老式平房和农家小院，还有一两只趴在院门口的大黄狗，或一群叨叨咕咕四处觅食的老母鸡，她真的就有一种回到老家的感觉了。

轮椅下方，有两只可以自由伸缩的脚踏板。半身不遂的朱父硬得像块木头，起初，他两只脚还能凑凑合合搭在脚踏板上，可轮椅一旦往前滚动起来，路面稍有坑洼不平，或遇到石子瓦砾，老人的腿脚就被颠落下来，直僵僵杵在地上，活像个绊脚石，使得那轮椅突然趴窝了，再也无法前行。

马娜并没有这方面的经验，她还是头一回推这种东西，她只顾边欣赏周围的景色，边往前推车。朱父的脚刚颠落在地时，她依旧在后面不得要领地用力推搡，直到病人嘴里发出痛苦的跟委屈的老狗一样的呜呜声时，她才意识到情况不妙。她急忙停住轮椅，绕到老人的腿脚跟前，蹲下身去查看，这一看不要紧，吓得她尖叫起来。原来，朱父一只脚上的鞋不知何时已被蹭掉了，光的脚板反方向扭转到轮椅之下，几乎将整条腿都拖了进去，看上去就如同一截倒栽的树桩，刚才若是继续使蛮力，那只脚脖子八成是会被折断的。马娜感到一阵后怕，慌忙跪爬在地上，将自己的上身从朱父腿弯处伸进轮椅的座位底下，再用两只手抱着，一点一点往过顺那只扭曲变形的脚板，每动一下，老人的呜呜声就会加剧，她更是心惊肉跳得厉害。她从来没有想过，伺候一个偏瘫老人如此费神费力。

好不容易才把两条僵硬的腿脚重新安放到踏板上。与此同时，她也留意到，朱父的额头和鬓角都在冒虚汗，整个人显出某种虚脱的迹象，一定是她刚才冒冒失失把他弄疼了，她不由得一阵自责和内疚，万一真的出点儿啥事，该如何向朱母他们交代呢？她尽量稳住心神，将那条围在朱父脖颈上的蓝道道毛巾取下来，然后，轻轻地帮老人擦拭脸上的汗液，手到之处，她能清楚地感受到那种暖烘烘的体温，午后的阳光正在加速汗水的流动，老年人皮肤特有的那种薄脆感，使她摸着像在摸一片颤颤巍巍的黄表纸，她的手就一点一点移动，生怕会擦破了似的，从额头到两鬓再到脸面和脖颈，很快，就把一面毛巾擦湿了。她刚想换过另一个面，却发现朱父正在一眨不眨地凝视着她。

没错，从昨天下午到现在，朱父还是头一回这么悉心而真切地打量自己。那双几近枯萎了的老眼，被一层灰茫茫的薄膜所蒙蔽，估计患有白内障吧，看不清楚什么，所以，他才要集中所有的精力，直勾勾盯住她的脸，这种看姿就很接近一个年轻小伙，对自己心仪的女性特有的那份执着了，但毕竟病魔缠身多年了，这样的凝望注定不能持久。当朱父盯着她看了十几秒后，眼珠突然就滑向同一侧，眼皮忽闪两下，一颗大大的浊泪就从眶体里挤了出来，那泪继续扑闪着，并顺着一侧的鼻梁滚落下去。马娜暗自吃惊，她不清楚老人这时为何会流眼泪，是因为疼痛、委屈、难过、无奈……还是因为他长年卧病在床，今天终于有机会出门透透气了？而且，还是由他未过门的儿媳推着的。但很快，那双老眼又乜斜着歪向另一边了，刚才还很执着的目光，突然间散漫开去，同时，干瘪的嘴角也跟着抽搐起来，一串晶亮的涎水霎时溢出，在老人的下颏和胸口间，扯出一道长长的亮线。马娜稍一愣神，赶忙用手里的那条毛巾去擦，她的眼圈已莫名地红了。

轮椅后来让马娜停在一条黄汤汤的水渠的坝边上。从这里放眼望去，是大片大片即将收割的玉米，一阵秋风贴着地皮从西北方向呼猎猎地旋来，田野里顿时发出哗哗啦啦的欢响，像极了一群牲畜在地里东奔西跑。马娜有些激动地对朱父说，快看，快看，好大的玉米地啊……跟我老家的一模一样，小时候一到中秋，我就跟着爹娘去地里收玉米，玉米棒子又粗又大，我手劲还小，老是要掰好几下，才能弄下来一个，他们就说我是小姐的身子丫鬟的命……这样喃喃地说着，说着，她的眼泪就悄悄滑下来了。

也许是为了掩饰自己的情感，马娜信步离开了轮椅和朱父，一个人低着头走到距离他们很近的一座小木桥上。桥面很窄，木头栏杆有些摇晃，黄褐色的渠水在桥下汩汩流淌，水中偶尔会现出一只漩涡，像一只野兽的嘴巴，呜咽着，嘶吼着，又似精心酝酿着什么阴谋。水面上不时地漂来一些杨树柳树的叶子，微微发黄的柴草，还有几片洁白漂亮的鸟雀羽毛，它们早就习惯了这样随波逐流，可当经过那漩涡附近时，可怕的灾难就来了，突然被一股暗中的力量席卷而去，它们聚集起来快速旋转着，挣扎着，几乎眨眼间，就沉没在那深不可测的漩涡中心了。

马娜静静地凝望着那只湍急凶猛的大漩涡，忽然觉得，这浑浊的渠水就跟生活一样残酷，在吞噬它们时毫不留情，仿佛有什么深仇大恨似的。

六

朱安身哪儿都没去。

头先从酒席上溜出来，他就躲进了院子最东头的一间小库房里，半天再也没露面。这间低矮而阴暗的小土房，是家里用来存放那些农具和生活杂物的，到处都是灰尘和蜘蛛网，一般很少有人进出。现在，这场由他亲手策划的闹剧，总算快告一段落了，他一个人待在这里，依旧心事重重的。他心里或多或少有些感激马娜，不管怎么说，这个女人很顺利地一个人演完了刚才的那场独角戏，从洋溢在院子里的欢快的空气来看，一切都按部就班趋于圆满了，谁也没有看出什么破绽来。

有一个人始终让他放心不下。朱安身对自己的老同学突然产生了一种深深的厌恶，除了对方的夸夸其谈和飞也似的小轿车外，他觉得那家伙的眼神最让人受不了，头先就在酒席上，当着一桌子亲戚和长辈，他竟旁若无人地那么邪恶又那么无耻地盯着马娜看，这一下子就触犯了他作为一个男人最起码的尊严，尽管马娜什么都不是，一个他花钱雇来的风尘女人，可她毕竟是以自己对象的身份出现的，狗日的方寅虎，居然当着他的面，毫无顾忌地在她脸上身上胡乱踅摸。他实在觉得恶心，尤其是那双贼溜溜的蛤蟆眼，真应该立刻瞎掉才好。直到后来，那秃头身子栽晃着出了院子，他才多多少少舒了口气。再后来，他通过小库房的门缝，清楚地看见，马娜推着父亲出门去了，他当时真想把她叫住，他觉得这个女人简直是在画蛇添足，干吗又要手长地把轮椅推出去呢，要知道父亲现在的状况已是岌岌可危，他的心肺肾脏日渐衰竭，用母亲的话说，你爸可是有今儿没明儿的人了。所以，马娜前脚一走，他赶忙从库房里钻出来。他可不想再节外生枝了，事不宜迟，他打算尽快带上这个女人返回城里去。

前脚刚要跨出院门，朱母忽然从身后叫住了儿子。

朱母身上有种永远不肯懈怠的韧性和干练，她迈着碎步向儿子走来时，山核桃一样皱巴巴的小脸上，照旧挂着那种压抑不住的喜悦。朱母仰着头看自己的儿子，也不看看今儿是啥日子，这老半天躲着不出来，客人都挑理了，亏得人家闺女懂事啊，才没让妈坐蜡！尽管是在埋怨，但做母亲的丝毫没有生儿子气的意思，相反，说话间脸上的笑意又浓了几分。

自从父亲卧病以来，这个家里里外外，就靠母亲一手操持着。朱安身每次回来，都揣着一份深深的愧疚和不安，母亲似乎变得越来越孱弱瘦小，本来就不高的身体，这两年竟矮得不成样子了，他真担心老人有一天会吃不消的。

母亲接着对他说，刚才，小马推你爸出去转了，妈看这闺女真是贤惠啊，就算是咱自家的儿女，又能咋样呢？安子，往后可要好好待人家呢……妈就盼着你俩好啊……

这话无异于一支利箭，砰地一下，直中他的心头，他内脏在无声地滴血，他连一个字也说不出来。他宁愿这两天的事情都没有发生过，他根本就没带一个女人回来过，甚至，世上从来没有一个叫朱安身的人，一切都只是场梦，连同母亲刚刚说过的每一个字。他实在是没勇气再听母亲这样絮叨下去。他忽然掉转身去，头也不回地朝外面走了。

日头炙得整个村庄昏昏欲睡，街巷里鸦雀无声，即便是在国庆节期间，那些在外头做工找钱的人也很少回来，因此，家家户户都显得空荡而寂寥。唯独空气变得沉郁起来，秋天成熟的果子、谷物、菜蔬，还有日渐枯萎的花朵、野草和树叶，正散发出某种懒洋洋的气息，越发让人觉得昏昏沉沉了。

朱安身顺着街巷，漫无目的地走着。

这条土路十多年里几乎都没有一丝变化，他记得自己念书那会儿，最怕雨天出门，路面泥泞不堪，一不小心就会滑个大跟头，弄得满身满脸都是脏泥，像只泥猪，好不容易挨到学校，整个人早就湿透了，裤脚边滴滴答答流水，鞋子脏得叫人恶心，那阵子他最痛恨下雨天。如今成天待在城里，进出走的都是沥青路和水泥道，下雨天再也不会把鞋子弄脏了。最重要的是，在城里住惯了，他越来越不想回老家，每次回来都有诸多不便，没有卫生间没有抽水马桶没有坐便器，他蹲旱厕好长时间屙不出来，真是苦不堪言。有时，他觉得自己完蛋了，土不土，洋不洋，其实城里只有一间可怜巴巴的宿舍，并没有一个真正属于他的家，他就像一只空瓶子，悬浮在城市的河面上，总有一天，那瓶子灌满了脏水，会彻底沉浮下去。

有一个周末，他独自上市区的繁华商业街闲逛。其实，这种热闹地方最不适宜一个单身男人去溜达，因为摩肩接踵而来的，都是些卿卿我我的年轻情侣，他们搂肩搭背当众亲吻，满嘴说的都是甜腻腻的情话。他一个人买了票，捧着人家赠送的爆米花，观看最新引进的美国大片《人猿泰山》，当片中那个巨无霸般的黑猩猩，为了保护金发碧眼的美国妞，不惜舍生取义时，他被感动得热泪盈眶，这种事情于他来说非常罕见，兴许是多年来遭遇过种种白眼和冷嘲热讽，他的心理承受力日益增强，心在变硬，不会轻易被什么东西打动，尤其是一部很煽情的商业电影。但那天他确实动了情，以至于从放映厅出来，他都有些失魂落魄，美女和野兽的故事，仿佛影射了自己多年前那两次失败透顶的恋情，如果那也可以称作恋情的话。当他一个人走到大街上时，外面正在下雨，雨点敲打在身旁高楼大厦的玻璃幕墙或琳琅满目的橱窗上，发出枪炮般砰砰砰砰的轰响，街上的行人断魂样奔跑躲避，出租车滴滴叫嚣忙着拉客，唯独他像一个痴人，或行尸走肉，根本不在乎大雨倾盆，他沿着雨水漫漶的马路一直往前走。那一刻，他感觉雨才是这世上最好的东西，他甚至慷慨地扬起了脸，让密集的雨点不断地拍打着自己，他眼前仿佛又浮现出那张丑陋而狰狞的大黑猿脸，还有那个叫人魂牵梦绕的妞儿，他朦朦胧胧觉得，自己变成了一只丛林中的黑猩猩，正在枪林弹雨般的现代城市中穿行……

日头略微偏西，但热度未减，街巷的尽头有火焰般的热浪在起伏跳跃。再往前走，就是大片大片的玉米地了，宽大的叶子已变成赭黄色，在天地间静默低垂、无声无息。朱安身的目光由玉米地一点一点收回，然后停留在渠坝边上闪着熠熠光线的物件上，父亲的轮椅就停靠在那里，孤零零的，好像被谁不小心遗弃了似的。从他这个方向，确实看不到半个人影儿。于是，他大步流星朝轮椅的方向走去。他心里多少有些疑惑，推轮椅的女人跑哪儿去了？她怎么敢把老人扔在这危险的渠水边不管呢。

朱安身三步并作两步冲到渠坝上。

眼前的景象完全出乎他的想象。原来，马娜正低着头席地而坐，她的上半身就紧紧依偎在父亲的轮椅边上，她的脑袋几乎是偏垂在父亲的腿面上的，长长的头发像上好的黑色锦缎，盖住了老人的裤面。父亲也是酣睡不醒的样子，太阳把老人的脸晒成绛紫色，那些星星点点的老年斑，也像是快要烤焦了，被鸭舌帽檐遮着的额头和鼻梁上汗涔涔的。

朱安身眼眶倏地一热，他急忙扭过头去。

焦黄色的渠水就在眼前滚滚流逝，也把一个男人的目光拉得很长，很长。

七

朱父屙了一裤子。等大伙儿费了老劲把他抬放到床铺上，仍然淅淅沥沥没有消停过。

朱母连声叹气说，唉，都怪我，不该给他吃那些荤腥东西，稍微着点儿凉，就闹肚子。

马娜也跟着说，怪我不好，我不该把叔叔推出去那么久。

朱母忙抓着马娜的手，一迭声地宽慰道，闺女千万别这么说，咋能怪你呢，你可都是好心啊。

朱安身就给马娜递了个眼色，随后，两个人悄悄退出了堂屋，又双双走进那间耳房。关好了屋门，朱安身刚从身上掏出黑皮钱夹，马娜就从枕头下面取出一沓百元钞票。这是我酒席上收的礼金，全都在这里了，你数数。说着，就递到朱安身面前。朱安身显然没考虑过这个问题，他犹豫着，并没有伸手去接，嘴里说，这是你该得的。

马娜摇摇头，不，一码是一码，这钱是大伙儿给你未来媳妇的，我可没这个福气，再说我要是拿了，不真就……下面的话她没有再往下说，只是把那沓钱款款放在旁边的桌子上，脸上露出一种很复杂的表情。

朱安身还是低下头，从钱夹里数出五百块，刚要递过去，想想，又多夹出两张，凑在一起，都交给了马娜。

咱俩这就要散伙啦?

这回，马娜爽快地接过钱去。

不瞒你说，我今天还真觉得自己像个新娘子，这滋味可真好啊，我好久没觉得自己像个好女人了。

朱安身静静听着，不知道该说什么好，两个人就这样沉默了下来。

过了四五分钟，马娜默默地将身体移到朱安身跟前。

这样一来，她就正对着他了。她想，这张脸若不是天生那么难看，他还真是个不错的男人，反正要比她原先的男人强上百倍千倍。心里如此潦草地想着，她就不由自主地将自己的嘴唇凑到了他的额前，她先闭上眼睛，跟外国电影里那样，礼节性地在上面轻吻了两下。做完这个动作，她忽然感到疲累了似的，便把自己的下颌轻搭在他的一只肩窝里，又柔柔地展开双臂，再慢慢地将这个男人的双肩圈住了，她搂得很轻很轻，生怕吓着了对方似的，整个过程充满了某种仪式感。

半晌，他听见她在自言自语，又似魇在梦境中了。要是咱俩真的有缘，那就下辈子做回夫妻，我一定干干净净等着你……

话未说完，她的泪水却早已弄湿了他的肩膀头。

他的心在扑扑乱跳。

他的双手近乎木讷地低垂着。

他很想躲闪，却欲罢不能。

他索性紧闭了双眼，近乎贪婪地大口大口呼吸着异性身上散发出的温柔气息。

兴许是下午在太阳地里晒得久了，此刻这女人身上弥漫出太阳、树叶、花草、玉米和土地的味道，甜滋滋的，暖融融的，还夹带一丝草叶的苦涩，让人觉得很安心，再也不是他最初见到她时那股刺鼻子的香味了。像在投桃报李，他也笨拙地从后面搂定了她，起初只是象征性的，当他真实地接触到女人凹凸有致的身体时，他才近乎痴狂地收紧了自己有些僵硬的双臂，让两个身体毫无保留地紧贴在一起……

她就那么由着他去紧紧拥抱。这种时候，她的耳畔依稀仿佛飘来一首老歌，那是一个同样长相丑陋的男人在声嘶力竭地唱着：我很丑，可是我很温柔，白天暗淡，夜晚不休，那就是我……我很丑，可是我很温柔……

外面传来一串乱糟糟的脚步声，哐哐哐，耳房的门板也被骤然拍响了。

朱安身和马娜猛然间从意乱情迷中回过神来。

安子，安子！快点出来一下啊，咱爸他，他恐怕不行了……是二姐站在门外喊话。

朱安身闻听，急忙推开了马娜，不顾一切地冲出耳房，径直朝堂屋奔去。

亲戚们已陆续走光了，现在就剩下几个姐姐姐夫还守在父亲床前。朱安身进去的时候，大姐扭过头看着他，眼圈母牛样红湿，安子，咱爸的心愿终于了了，这回他能安心地走了。朱安身多少还有些迷迷瞪瞪，事情来得很突然，简直是急转直下，他一点儿心理准备都没有。他尽量让自己俯下身子靠近床头，父亲就平躺在那里，脸面阴灰，两腮很奇怪地往里瘪进去，嘴巴空出一个圆而黑的洞，看不到舌头在哪里，只是呼哧呼哧地出着气，眼皮已微微合拢，偶尔有一丝波动，跟睡梦中的人相似。

母亲平静地从父亲身下卷出一团旧的褥单子，那东西看上去浸得湿乎乎的，大姐忙接了过去，低着头拿到外屋去。母亲又从床角扯过一片干净的褥单子，摸索着塞到父亲身下，整个过程，就像是在给熟睡中的孩子换尿布一样自然。母亲终于艰难地抬起疲倦的身子，挨个看看朱安身他们几个，又爬过去翻翻父亲的眼皮，再把两根手指搭到病人鼻孔下方，停了一小会儿，这才非常沮丧地摇了摇头，老泪就吧嗒吧嗒淌下来了。

朱安身不由得激灵起来，他如梦方醒般地喊叫着，叫大夫啊，你们都愣着干什么，怎么还不去叫大夫啊！

朱母拿手背沾沾眼角，哀痛却镇定地说，安子，快别嚷，好让你爸静静地走，他在阳世的罪就该受完了。随即又抹了抹眼圈，喃喃地补充道，人临了的时候，都要把身上的脏东西排尽，人是干干净净来的，也要干干净净地走啊。

姐姐们听母亲这样说，顿时大放悲声，爸啊爸啊叫个不休；朱安身再也忍不住了，也跟着号啕起来。

朱母并没有像儿女们那样情绪失控，而是一个人默默地走到外屋去，在一只旧式的五斗柜里翻腾了一阵，就将一只用大红布裹着的包袱拿进来，里屋就多出一种樟脑丸沉郁刺鼻的气味。

该给他换老衣的时候了，她齉着鼻子说，你爸一直在等今天这个好日子呢，现在他可以撒手了。

一家人前前后后忙乎了大半个钟头，才把朱父的穿穿戴戴以及办后事所需的物件都拾掇齐了。老人现在安详地躺在那里，唯有出气没有进气了，下身的秽物业已止住。

朱母忽然想到了一个很重要的问题，她就把朱安身拉到一旁，压低声音说，小马可是客人，金贵着呢，她没有正式过门，万万不能让人家闺女受啥克撞，你最好趁这工夫，赶紧把人送走吧。

当地的这种风俗和讲究，朱安身依稀懂得一点儿，主要就是怕亡人对未来的新媳妇造成什么不利的影响，显然是有迷信色彩的。这种时候，他只得遵照母命，就转身去耳房见马娜。

可是，屋里根本没有人，马娜不知上哪儿去了。他又站在院里，叫了几声她的名字，半天也没人应答。他觉得有些蹊跷，难道刚才一听说老人病危的消息，就把她给吓跑了？毕竟是她把老人推到外面去的，她一定觉得自己是罪魁祸首。于是，他又慌忙跑到外面去找，街巷里空落落的，此时正当晚饭时间，空气中流淌着各家饭菜的气息，酸的辣的煳的什么都有。他沿着土路寻寻觅觅往前走，谁家的狗汪汪着冲他叫了两声，谁家的孩子捧着饭碗鼓起腮帮子朝他不停张望，谁家的母鸡刚在墙根的柴草堆里下了蛋，那鸡就咕咕嗒嗒叫得好欢实，这一切他都没有放在心上。

忐忐忑忑一路小跑，很快，他又来到先前轮椅停放过的地点。这时候，朱安身的眼光又被路旁一大块发光物所吸引，那玩意儿反射着夕阳最后一抹暧昧的红光，好像一片欲火在燃烧。他不由得止住脚步，或者，想就地转身往回走了，却猛地听见砰的一声汽车门摔响，他下意识地循着声音扭头望去，只见马娜从车里钻出来，嘴里正叫着他的名字。他再次狐疑地盯视汽车，正是上午方寅虎开的那辆。

这时，马娜已经跑到他面前了，她多少有些喘吁吁的，呼吸中挟着热乎乎的香气，一股一股吹送到他的脸上。你咋跑过来了？家里情况怎样？马娜用一只手抚住胸口，领口下方的两个圆球起伏得很厉害。你在那车上做什么呢?！朱安身的口气变得有些生硬，问话时，他的目光又一次瞥向路边的小轿车。怎么，你还吃醋啦？还不是你那个好同学，他非叫我出来聊两句。马娜说得倒也自然，只是面颊绯红得有些离谱。哼，这狗东西肯定是趁着刚才家里最忙乱的时候，开车过去把她叫走的。朱安身几乎咬着牙根暗想，同时，他又盯着这张漂亮的鹅蛋脸看了几秒钟，他觉得她也许跟他隐瞒了什么。不过，事情都已经结束了，他来找她，只是为了尽快打发她走人的，家里都要乱套了，他可不想为这种破事多费口舌。

哪知方寅虎也从车里钻出来了，摇头晃脑地径直走到他们跟前。方寅虎撇了撇黑而厚的下嘴唇，对朱安身说，你小子真有种，我都差点让你给骗了。说着，突然就伸出手来，在朱安身的胸口捣了一拳。马娜是旁观者，看得很清楚，好像朱安身不是被拳头击中的，而是让那只凶猛的刺青虎头给狠狠地咬了一口。朱安身不由得倒退两步，想咳嗽却没咳出来，脸色就憋得相当难看。马娜哧地乐了一下，双手叠摞在开司米衫领口下。别闹了，赶紧回吧，我真担心老爷子有啥事。方寅虎笑嘻嘻地晃晃秃脑壳，呵呵，够孝顺的呀，他娘的可真会演戏！马娜没心思理识他，径自转身往回走了，转眼把他俩落在了身后。

方寅虎不无鬼祟地往朱安身跟前凑了凑，挤眉弄眼地说，行了，别再跟老同学装了，我今儿一见到你们，就觉得哪不对头，不瞒你说，我在城里找过她，嘿嘿，这娘儿们床上有两下子。朱安身完全没料到，对方竟厚颜无耻到这种程度，跑来跟他胡吣这些。在他几乎无语沉默的时候，方寅虎始终嬉皮笑脸看着他，跟你商个量，反正好戏也演完了，就把她让给我吧，我会负责把她拉回城里去的，咋样老同学？不知怎地，这些该死的屁话，一下子就让他想起了《杜十娘怒沉百宝箱》，那里面有个为富不仁的孙富，问题是他可不是那个狗屎秀才李甲。朱安身的脸皮一阵火燎火烧，仿佛那些皮下的毛细血管都要跟着崩裂开来。

那咱就这么说定了，你让她赶紧收拾一下，一会儿黑了，我去接人。方寅虎一副发号施令的样子，之后，嘴里流里流气哼着一支什么歌子，得意洋洋地钻回车里，好像刚谈成了一桩不错的买卖。很快，那车轰隆一声蹿了出去，把朱安身一个人丢在呛鼻眯眼的烟团中。

太阳眼看西沉了，朱安身的影子突然被拉得又黑又长，连他自己也没意识到，在那长长的阴影里都隐藏了些什么。

八

天终于黑尽了。黑下来的屋子更添了几分悲凉。

朱母抬起头，缓缓看了一眼躺在床上气息微弱的朱父，然后回头，对围在床边的儿女们说，你们快去伙房弄点饭吃，妈一个人守着就行了。姐姐们还想坚持让母亲先去吃，可朱母很固执地摇头。于是，大伙儿才默默地退了出来。厨台和案板上摆放着午间剩下的几碟饭菜，随便在锅里热了热，几个人就围在伙房里，十分沉默地吃了起来。跟中午相同的饭菜，此时吃得每个人直想掉眼泪。

朱安身是陪着马娜在耳房里吃的。因为时间确实太晚了，去镇上搭班车肯定是来不及的，他跟马娜商量了一下，打算明天一早就送她走。朱母仍有些隐隐的担心，可还是勉强点头了。马娜又提出来，想去堂屋最后再看一眼老人，朱母出于迷信的考虑，就没有答应她的要求。现在，这两个人谁也不说话，只是听着彼此扒饭和咀嚼的声音，感觉有点儿像在同一屋檐下过了多年的夫妻。

饭刚吃到一半，那该死的汽车又鬼使神差停在院门口，车喇叭嘀嘀嘀嘀叫得心慌。朱安身警觉地侧耳去听，同时，他不露声色地瞥了一眼马娜。马娜端着白瓷饭碗的样子，和一个会过日子的良家妇女没任何区别。

朱安身试探性地问了句，要是我那个同学现在接你走，你乐意不？

马娜刚夹起一筷子油菜，又原封不动放了回去。

你开啥玩笑呢，我为啥要跟他走？他算老几！

朱安身没有要跟她抬杠的意思，只是嗫嚅道，他刚才不是叫你出去了，就没跟你提这事？

马娜迟疑了一下，他是说过，可我压根儿没答应。

哦——朱安身表情怪怪地吱了一声。

我知道你咋想的，我们这种烂女人，还不是谁给钱就跟谁睡，对不？马娜的口气似乎非要跟他大吵一架不可。

外面车喇叭声又夜猫子似的钻进屋来，跟招魂似的恼人。马娜突然撂下手里的碗筷，几乎恨恨地道，我出去跟他说，让他赶紧滚蛋，这人咋跟狗皮膏药一样！

朱安身急忙拿手按住了她，快吃你的饭，还是让我去吧。

朱安身手里端着个饭碗，刚一走出耳房，就见一个黑影快速闪进院内来了。他连忙迎上去，想挡住对方的去路。你快走吧，人家不想跟你去。黑影愣了一下，狐疑地偏着脑袋，朝那扇亮着灯光的窗户望了望，哼，是她不乐意，还是你又舍不得了？说着，嘿嘿地坏笑起来。喂，你最好别开这种玩笑，我可没工夫跟你扯淡，家里还一堆事呢！朱安身尽量加重了语气。黑影笑得有些邪性，好像有双看不见的手，正在不停地挠他的胳肢窝。哈哈哈，老同学，别那么一本正经好不好，你让我进去跟她说，这种贱女人，都认钱不认人的。未等朱安身再表态，黑影早已越过他，径直朝耳房走去。

朱安身就被傻傻地晾在那里，他一时不知该怎么好了。有那么一瞬间，他觉得就随他们去吧，爱谁是谁，自己犯不着为这点儿破事伤神动气。这样想时，脑海中偏又浮现出先前耳房里的那一幕：马娜分明是吻了他的额头，还亲了他的脸庞，他觉得，被一个女人这样亲吻和拥抱，简直是种莫大的享受，要知道这辈子，他从来没有认认真真地跟女人这样亲密过。还有，她那满身散发着太阳味的香气，她在他耳边说过的话，她最后的一声呢喃……这一切都是那么美好，那么可贵，那么来之不易。然而，这该死的王八蛋和他的小轿车一出现，就把所有美好的东西给毁了——彻底毁了！

朱安身也是忽然才意识到的，自己手里竟然很滑稽地端着一只空饭碗，活像个跑来讨饭的。于是，他径直冲进伙房，去放手里的空碗。姐姐姐夫们已匆匆吃完饭，又回堂屋守着父亲了。他一眼就瞧见案板上躺着的那把菜刀，一抹焦黄的灯光笼在刀刃上，使那玩意儿发出一片很古典很耀眼的亮光，类似于上好的青铜器。他出神地盯住这把刀，像盯着一件神秘而庄重的祭品，也就是一瞬间的事，或如灵光乍现，脑子里突然就冒出一个十分邪恶的念头。他妈的，你到底还是不是个男人？另外一个像他又不是他的声音，从那郁闷的胸腔深处迸发出，瞧你那蔫头耷脑的猢狲样，当了半辈子缩头乌龟还没当够!！他顺手抄起案板上的菜刀，想都没想，就折身返回了耳房。

那个家伙狗扯羊皮般，正跟马娜拉拉扯扯纠缠不清，女人的身体被面条样扯来拽去几乎变了形，而朱安身的贸然闯入，丝毫也没有影响到那厚颜无耻的男人，反倒使对方变本加厉，更加张狂了。马娜见朱安身进来，仿佛陡增了一股勇气，她突然一抬脚，照准方寅虎裆部就是一下，尽管踢得不是很准，可还是把对方踢得皮球样弹了一下。操，给脸不要脸，你个臭婊子！随即，朱安身看见一只粗暴的巴掌，连同那只恣睢的青黑色虎头，接连扑向了马娜，那张原本漂亮的脸蛋，顿时就被扇打得青紫难看了，女人拖着哭腔尖叫了起来。

太过分了，就算是打狗，也得看看主人吧！朱安身再也忍无可忍了。过去的经验一再证明，逆来顺受对他的生活毫无益处，一味地保持沉默，只能纵容坏人坏事一而再再而三地发生，让他一次次地陷入苦痛与挣扎。天地良心，他这辈子从来都不想得罪任何人，可身边总有些无聊的家伙，有意无意地要伤害他，并且以此为乐。就因为他天生一张丑脸，谁也瞧不起他，谁都可以随便戏谑他耍弄他侮辱他；同样因为这张难看的脸，他自己总是郁郁寡欢不善言辞、甘于现状又毫无反抗意识，生活对于他和像他这样的人来说，似乎只能是一场忍气吞声、饱受凌辱的灾难。眼下，就连这个所谓的老同学，一个曾经靠抄他作业混日子的无赖，也大言不惭地来挑衅他羞辱他了，这世界真他妈的操蛋！

当他最终异常愤怒地举起了菜刀，像个暴徒那样猛扑上去的时候，映在耳房墙壁上的身影，突然变得无比巨大。他觉得，自己一下子就成了电影中那个力大无穷的泰山，或者，是圣母院里那个又聋又丑的敲钟人……

九

马娜很长时间不能说话，也不能闭眼，只要眼皮稍稍合上，那个血腥可怖的场面，就在她眼前频频闪现。

真希望这一切都没发生，她从来没跟一个叫朱安身的人回什么老家，更没有答应给对方假扮什么对象。然而，覆水总是难收，就像她最初远离父母和故乡，只身来到同样是朱安身工作和生活的城市，从此踏上了一条不归路。现在，这条不归路上，因为她又搭进去一个男人，一个相貌丑陋、心地良善的好人。她心里非常清楚，整件事都是因她而起，苍蝇不叮无缝的蛋，其实，那晚她完全可以答应那个混蛋，稀里糊涂跟他一走了之的。可是，她偏偏矫情起来，偏偏执拗起来，偏偏就是不买那家伙的账。她觉得自己真是犯贱，该下地狱才对！她以前可不，只要有钱赚，管他什么男人，她才不在乎呢，至少在遇到朱安身之前就是这样的。但有时，她又分明觉得，自己并没错，要知道这两天朱家老少都拿她作上宾，把她当一个多好的闺女敬着供着呢，甚至于连她自己也有种错觉，她原本就是一个好女人。她忘不了朱母跟她说话时的神情，更忘不了朱父盯着她时悄然滑下的一行老泪，她几乎有些喜欢上这一家人了，他们又朴实又热忱，让人无可挑剔。所以，她又怎么可以在那种特殊时刻，尤其是在人家老人垂危之际，随随便便跟另外一个男人去鬼混呢？她不能。绝不！

等到马娜后来终于能开口讲话了，她才跟负责调查的民警说，那个姓方的纯粹是个流氓，白天在酒席桌上，就想动手动脚，后来又死皮赖脸跑到家里，缠磨过两次，最后一次，就是在那间耳房里，他想抱住她非礼，她死命反抗，他居然还动手打了她耳光，恰好让朱安身进门撞上了，他一定是给惹急了，要知道兔子急了，也是会咬人的。

马娜交代这些的时候，几乎是咬牙切齿的样子。

民警低着头，沙沙地做着详细的笔录，最后又抬起头，目光威严地盯着马娜。

你知不知道，死者那只右臂上，怎么少了一块皮？

马娜怯颤颤地闭了一下眼睛，又慌忙睁开来，这个画面实在太恐怖了，她简直不敢再去回想。

老……老虎，那……那只胳膊上，纹……纹了老虎头，有这……这么大，看……看着怪瘆人的……马娜说得结结巴巴，身体也不由得战栗起来。他……他一准是，给……给气疯了，才割……割下了那个玩意儿……我……我也想拦他，可……可腿肚子转筋，动动不了……我好像听见，朱安身反反复复嘟囔这几个字，什么漂啊，沉啊，浮啊的……也不知都啥意思，兴许，是我耳朵听差了？

惶惑八月间

一

他俩租住的房子是个里外套间，其实不大一点儿，因年久失修实在有些残破了，四周的墙壁有斑驳的颓痕和蛛丝网迹。外间面街的房子，就是小两口开的一间麻辣烫小食店，里面能凑合着支起几张窄木条桌。以前这店刚开起来时，生意还是挺好的，后来因为发生了那件事，店被查封了很长一段时间，现在，每天进来吃饭的客人，就少得可怜了。

里间房作为两个人的起居室，有限空间里的几样简单的家具和生活用品，分别是：一对半新不旧的单人沙发，是他从一家旧货市场淘来的，妻子又亲自动手缝制了一对新沙发罩子；一台蜜蜂牌缝纫机，是妻子娘家的唯一的陪嫁品，感觉像个老古董；堆放在床上的一套崭新的被褥枕头，那是他的母亲用了半个月时间赶制出来的；挂在靠床头那面墙上的一幅 24 寸的彩色结婚合影照，相片上的男女有着同样灿烂幸福的笑容，是这里唯一显得有些奢侈的物品。这些都足以说明，这的确算是间新婚新房。电视柜上原先是有一台 21 吋长虹彩电，一部性能良好的夏新影碟机的，现在那个地方却空着，上面落了一层厚厚的尘灰。

那晚，他的确是急眼了，那些人突然闯进来，要搬走家里最值钱的两样电器，他才扑过去拦挡的，否则，依他的腼腆性格，是不会跟那些执法人员发生口角的。当初为了买下这两样东西，他俩可是咬了咬牙，才下定决心要买的。妻子当时说，要不咱先买台电视看吧，影碟机等以后情况慢慢好了再说。他并不是一个凡事都能看得开的人，在这件事情上，他还是坚持自己的意见，就笑着劝她说，咱们结一场婚不易啊，一辈子就这一回，怎么能瞎凑合呢，就是借钱，也得买上，我不能让你太受委屈。

当时的情况是，他刚冲过去想挡住那几个人，立刻遭到了两名壮汉的冰雹似的一通拳脚。最后，那几个人死死抓住了他的头发，反剪了他的双手，给他狠狠地尝了尝架土飞机的痛苦滋味。他后来也因为先出手阻挡，跟警察有拉扯行为，而多出一条涉嫌妨害执行公务罪，虽然比起那些警察施加在他身上的武力和拳脚，他那两下子只不过是给老虎屁股上搔了一下痒而已。再说，兔子急了也会咬人的，更何况一个血气方刚的新婚男人呢。他当然不能眼看着，别人把自己家里的最值钱的东西搬走。

新婚妻子完全被突如其来的情形吓傻了，从小到大，她还从来没有经受过这种从天而降的恐吓，浑身上下一直在剧烈地发抖，整个人都吓蒙了，缩在被子里不敢出来。那伙自称是警察的人闯进来时，小两口已经脱了衣服睡在床上了。那是他们的新婚头一夜。其实，这之前他俩已经登记领证并在一起同居了一阵子，这个白天他们只不过是补了一道手续，把大伙儿请来喝了杯喜酒，算是宣布正式结婚了。因此，依然沉浸在白天喜庆氛围中的小两口，当然做梦也不会想到夜晚突发的这一幕。

那时候已经过了晚上十点半，妻子早早就躺下了，她觉得身体有点不太舒服，大概是白天办酒席应酬客人太累的缘故。而他正神神秘秘地蹲在地上捣鼓着那台新影碟机。这间房子里因为不通闭路，所以电视一点信号也收不到。

就在这天傍晚，妻子送走了最后一拨从远道赶来贺喜的亲友，回到家照镜子的时候，忽然记起来，自己一早在孙二娘的美发店盘新娘头时，身上没有带够钱，就先欠着了，这阵想起来，赶紧使着男人给人家送过去，顺便还包了些糖果瓜子带去，算是致谢了。在这种事情上，他们的看法是一致的，好借好还，再借不难。反正，他们从来也没有想过要占什么人便宜，他俩一门心思想靠自己的双手和汗水，在这条街上挣钱过好日子。

他去美发店送完钱，回来的路上，就碰上喝得醉醺醺的孙二。孙二是这条街上一个很闲散的男人，穿着挺讲究的，头发梳得光亮，平时帮他老婆料理一下生意上的事情，多数时间，都在这条街上晃来晃去，一副甩手掌柜的样子。孙二迎面跟他打了个招呼，笑嘻嘻地说，老弟，今儿可是你小子的大喜日子，还不赶紧回家陪着新娘子去，当心新姐姐让老猫叼走了。说笑间，孙二突然从裤兜里掏出几张亮晶晶的碟片，煞有介事地对他说，我这里可有好宝贝呢，贼他娘牛逼，你想不想开开洋荤？他老早就听说过这种外国毛片，可从来没有真真正正见识过。他正犹豫着，没说想不想看呢，孙二却顺手塞给他两张，说咱俩谁跟谁？你就放心大胆拿去看吧，就当是老哥送你的结婚贺礼，往后你嫂子再来你店里吃麻辣烫，可别再收钱嗷。他本来是想拒绝的，可话刚到嘴边，孙二已经扭头往前走了，他听见孙二转身的时候好像说了句，你们小两口晚上没尿事，看一看挺他妈过瘾的。说着，那人已拐过了街口，消失在昏黄的暮色中了。

平日里，孙二和他老婆孙二娘，还有美发店的那几个外地小姐，老来他们的店里吃麻辣烫的，彼此早就很熟了。他的头发，也是经常隔一半个月去孙家的美发店理一理。两张碟片拿在手里，他心里多少痒痒了那么一下。一路上，他还嘀咕孙二这人不错呢。当然，这种东西他是不好意思直接跟妻子说起来的，他只是偷偷拿回家，先找个地方掖起来，想着等天黑了，放上看看也没什么，大不了让她数落两句，女人家嘛。

上床前，他还是好奇地把一张碟片塞进机子里，拿遥控器捣鼓了一会儿，屏幕上就有一个赤身裸体的黄头发蓝眼睛的外国女人，正很风骚地半跪在床上搔首弄姿，两只巨大的乳房被那女人的双手揉搓得上下直打晃晃。紧接着，一个高高大大胸脯上长满卷毛的男人，也光着身体出现在画面里。他急忙把电视机的声音调低，多少有点做贼心虚的架势，然后自己也脱了衣裤，轻轻钻进妻子的被子里。他靠着床头看了一会儿，见妻子好像已经快睡着了，就拿胳膊肘接连碰了她几下，试探着问你不看看，咱家电视有图像了。妻子懒洋洋地翻了个身，迷迷糊糊眯着眼，朝床对面的电视瞅了一眼。当时，她以为自己眼花了，等揉着眼抬起脖颈仔细再一看，羞得她简直无地自容。她随手气气地用拳头狠劲捣了他几下，说，你咋是这么个人呀？下流死了！啥烂东西也敢在家看！快快快，关掉吧，真是一点也不嫌羞！

他早就知道妻子会责怪他的，她是一个很本分很贤惠的女人，再说他也看得眼睛冒火心口发烧，浑身都不自在，只好搪塞说，都是孙二那家伙硬塞给我的，你可千万别生气！好了，我这就关了不看了，上床跟你睡觉吧。

之后，他果然乖乖地下床关了碟机和电视，想也没想就将那两张碟片放在电视机壳上。他又转身到外面撒了泡尿，把马桶提进来放在屋角，这是为妻子晚上起夜准备的，她胆子小，夜里不敢出去上公厕。他钻进被子里，只想跟她亲热亲热，刚才的画面的确激起了他很旺盛的欲望，况且，今晚毕竟是他俩的洞房之夜。一开始，她不肯再理睬他，赌着气把个脊背和屁股对着他，还拿刚才的事连连噎他，可经过他再三纠缠和甜言蜜语地求饶，她心就软了。作为一个女人，她也许比他更看重这晚的意义。在黑暗里，他已经很熟稔地脱了他和她身上的衣服，她光洁的皮肤缎子一样，在他的抚摸下轻轻颤动着，随即，他便轻车熟路地爬到她的身体上。

这时，外面有人在使劲敲门，动静很大，像是有什么十万火急的事情。他起先以为是谁敲错了门，所以根本没有在意，继续搂着妻子做自己的事情。可是外面的人一直在用力敲打，并没有离开的意思。妻子这才警觉地推开他，让他下床去看一看。他嘟囔着很不乐意地爬起来，还没有来得及披好衣服，门突然就被粗暴地踹开了，一伙人跟土匪一般鱼贯而入。

他还算眼疾手快，顺手拉过自己的裤子套在腿上。妻子始终蜷缩在被子里，吓得只是一声声尖叫着，根本没有时间往身上穿衣服。

那伙人一进门，就拿手电筒照着床上的小两口，有人打开了房子里的灯，一个满嘴往外喷着酒气的胖子，摇摇晃晃地对他嚷，我们是派出所扫黄打非的，要对街面所有店铺突击检查！说着，其中一人不容分说，径直去扯开了盖在妻子身上的被子，并厉声呵斥着，让她赶快穿上衣服，好好配合他们的工作。

妻子哇的一声哭了起来。她瑟缩着的身体完全暴露在众人的视线当中。而另外两个人，二话不说直奔电视机那边，开始一阵胡乱搜腾。其中一个人眼疾手快，从电视机上猛地抓起了那两张碟片，就跟穷鬼发现了金子一样用手电照了照，碟片光芒四射，那人脸冒着金光，嘴里怪叫着，妈的，还不老实，这是啥，说这是啥，哪来的？快说！随即，他们就开始动手搬电视和影碟机。他顿时急眼了，扑上去伸手拦他们：你们凭啥搬我家的东西？我一没偷二没抢！胖警察嘿嘿笑了一声，晃动着油腻的肉脑袋对他说，凭啥？你说凭啥？就凭你他妈的私自播放非法黄碟，一应赃物统统没收！说完，胖警察顺手把那两张碟片塞进裤兜，与此同时，手里的黑胶木警棍恶狠狠地朝他小腹捅过去，他根本没有反应过来，重重地挨了一下，顿时疼得直不起腰来。另外几个人见状，也都围过来对他拳打脚踢。

妻子眼看着自己的丈夫被七手八脚打翻在地，并跟破麻袋片一样踩在脚下，而她却只有哭天喊地瑟瑟发抖的份儿。

二

正午时分，天上的日头尤为酷烈，到处都被烤得死气沉沉、萎靡不振。镇街上没有一丝风，巴掌大的天空底下，那些呆头呆脑的临街的老宅和店铺都让炽烈笼罩着，热浪蒸腾，密不透风。一辆三轮蹦蹦车剧烈颠簸着，从街的一头风驰电掣般开过来，震得整个街道两旁的玻璃窗和门板，都哗啦哗啦地跳动起来。开车的男人不停嘴地吆喝着，好让前面路上的人赶紧闪开。街道上扬起一股呛人的白烟，几个小孩子正拼命地跟在蹦蹦车后面紧追不舍，边追边喊，喊什么听不清楚。蹦蹦车发动机的声音实在是太嘈杂了，几乎有点摧枯拉朽。在这西北偏僻小城，八月的天气有时比盛夏更加燥热，人待在房里，即便一动不动，也会浑身直往出冒虚汗。除了刚刚驶过的那辆载人的蹦蹦车，几个追车而去的半大孩子，街面上很少有人走动，大伙儿都躲在家里睡午觉呢。

兴许是天气太热的缘故，生意实在不好做，一上午也没进来一个吃饭的人。那些清早就漂洗干净的油菜、生菜、茼蒿、豆腐皮、宽粉条，一直晾在油腻腻的绿色网罩下面，菜叶儿都打蔫了，豆制品很容易发出馊臭的气味，招来几只恼人的苍蝇在头顶飞舞盘旋哼叫。女人还是像往常一样，一直守在自己的店里，眼巴巴地望着街对面白花花的一摊阳光。

女人的目光被窄窄的街道拉长了似的，有了一种空茫的朝向，又像是被外面的阳光悄悄分解了，显得十分散漫不经，又很忧郁。过一会儿，那眼泪就会止不住淌下来，她总想起那些心酸的事情，身体就会奇妙地往里收缩一下，仿佛脊背间受到突然袭来的一股冰寒。

有一阵子，她几乎连上街买菜的钱都没有了，开店所需的一些周转金，还是从街坊和亲戚那里转借来的。在过去的一段相当痛苦而漫长的时间里，她成天地四处奔波，就为给丈夫上下打点，好让他早些出来。她花完了他俩婚前所有的积蓄，还欠了一屁股的账债。男人现在虽说被放回来了，可他人成天木僵僵的，跟以前爱说爱逗的那个丈夫判若两人，整天就知道躲在阴暗的小房子里，脸上再也看不到以往的一丝笑容，一连许多天也不跟她说一个字。而她也几乎不敢多看他一眼，一看到他那副可怜巴巴的样子，她的心就像刀绞针刺一样疼痛难忍。她实在想不明白，事情为什么突然会变成这样？好端端的一个新家，一夜之间全变了模样，小食店也让查封了，家里仅有的两样电器也被他们收走了，丈夫还接二连三被他们抓进派出所审讯，弄得整条街上的人，从早到晚都在议论他俩的事情。

她死活也想不通，可她知道日子还得照常过下去啊，而且，借的街坊邻居和亲戚们的钱得尽快还上。她想过了，等手头稍微宽余一些，她要带上丈夫到省城去看病，找最好的大夫给他治疗，因为大伙儿都说，丈夫很可能得的是精神抑郁症，需要看什么心理医生才行。虽说她不懂什么叫抑郁症，可她从丈夫的样子里，能看出来这种病有多可怕。她不想让自己的男人一直就这样持续下去，这个家离不开他。她更离不开丈夫。他们俩都还年轻啊，他们还想要一两个孩子，最好有个姑娘。丈夫以前跟她说过，他喜欢小姑娘，还说儿女才是爹妈最贴身的小棉袄。他说这话的时候，眼光里充满了自信和微笑，让她觉得幸福生活触手可及。

三

房间的门和窗户都关得严严实实，就连窗帘子白天也是拉上的。碎花格子的棉布窗帘，滤除了由外面照射进来的刺眼的日光，但那股炙人的热量似乎并没有削减多少，房内的空气里有一种凝滞的燥热始终浮悬着，使人有种喘不过气的煎熬。

男人始终背对窗户而坐，那条上面印有百合图案的毛毯，此刻不合时宜地披在他身上，显得十分怪诞。他就静静地坐在床上，身体间或略微地筛动一下——可以看出来，这种细微的筛动，完全是来自血液不均衡的流动，或是心灵深处的巨大恐惧在作祟。他的屁股总是坐得很虚，很轻，好像他身体的所有重量，并不是依靠屁股的力量来支撑着，而是被一根肉眼看不见的绳子，由房顶上方某处吊起来的，所以，即便别人猛不丁放个屁，他准会惊得从床上跳起来。他坐在那里的确很静，静得可怕，跟熟睡中的老头儿似的。而且，他能这样一动不动地坐上一整天，不吃也不喝，更不会多说一个字。即便是新婚的妻子进来，坐在他身边，关切而又焦虑地问这问那，他也是保持着这种古怪不变的姿势，一言不发，顶多是很木然地点一下或摇一摇头。

老家来人一再问起在那些天他们都对他做了什么，他在这种反复询问中沉默了很长时间后，会很唐突地冒出一句，警察没打我，是我先动手推了警察。如果他们再问下去，照旧是这句老话，是我先动手搡倒了警察，警察没打我，真的，警察没打我……周而复始，但声音会越来越小，最后变得跟蚊虫似的，谁也听不清楚他在说些什么。大伙儿面面相觑，便不敢再深问了，怕问急了，他会有什么更加反常的举动。谁都认定，他人确实受了巨大的惊吓。

其实，他的静坐只是一种表面现象，事实上，他的心一直悬挂着，从家人凑齐一笔钱，为他办理了取保候审手续之后，他的心就始终没有放下来。偶尔，窗外有什么人打房子前面经过，或者，发出一丝很轻微的咳嗽或说笑的声音，他都会立即惊觉地打个寒噤，眼睛水洗一样明亮地睁开，好像从来没有那么有力又有神地睁开过，但这种明亮显然又是空洞无物的，脑袋总是神经质地偏向一边，然后，将身上的毛毯更紧地裹两下，生怕什么东西会乘机钻进身体里去。倘若是那种很疯野的蹦蹦车开过来，他会突然歇斯底里地大叫起来，他们抓我来啦，怎么办？他们抓我来啦！我哪儿都不去，我怕，我怕，快把他们赶出去，他们没打我，是我先动的手……妻子闻声忙跑进来，一把将他儿子似的搂进怀里，轻轻地揉搓他的脑袋，让他千万别怕。这种时候，她往往也会泪如雨下、泣不成声的。

男人从派出所回到家的当天晚上，妻子就跟小女儿似的，紧抱住他的头，足足哭了半个钟头。连续两个多礼拜的四处奔走和长时间的失眠，使原本身体娇小的妻子变得更加脆弱，精神恍惚，情绪十分低沉，夜里即使好不容易入睡，也常常会被可怕的噩梦惊醒，之后再也合不上眼。

双方的亲友接连从很远的地方赶过来，围着蓬头垢面、一蹶不振的他，没完没了地询问情况，不时掉着伤心的眼泪，问得最多的话，还是他在里面有没有被人打被人欺负过。这显然只是一种美好的希冀，大伙儿都希望他在里面的那些日子，不被打不被骂，没人欺负过他，甚至连头发也不会动一根的，一定是囫囫囵囵进去，又囫囫囵囵出来的，可这也只能是一种太过于美好的超越现实的想象。

他现在的精神面貌和身体情况，已经说明了一切。他比刚结婚那些天整整瘦了一圈，两只眼睛凹陷得很深，眼神里丝毫没有新婚丈夫所具有的那份喜悦和惬意。与此相反，他看人时的模样总是怯怯的，不管是生人还是熟人，只要有人一走进这间房子，他都会下意识地朝床的最里面迅速挪移过去，像是在躲什么可怕的怪物。还有，他基本上不怎么跟人说话，旁人问十句八句，他也不会吭一声的，连妻子也拿他没有一点儿办法。亲友们又大多都是老实巴交的乡下人，尤其像妻子的父母，都是从遥远的山区赶来的，一辈子也没遇见过这种场面。他们甚至到现在也弄不清楚，那“碟”究竟是个啥名堂，更别提什么带色的毛片了，在他们的认知当中，那“碟”就应该是吃饭盛菜用的盘子或碟子，仅此而已。所以，这种东西又怎能惹来大祸呢？他们当然不明白，只是默默抹着眼泪，为这从天而降的灾祸，感到莫名的恐惧和愤懑，为女儿女婿的遭遇感到种种不平。除此之外，他们唯独能说的就是一些爱莫能助的宽心话，谁让咱们的孩子倒霉，偏偏遇上了这种事呢，硬把一双新人搅和得鸡飞蛋打狗跳墙的，这些个狗日的……

而他眼前，总是不停地闪现出一幅幅也许今生都难忘的画面，它们犹如一枚一枚生了锈的铁钉，深深地戳进他的脑海当中，隐隐的疼痛一刻也不能停止。

按理说，那该是一个非常美好的夜晚才对。

那晚天空悬着一轮弯月，淡淡的月光足以照亮整条街道，喧嚣了一个白天的小镇子，正伴随着日头偏西和渐渐下沉静了起来，熙熙攘攘的人流朝着不同的地方散去，街道两旁大大小小的店铺接连关起门窗，除过小酒馆、足浴中心、美容美发店和夜以继日出售成人生活用品的小店，还在继续招徕着进进出出的散客，街上那些做小买卖的，多数都收拾摊子回家歇息了。那几盏昏黄的路灯，在夜色完全降临到这条逼仄的小街的一刻，都零零星星闪烁起来。一群孩子正为某个感兴趣的电子游戏或正时髦的玩具嚷闹着，他们从街面上蹦蹦跳跳而过，间或，还能听见某个嗓门细亮的女人，正站在家门口，一声长一声短地呼唤自己孩子回来吃饭——这种女人的声音，让人感到亲切。再有，就是某个影碟出租店里，传来的一阵没头没尾的人物对白，或者哼哼唧唧的歌曲声，仿佛睡着了似的呢喃不休。

有三五个操外地口音的女人，正慵懒地从街的一头走过来，她们身上穿着那种又露又透的吊带短裙，裙子的质地像睡衣一样薄，能隐隐约约地看出内裤和胸罩花花绿绿的颜色。她们用脚下的高跟凉鞋笃笃地敲击着路面，脚趾甲涂了或红或蓝的油彩，看上去好像不是脚趾，而是别的什么异物，浑圆的肩头搭着的色泽鲜艳的坤包，随着她们的摇摆的身姿一路前后晃动着。她们边走边饶有兴趣地谈论着什么，比如，某个出手阔绰的客人，或英俊潇洒的小白脸。后来，她们径直去了那家麻辣烫店，这些昼伏夜出的像猫一样的女人，几乎每天都要光顾一次，而且，一般都是在黄昏来临的时候，她们急需在这里补充卡路里，以便维持即将到来的丰富多彩的夜生活。她们选择在这家店里吃麻辣烫的同时，其实也选择了一种富有刺激的夜生活。只有她们一点儿也不在意那两口子家发生的事情，她们只关心这个晚上自己能拿到多少小费。街上的人早就暗地里说过：做她们这行也不容易呢，看她们几个多能下苦，每天只吃两块半的一碗麻辣烫，可夜里要出多少汗啊！本地女人注定吃不得这种苦，也丢不起这个人，所以，钱全都被外地女人挣跑了。这种说法似乎不无道理。

这个八月里的白天，跟以往相比并没有什么不同，一切似乎都井然有序。如果非要说有什么特别的地方，那应该是，有一对新人白天在街上的一家叫“有福来”的酒馆里办了喜事，他们请来一些亲朋和邻居，在小酒馆里坐了坐，放了两挂一千响的鞭炮，散了属于他俩的喜烟和喜糖。也就是说，在这条街上，他俩的夫妻关系更加明朗化了，完全应该受到法律和道德的双重保护。而实际情况却是，那家“有福来”酒馆，并不能给这两个新人带来什么好运道。因为那件事情后来就发生在这天晚上，那时整条街都已昏昏入睡，只有几只流浪猫还喵呜喵呜地在垃圾站附近睃巡。

此外，就是那些特服行业了，比方说吧，孙二娘美容美发中心的那几个外地来的小姐，她们每个人都或多或少地赚到了该得的小费，五十、一百，或更多。这两个数字表明两种意思：前者只是给客人摁摁头捏捏肩捶捶背，并允许客人随便在她们身体的一些部位摸上几把；而后者却是要有实实在在的付出，这条街也将此种勾当叫作“和尚洗头”，说得既隐秘又恰如其分，跟前者有着本质上的区别，她们得到的回报才相对丰厚一些。另外，街上的一家名叫“狮子楼”的小酒馆生意也很红火，因为派出所的几名干警下班后，就躲在里面猜拳喝酒，他们喝得是正宗的“酒鬼”酒，据说这种酒喝了不上头，越喝越海量。所以，他们一伙儿人一共喝下了六瓶，准备打开第七瓶的时候，有人提醒说，酒先别开呢，我们也该到街上转转去了。

于是，那个胖警察不耐烦地掏出自己的手机看了看时间。刚好是十点五十分。胖警察回头就对站在一旁的女服务员挤了挤蛤蟆眼说，桌子先给我们留着，待会儿哥几个还回来，接茬儿喝！

小姑娘打着倦怠的哈欠，懒懒地嗳了一声。

四

丈夫头一次从派出所回来的那个晚上，美发店的老板孙二娘便气势汹汹地横闯进来。孙二娘一进门，就劈头盖脸指着他破口臭骂起来。他妈的，你还算是个男人呢，你爱看下三滥片子，就说你自己呗，你凭啥把我家孙二也拉扯进去？还说什么孙二拿给你看的，你又不是三岁孩子，孙二屙给你屎，你也吃吗？难道你不长脑子啊！天底下咋还有你这种不要脸的人！你自己惹了一身臊臭，还硬把屎盆子往别人身上扣！丈夫当时吓得脸色灰白，自始至终不发一言。等孙二娘骂够了，人走了好半天，他才恍恍惚惚地对妻子说，快去，把门锁上，赶紧去呀！

孙二娘原本是十分泼辣的女人，她是这条街上最早开理发馆的，听说她还专程跑去广州深圳一带，深造过一阵所谓的美容美发技术，她店里的一面墙上，还明目张胆地挂着她弄来的学历证书，尤其是她跟香港某高级美发师的珍贵合影，她那证书上还有几行中英文字，写得龙飞凤舞的，很少有人能认得出来。自打有了这两样法宝，孙二娘就一天天牛起来，竟然鸟枪换炮，把原先的理发馆重新装修了一番，外间理发美容，里面搞成了几个隐秘浪漫的按摩包厢，大厅里添加了几盏制造情调的彩灯，门口立起一幅时尚的美女喷绘广告，另外还雇了一群从外地来的打工妹，年龄都在二十上下，她还把理发店更名叫孙二娘美容美发工作室，生意就一天天火起来了。丈夫后来拿回家偷看的那两张碟片，确确实实就是从孙二娘的丈夫孙二手里弄来的。

丈夫在派出所一五一十地交代了事情的前后经过，当然，也就不可避免地提到了孙二，和孙二在路上塞给他的那两张碟片。他不会拐弯抹角。于是，派出所就把孙二也传唤了去，让他老实交代那两张碟的来源，孙二只好承认是自己让朋友从广州那边顺带捎来的，所里除了没收了他那几张黄碟，又对他处以一千元罚款。有关被罚款的事，后来街上流传着三种不同的说法：

第一种是，根本没有罚那么多，也就象征性地交了二百元了事。

第二种，说一分钱也没有罚，派出所只没收了孙二的碟并给予警告。可是，那天有人亲眼看见，孙二娘带着从自己店里精挑细选出来的两名妖冶的小姐，径直去了派出所后院的那个值班室，而且天色已经很晚了，她们从所里出来的时候，天都快亮了。

这第三种说法最为普遍。据说，那天派出所的朱胖子带了一伙人到孙二娘的店里了解情况，警察一进去，孙二娘立即就让人把店门从里面反锁了，还在门口支了个牌子，写着“今日盘点，暂停营业”字样。这是不是可以叫作关起门来打狗，还是另有别的什么名堂？街上的人也都说不太清楚，可大伙儿都觉得孙二娘不简单呢，这女人很有些手段，凡事都能摆平，官商两道亨通。按理说，警察扫黄打非，最应该收拾的就是孙二娘的店了，可人家的生意丝毫没有受到影响，反倒是开小食店的两口子受罚——歇业整顿。

但是不管怎么说，孙二还是一下子出名了，比他老婆的美发店和店里的美丽迷人的小姐还有名气。人怕出名猪怕壮，他现在连街也不敢上，整天赖在家里生闷气，因为一旦上街遇到熟人，就会觍着脸向他借碟看。喂，把你珍藏的好东西拿出来瞧瞧，别一个人吃独食啊！孙二简直恨得不行。孙二逢人就说，我他妈的跳到黄河也洗不清了，世上哪有这种恩将仇报的小人！就因为孙二的这句话，街上很多人都开始有意无意地躲着他们两口子，暗地里都说，这个男人很阴暗，他一点儿也不讲信用。所以，大家也轻易不会走进那两口子的麻辣烫店里吃东西了，好像生怕日后有所牵连。人们的这种谨慎心理，使她店里的麻辣烫生意更是雪上加霜，几乎难以为继了。

就在事发当晚，丈夫连夜被带进派出所去了，那些人说是要录他的口供。一连几天，都快把她急疯了，父母亲戚又都住得远，远水也解不了近渴。她就去找几个平素要好的街坊想办法，后来还是一个街坊给她出的个主意，说他们抓人，还不就是为罚几个款吗，再说，又不是犯了杀头死罪，现在的社会，只要肯掏几个钱，没有摆不平的事。她就拿出家里当时仅有的一千块钱，去派出所找人疏通，她打问清楚了，负责这案子的，正是那晚用警棍打人的胖警察，旁人都说让她去找那个朱胖子。

那天她站在派出所门口等了一上午，好不容易才把在外面应付饭局的朱胖子等了回来。她一开始也想请人家吃个便饭，可朱胖子打着酒嗝根本不理睬她。朱胖子还弄出一副凛然正气的样子，说吃什么饭，你男人犯的事可不小，知不知道，现在全国正开展黄毒赌专项治理行动？你男人这叫撞在枪口上了！懂不懂？弄不好是要入大狱的！朱胖子说话的时候，沾满酒精的唾沫星子，飞得哪哪都是，嘴里不时泛出一股很浓的酒肉气。她一听就发怵了，心里一点儿底也没有了。她央求说，我们甘愿交罚款，求你们不论如何把我男人放了吧，他以后再也不敢了，我们保证。朱胖子似有难处地想了想，看见门外有人来回走动，他就先去把办公室的门关上，然后坐在靠背椅子里，两只脚高高地翘在桌面上，僵持了一阵，他才翻着一双三角眼，对她举起三根手指。他说至少得这个数，你考虑一下。她以为是三百，急忙点了点头。说三百就三百，我现在就把钱交上，那你们啥时候放人？朱胖子哧地一下笑出声来，他接着又打了两记饱嗝，味道很冲。现如今他妈的三百也还能叫个钱？你以为咱们的钱是美元呢，我说的是三千，这是最低价，少一分都不行！她一下子傻眼了，她身上只有一千块，她上哪里弄那么多钱去？卖了他们那个小食店，也不值三千块。况且，三千块得卖出多少碗麻辣烫啊？于是，她就老老实实地把那一千块全都拿出来放在朱胖子的桌子上，她几乎呜咽着求他给上头说说情，放他们一码。我真的一分钱也再拿不出来了，就剩这一千块，你就行行好，大人大量把他放了吧，你的恩情我们会记着的。

朱胖子一开始头摇得跟菜心虫似的，死活也不点头，他说这罚款又装不进我的腰包，你想好，这可是救你男人一条命啊。最后，她实在没有别的办法了，只好扑通跪在地上，一时声泪俱下。这样又过了一刻钟，朱胖子大概有些犯困了，接连打着哈欠慢慢站起来，说，现在是新社会，不要动不动就下跪作揖告饶的，我们可不兴这一套！你的事情还是可以商量的嘛。说着，他径直走到她身边，把她从地上轻轻搀了起来。在这个过程中，她当然没有注意到，朱胖子一脸色眯眯的样子，他的手很巧妙地停留在她的屁股蛋上，并慢条斯理地摸索着，接着，又很诡秘地拍了两拍，嘴里说，你呀，别哭了，快起来吧，你们女同志一哭鼻子呀，我心肠就软了，行行行！一千就一千，老哥今天给足你这个面子，不过，你怎么谢我呢？她自然又说了一堆感恩不尽的话。朱胖子始终笑眯眯地说，光说感谢有啥用，怎么样，哪天有空陪你老哥去歌厅唱几嗓子去？说着，又伸出一只肉墩墩的肥手，趁机去捏她的下颌尖。她茫然地闪躲着，可还是让他捏了个正着。想想，毕竟人家肯出面帮忙，还替他们省了一大笔钱，她就忍了。

交完罚款的那个晚上，丈夫果然就被放出来了，小食店的封条也被朱胖子派人给撕掉了。女人满心欢喜，特意给丈夫烧了一锅开水，让他在家里好好洗一洗，去去身上的晦气。虽说前后花了不少钱，费了不少周折，可总算能破财免灾、息事宁人了。她觉得人回来比什么都重要。

丈夫头次刚回来时，还跟她问这问那，一个劲说都是他不好，给家里惹出这场祸事，他简直后悔得想死，真恨不得剁了自己那只手。女人倒也想开了，就开导他说，其实也不能全怪你，要不是那个孙二硬塞给你，咱们怎么能摊上这种事呢。丈夫也就不再说什么，第二天一早，他照样去市场里采购店里所需的菜蔬去了。生活好像又回到了正轨。只是，一连好几夜，他都没有提出跟她过夫妻生活，以前几乎每隔一半天，他都会很主动地钻进被窝跟她亲热一下的。

刚开始，她确实没有往心上去，只认为他大概是累了或心情不太好，她想过一阵子，自然就会好的。直到半月后的一天下午，丈夫再度被那几个穿警服的人闯进来带走了——这次他们出示了刑事拘捕证，上面说丈夫涉嫌妨害警察执行公务，蓄意破坏扫黄打非专项行动，还给他戴上了锃亮的手铐子——她这时才回想起来，就在这半个月时间里，他俩始终没有做过那事。而且，她还发现丈夫的话越来越少，没事的时候，总是用十根指甲撕拽自己的头发，成天唉声叹气，一副痛苦不堪的样子。

五

女人的心疯得像长满了野草。她觉得也许问题真的又严重起来了，一想起朱胖子曾对她说起的什么严打治理，她就无法按捺心中的恐惧。无奈之下，她只好关了店门，先后回到自己的娘家和丈夫的父母那边，给他们详细诉说情况，本来她是想瞒着的，可现在她实在无路可走，只好让大家一起帮她想办法，好尽快把丈夫从里面保了出来。

其实，就在丈夫第二次被抓走后，她又去找过那个姓朱的胖警察，看他能不能再给想点办法，通融通融。不知什么原因，那个朱胖子突然一反常态，总是躲着不肯见她。好不容易被她堵在街角了，朱胖子才吞吞吐吐地说，姑奶奶，这两天形势紧迫，你们的案子已经当成专项治理的典型上报了，这回天王老子也没法子了。形势确实严峻起来，就连她想去探视一下丈夫，也变得不可能了，人家告诉她说，非要等到案子审理清楚才能见面。

她回到家里，人几乎病倒了，接连在床上躺了三天，生意做不成，夜里发烧，直说梦话，一想起男人受罪的样子，眼泪就一刻不停地往下落。两边的老人和亲戚都先后过来给她打气，让她别愁坏了身子，都说，天底下总该有个讲理的地方吧！丈夫究竟犯了多大的法？既然头回也交了罚款，人也给放回来了，为什么过后又二话不说就把人铐走了呢？亲人的这些话，使一筹莫展的她渐渐省悟过来，她觉得这件事情肯定有问题，自己不能就这样傻等下去，她开始不再相信派出所的那些人，谁的话她也不信，她一定要找个能说理的地方，她要给丈夫讨一个说法。

几天后，她拿着从亲戚手里凑来的几百块钱，匆匆忙忙地坐上了一辆开往省城的长途汽车，开始了她上访求助的孤独之旅。汽车开动的一瞬间，她透过车窗，长时间注视着眼前的窄仄的街道和街道上来来往往的路人，她感到眼前的一切那么陌生，好像她从来都没有到过这个地方。阳光很刺眼，她的眼泪慢慢地溢出来，不过她没有让自己哭出声音，她忽然有种很悲壮的感觉，有种想让自己变得坚强一些的迫切愿望。她知道丈夫正在里面等着她呢，他可不能没有她啊。正是那一刻，她突然对自己跟丈夫的结合有了更真实的体会，只有共同患难，夫妻才是同林鸟啊。

等到了偌大的省城，她一下车就蒙了，看来，她把事情想得太简单了，那种人地两生的空茫感，出其不意地将她攫住，使她感到恐慌，感到无助，她不知道该往哪里去，该去找谁帮忙。她茫然地走进车站附近的一家邮局，大厅里有一个专门替人代笔的瘦男人坐在那里，看样子近视得很厉害，眼镜片子厚厚的，看人的时候，两只眼珠子像两颗潮湿的黑豆一样贴在镜片上，发出逼人的亮光。

她上前跟眼镜先生打听，自己想去的地方怎么走，对方用黑豆眼反反复复打量了她半天，才慢条斯理地说，姑娘我猜你是想鸣冤告状吧！这种事情一定得有状子，就是书面材料，这样你去了人家才会受理的。她就说自己刚下车，还没来得及准备。眼镜先生才和气地说他可以代笔，不过这种状子很难写，写不好对当事人不利，官司就打不赢。她明白对方的意思，急忙央求他，无论如何帮她写一份，她正急着用呢。眼镜先生让她先把事情的经过讲述了一遍，听完后，对方接连感慨地说，这可是当今的第一大冤案啊，闻所未闻！一般这种案子，我是按千字 300 块起价的，看你是外地人，又是个女同志，那就收 250 块吧！她为难地说，太多了，能再少点吧，50 块？眼镜先生把眼白一翻，哪有 50 块的价！你以为买白菜呢，最低也得 200，不想写就算了。

她只好咬咬牙又加了 50 块。对方才摇着脑袋，做出一副很为难的样子，他让她先交 50 元押金，这才龙飞凤舞地开始动笔写起来。也就是她到外面吃了碗面条的工夫，状子就已经写好了。她把准备好的另外 50 元拿出来，对方立刻气愤地阴下脸来，你是不是打发要饭的呢？我给你写了 10 页，一共是 3300 字，还不算标点符号，你少说也得给我 330 块，刚才我们说好的，一千字 100 块的！她这才恍然大悟，好话说了一箩筐，也只少掉了 30 元，对方再一分钱也不肯让了。

这份花 300 块钱换来的状子，后来当她几经周折，终于找到信访部门接待室，几乎流着眼泪地递上去的时候，一个面目庸俗的女信访干部接过去，随便翻了几翻就扔还给她，并说，这哪是上访材料呀？纯粹一个杜撰的传奇故事！材料必须实事求是，有一说一，有二说二，这种胡诌八扯的东西，你还是拿回去自己看吧，恕我们不能接收！在信访干部那里碰壁之后，她又找到省城的一家法院，在这里当然也遭到了更严厉的拒绝。理由很简单，人家对她所提供的材料，同样不屑一顾，最后答复她说，法院的诉讼程序必须由下而上逐级受理，而她的事情应该先由地方司法机关先接受办理，如果她对裁决不服，才可能向上级司法机关提出上诉请求。她彻底绝望了，等回到住的那家小旅馆里，出门时随身带来的五百多块钱，也只剩下不足百元了。

整整一宿没有合眼，她就那么呆呆地盘腿坐在床上，透过窗户长时间凝望着省城的夜空。这里的午夜依旧灯火阑珊，附近街道隐隐传来一些嘈杂的声音，大大小小的汽车发动机在嗡嗡旋转，在夜色中诡秘地排放着超标的尾气，正在卡拉 OK 的饮食男女嗓音渐已沙哑，香烟和烈酒使他们的歌声蒙上一层混合着尼古丁和乙醇的灰色，听起来有种鬼哭狼嚎的感觉。不夜的省城和难以入眠的她，在这午夜时分彼此对抗：一边是火焰，一边是冰山。她觉得自己现在比戏里那个窦娥还冤，比那个哭倒长城的孟姜女还苦，她整个人被一种欲哭无泪的惶惑与伤痛长时间浸泡着。直到东方发白的一刻，她终于像疲沓的牲口一样一头倒在床上。她感到头疼欲裂。她终于昏昏沉沉睡着了。

很快，梦见一片水天相接的河滩，河水湍急，岸滩上怪石嶙峋粗粝，她光着双脚，在那些怪石上一路狂奔……她看见丈夫在前面的河中痛苦而绝望地挣扎着，河水很快就将他吞没了，他的双手和脑袋一直在水面上起起伏伏，慌乱摇晃，他的呼号声声悲鸣而凄凉。她一直呼喊着丈夫的名字，一路狂奔，救人呀，快来救救我男人啊！可是，她无论怎么奔跑，却总也抵达不了那条河，眼看着他就被河水吞没了，脚下似乎是一段永远也无法缩短的漫长距离。她的两只脚早被尖利的石头磨破了，露出森森白骨，血流如注，河滩上一片赤红和狰狞。

天亮之前，她满头大汗从梦中惊醒。关于这场噩梦，她几乎毫无记忆，梦一如汹涌的河水，从她沉沉的大脑中退却了，她唯一能记住的就是红色，只有红色，是血，鲜红奔涌的血。她接下来所做的一切，都跟这场梦给予的暗示有关。她抬眼看见，那苫在茶盘上的白色的小方巾，这种东西在各地大大小小的宾馆饭店比比皆是，它们用看似的洁白和平整掩饰着旅馆服务业的某些暗疾或通病。她把那种东西拿过来，上面印有省城某某旅馆字样，字迹已相当模糊了，但这也正是一个重要启示，就像梦中出现的红色。接着，她几乎毫不犹豫地就用牙齿愤然决然地咬破了自己右手的食指——那根指头这时候显得那么突出，它正跃跃闪动着艳丽的色彩和神奇的功用。她颤抖着鲜红的食指，以指为笔，在那块质地并不太好的白色方巾上，写下了歪歪扭扭的血红的文字，她的文化水平的确有限，她初中只念过一年，就因家境窘困辍学了，不过她能写这么多已经足够了：父老乡亲们！求你们救救我男人吧！他是被人冤枉的……

在忍痛写下这些时，一串长泪斑驳地落在方巾上，使她眼前的一切充满了纷乱的潮湿和扑朔迷离的意味。

后来那块被写上血字的方巾，就落到了省城的一家媒体记者的手中。那时候她几乎弹尽粮绝了，她被迫离开了那家小旅馆，因为她实在付不起每晚 25 元的床位费——尽管这个价目在省城已经低廉到不能再低的程度，否则，她只能去睡马路。她在离开省城的前两天，经常出现在这座城市的闹市地带，比如，人民广场、步行街、百姓购物城，以及麦当劳餐厅门口，她长跪乞求，以头磕地，引得过往路人侧目。刚开始，她并没有受到足够的重视，人们普遍认为这个临街下跪的落魄女人，准是个外地来的女骗子或职业乞丐，她只是想利用人们善良的同情心，糊弄两个盘缠罢了。这种人城里的确见多不怪。八月末的省城，每天气温平均在 28℃至 32℃之间，高温酷热，加上连日的饥渴失眠和困乏，终于让单薄的她倒在了大街上，就像一只被人遗弃的包袱卷瘫软下来。

当她迷迷糊糊醒来，很多陌生的目光投射在她的身上。他们中有很多人带着斯文的眼镜，脖子上挂着很专业的照相机，有的手里还端着一台很精巧的小摄像机，在不停地照她，拍她。

这次，嗅觉异常灵敏的媒体记者，对于她来说不啻为绝处逢生。从那一刻起，有一大群记者像被烈日烤化的驴皮胶紧紧粘上了这个可怜的女人。这个世界上，似乎再也没有比媒体更具有权威性的发言者了，媒体的突然介入和人们的猎奇心态，使整个事情忽然蒙上一层柳暗花明的虚幻色彩。一对小镇夫妇的名字，以及他们的前后遭遇如一夜春风，一下子刮遍黄河上下和大江南北。当然，这些媒体也因此获得了前所未有的经济回报和社会效应，急剧攀升的报纸销量和网络点击量，足以让那些大佬们在这个季节里好好偷着乐一阵子，而成千上万的读者，正捧着一份份印刷精美的小报，躲在空调良好的房间里避暑消遣，或者泡在网上，展开一浪高过一浪的所谓的支援和声讨。

六

丈夫总算是又回到了他俩的小窝。

朱胖子带着几名据说是临时工的民警，亲自登门给他们夫妇赔礼道歉，三万元的精神赔偿金，也一次性送到他们手里。朱胖子语重心长地说，领导决定了，回去就开除这两个不称职的临时工，请你们多多包涵，这些年轻娃娃业务水平太低，调查又不仔细，执法行为有些过火……总之，一切看上去，似乎都比女人最初的愿望要好得多。

当初，她只不过像求他们尽快把人放了，她就是想让自己的男人平平安安地回家，除此之外，别无所求。对于她来说，无论是赔钱，还是让那几个年轻民警受到的处分，都已经毫无意义了，因为这场噩梦终于在秋天来临之后，纷纷扰扰地远去了，包括她的右手食指，现在已看不出一点儿被牙齿咬破的痕迹。

有一天清晨，她刚起身不久，那个孙二就鬼使神差地出现在他们的小店里。自从事情闹大以后，这个男人还是头一次走进来跟她说话。他进来就口口声声嚷，妈的，你们两口子倒落得实惠，我告诉你们，那钱至少得分给我一半，要是没有我那两张碟，哪有这种天上掉馅饼的好事！哼，要是敢耍赖的话，我叫你俩一天也别想安生!

此外，隔三岔五，总会有一伙子报纸电台或电视台的记者，风尘仆仆地不知从外面哪个陌生的城市扑赶而来。她现在对采访这种事情已经轻车熟路了，不再像刚开始那样惶恐无措，相反，她尽量很平静地回答对方提出的种种问题，但每次说到动情之处，她依然会涕泗交流，使得记者们就此打住，并乘机摁动快门，抓拍下这极其生动极具说服力和感染力的好相片。她也并不介意。介意什么呢，想想看，没有这些闪光的镜头，没有这些热心热肠的记者，鬼才知道丈夫现在能不能回家来呢？

七

眼下依旧是秋老虎发威的时节。他身上还裹着一条很厚的毛毯，就那么木木愣愣地呆靠在床头上，跟丢了魂似的一动不动。他一直近乎倔强地保持着这个固定不变的姿态，谁来劝他也没有用处。一个人成天这么古怪地坐在床上，不吃，不喝，也不说一句话。感觉好像是，他正将身上所有的力气都集中在那条毛毯上，得了重伤寒似的，只顾拿毯子卷紧自己的身体，一坐就是一整天。原先一向白净文弱略微带些腼腆气的那张脸，此时竟蹿出些参差野蛮的胡茬子，从前精神干练的小平头，也早乱成一蓬破鸟巢。他的眼神终日呆滞无神，仿佛两颗沉浸在平静海底里的黑色石子。有时候整整一个上午，他的眼皮几乎都不带眨一下，只是用僵硬的目光死死盯着房中的某个角落。时间，就在这种死气沉沉的呆视中一分一秒滑过去的。

女人这种时候就一个人守在那间麻辣烫小食店里。偶尔，会有一两个客人进来吃东西，她像往常一样，平静地为他们端上鲜红滚烫的麻辣汁子，青嫩新鲜的各种蔬菜。可是，那些吃东西的人，总是拿很奇怪的目光偷偷地盯着她，好像根本不是来吃饭的，而是别有所图，间或发出窃窃的私语和诡秘的笑声，使她有种背负芒刺的异样感觉。

一直熬到夜深人静，小店打烊了，她才转身回到里间屋去。上床之前，她会很精心地给丈夫洗脸、擦身、烫脚，就像在哄一个大男孩似的，好让他尽快地进入梦乡。有时候，为了能让男人睡得踏实，她还得耐心地轻哼丈夫以前最喜欢听的那首《好人一生平安》，而她自己却伴着疲倦失眠和潮湿的眼泪，陷入一次次可怕的梦境之中。

丈夫时不时会在深更半夜突然醒来。那时他的面孔就十分狰狞，大口大口喘着粗气，醉鬼般颠三倒四地嚷叫，有时还发魔怔乱踢乱蹬。是我……是我打了警察……警察没有打我……真的，是我先动的手……我该死，我有罪……

这种时候，女人再也忍不住了，一把将男人搂进怀里，搂得紧紧的，跟要生离死别一般，她自己也像只母狼，突然号啕起来。

街道上冷冷清清，只有两只发情的猫在窗根下声声嘶叫。

恋爱往事

一

方乐业头一次上小米家的那个晌午，突然飘起了一场透雨。

眼看外面的雨越下越大了，雨点鼓槌般密集地敲打窗户，屋檐下的四根雨槽简直不够用，大腿般粗细的雨柱快要撑破槽口了。方乐业心疼自己骑来的那辆半新不旧的自行车，他上班的那个机械铸造厂离家太远，没有车子骑根本行不通。所以，他忍了几忍最后还是又冒着雨跑出屋外，硬把车子架到了小米家的煤房里。然后，他从车坐垫下面拽出一团油腻腻的棉线，十分爱惜地把车子从上至下，从车把、车梁、链瓦再到轮圈和辐条，都仔仔细细地擦了个遍，擦完了又将那团发黑的棉线拿到雨槽下，就着雨水用力投洗干净。这时他的裤角和鞋袜基本上湿了。

小米呢，正漫不经心地待在屋里，她一直站在窗前边嗑着瓜子边看雨。她多少显得有些心不在焉，照理说今天她是主角，应该精神百倍、情绪饱满才对。可小米就是觉得无聊，甚至觉得自己有些多余，别人都在无序地忙乱着，唯独她显得碍手碍脚的。她注意到了方乐业对待那辆自行车的样子，觉得这人心倒是很细，不像很多男人，对什么东西都满不在乎的样子。但这也不能完全说明，他就是她所喜欢的那种类型，她对他的认识也许才刚刚开始，以后的路还长着呢，找对象不是件简单的事。

整个上午，母亲都跟大姐她们忙前忙后准备着饭菜，伙房里一直叮叮当当吱吱啦啦响。父亲老早就坐在客厅的椅子上，滋滋地喝着砖茶水，他还打开了桌上的收音机，十二点半的评书连播节目，那是雷打不动的。虽说家里已经有了一台电视机，可父亲多年养成的收听广播的习惯，恐怕这辈子也改不了了。自从刚才二姐夫进门以后，父亲就眯着眼边抽烟边跟二姐夫下象棋。二姐夫在学校当教师，象棋下得比父亲好，每次只要他上门来，翁婿间马上就丁零当啷干将起来。有时候一直下到饭菜摆满了桌子，母亲跟姐姐们在一边不耐烦地叫啊嚷的，他们还是迟迟不肯罢休的，一副鱼死网破非得决出个雌雄的架势。

至于三姐，也并不去伙房帮什么手，她通常习惯于倒背着双手，在屋子里转来转去，这边看看，那边瞧瞧，好像干部下基层那样，慢条斯理踱着四方步。有时，她也会凑过去瞅一眼他们下棋，觉得父亲真是老了，慢手慢脚，思维迟钝，她就替他着急。爸你眼睛到底看啥呢？将呀，咋还不将他！父亲听了她的话，依旧如坠云雾，将啥将，你没看见你二姐夫还别着我的马腿呢。我是说让你飞炮呀，那么好的炮放在眼皮子跟前不用，留着下崽啊，真是活活急死人！这种情况下，三姐恨不得自己冲上阵去跟对方厮杀一场。在这个家里，三姐确实有些特立独行，她既不像大姐二姐那样任劳任怨，帮着母亲做做家务，也不像小米那种天生柔弱书生样，没有大的主见。大伙儿都叫她三尖尖，说她聪明得有点过了头儿，说她身上没有一点子女人味，甚至说她根本不像个丫头，想必是错投了娘胎，本来是个小子的命，偏偏叫她转世做了女的。所以，做了女人也全没个女人样，大大咧咧的，脾气又倔强，性情又不温顺，稍有不遂意的事情，就大声嚷嚷起来，嗓门还特别高。还有一条，她总是喜欢指手画脚的，家中任何人任何事情，她都是看不顺眼的，总要发表一下她的那套奇谈怪论。

比方说，眼下小米跟乐业的婚事，三姐私下里没少跟小米叨叨：都什么年月了，你们还请人介绍对象，土不土？哼，居然还兴师动众地让人家上门来相亲，传出去都笑掉大牙了。其实，三姐到目前为止还是个单身，经常住在外面不肯回家，谁也搞不清楚她整天都在忙些什么，至于谈恋爱的事情，她总是无所谓地摇摇头，男人嘛，就那么回事，结婚有啥意思，不就是给自己脖子上扛个沉重的枷锁吗，我才不那么傻呢！她总是这么一副看透一切的嘴脸，惹得父母时不时要跟她生气动怒，可她一点儿也不放在心上，依然我行我素。

在这个家里，数小米最小，她比大姐将近小了一轮，每个人都可以对她的事振振有辞发一番教条和议论。用母亲的话说，你们大姐是没赶上好时候，可坏事情是一样没落，都让她撞上了，学没上几天，就风风火火搞啥串联，串联就串联吧，偏偏又遇上了不三不四的男人，上了当受了骗，到头来还不是草草嫁给你大姐夫那样三杠子打不出一声屁的窝囊废了事。二姐比大姐小不了几岁，可她运气就要好一些了，虽说也当过两天红小兵什么的，可最后还是赶上了高考，二姐本来脑瓜子就聪明，窝在家里复习了大半年，好歹念了个师范专业，她跟二姐夫算是校友，又是在学校里自由恋爱的，日子过得也算安生惬意。现在，一家人把小米的终身大事提到议事日程上来，她跟方乐业是不久前经媒人介绍认识的，此前，他们已在公园约过几次会，看过两场电影，彼此也拉过手的。让方乐业利用这个礼拜天来家中认认门，当然是父母的主意，主要是想让小米的姐姐们也都帮着看一看，算是最后把把关，然后好把亲事尽快定下来。

你看看，都怪这三尖尖在人眼边瞎晃，成事不足，败事有余！父亲自然又输给二姐夫了，碍于自己的长辈脸面和尊严，所以想就坡下驴，也好乘机数落一下三姐。哪知三姐偏偏死拗，一点儿不给老人台阶下，反而啧着嘴皮子说风凉话。下不过人家就说下不过，非得拉上个垫背的才高兴，今天我可是一言未发，不信，小米可以做证。小米一副没睡醒的样子，把目光从窗上收回，看着三姐那张意气风发的脸，懒懒地说，我刚才看雨来着，你们说的我一句也没听见。三姐马上噘起嘴扮了个鬼脸，没好气地说，哟，翅膀真的硬了，将来这家添了新女婿，老四还不知会世故成啥样呢！父亲接过话头，说，谁都像你样的没心没肺，整天就知道游手好闲、不务正业，班也不给人家好好上，三天打鱼两天晒网的！不是我说你呢，眼看奔三十的人了，你看你大姐二姐她们，一进门就扑到伙房帮你妈的忙去了，你倒好，背手掌柜似的，满屋子给谁摆阔气呢！看将来哪个敢娶你当媳妇？

三姐狠狠白了父亲一眼，说，老四不是也在家里闲着吗？又不是给我相亲，我为啥那么积极地要去帮手？再说，我又不会炒菜做饭，去伙房也不过是充个样子靠边站。说话工夫，方乐业已经把第一盘菜端了进来，因为雨还没停呢，盛菜的盘子上还得扣一只空瓷碟，走起来嘎啷啷响，看着有些危险。小米赶紧迎上去帮着把东西接过去，款款摆在饭桌上。三姐笑了笑，一副还在跟父顶嘴的架势。她说，你们大家看看，哪里还有我搭手的地方，往后啊，这个家再也不愁干活的人！父亲分明听得不顺耳，可因为小方在场，也就不便于当即发作。倒是二姐夫一面往纸盒子里收象棋子，一面文绉绉地对三姐说，老三天生要做独立女性，锅碗瓢盆自然进不了她的眼眶，将来说不定还能做女强人，干出一番轰轰烈烈的大事业呢！小米点了点头，觉得还是二姐夫有见识。父亲不以为然，撇了撇嘴，又去摆弄他的收音机，噪声吱吱扭扭很刺耳。三姐冲二姐夫挑了挑眉毛，压低声音说，姐夫你少来这一套，好端端地给我扣啥高帽子？有那份心你不如让一让咱爹，省得他输了棋，又吹胡子又瞪眼的，见我们谁都烦！二姐夫嘿嘿笑着，把最后一枚棋子摞进盒子里，起身去放到六斗橱的玻璃推拉柜里，趁别人都不注意时，他慢慢地擦着三姐身体走过去，耳语一样悄声说，我是有那份心的，就怕人家不领我的情呀。三姐迟疑了一下，伸出右手三根手指，使劲在二姐夫的腰上掐了一下，嘴里娇嗔道，讨厌！二姐夫镇定自若，好像一点儿也不疼的，却乘机从背后把三姐的手给抓住了。三姐暗中用力把手抽了出来，同时又还给他一脚。二姐夫龇了龇牙，他正待还击，见方乐业又端着菜匆匆进屋，忙上前一步接过去，说，小方你是贵客，快坐下来歇歇吧。三姐听见了又接过话不依不饶地说，哟，二姐夫可真会做人呀，不愧是吃食分子！

说话间，大姐二姐还有小米，每人手里都端着菜盘子，丫鬟似的连串儿进屋来了。一时间大伙儿都跟着忙乱起来，摆菜，发筷子和蘸碟，斟酒，搬椅子。母亲自然是最后一个进屋，围裙还系在腰上。她一个劲儿地唠叨说，这鬼天气，早不下雨晚不下雨的，偏偏今儿下。二姐接过母亲的话说，妈，你懂什么，这叫风调雨顺！大姐也随声附和，说就是就是，看来咱老四的事情老天爷都帮忙呢，没道理不成的。三姐不以为然，说，就你们瞎迷信，天要下雨，跟人有屁关系。父亲在一旁忍不住插言道，狗嘴啥时候能吐出象牙！二姐夫听了，忙打圆场说，谋事在人，成事在天嘛！三姐似乎并不领情，自己先找个凳子坐了下来，说，快开饭吧，都快饿死了！母亲说，三尖尖，你咋脸皮越来越厚了呢，客人还没坐呢，你倒先上桌子了！三姐咬着嘴唇，一副厌世弃俗不拘礼仪的样子。二姐夫忙转身去请父亲过来上座。父亲不无可惜地叹口气，说今天的书看来是听不上了。母亲接茬说，少听一次身上能掉一块肉？惹得大家呵呵笑起来，于是，纷纷找自己的位置坐下来。小方是最后一个坐的，他一直在旁边忙着盛饭呢。父亲好像很满意，招呼说，小方你快来，饭让你姐姐她们盛吧。小方这才端着饭有些扭捏地过来，地方早给他留好了，紧挨在小米身边不无拘束地坐下来。

父亲端起杯子一本正经地发话，说今天是个好日子，小方第一次上门，我看这小伙子人很朴实也本分，往后就把这里当成自已的家，想啥时候来就来，我们随时都欢迎。除了三姐，大伙儿都呼啦啦地起身举了举手中的杯子，跟小方象征性地碰了碰。小方盯着自已杯中的酒，手微微颤抖着，小米忙解释说，他不太会喝酒。母亲说傻丫头，今天是喜庆日子，非得喝完这第一杯。二姐夫说男人得学会喝酒啊，才不枉来世上一回嘛。二姐立刻瞪了他一眼，说，小方没关系，少抿一点儿也行。小方还没喝酒，脸已挂了彩，大概是紧张的。小米望着他说，那你就喝一点儿吧。小方这才闭着眼端起杯子喝，好像不是酒，而是烈性毒药，刚喝了一口，赶紧端起眼前的茶杯喝水，舌头辣得直吸溜。大伙儿都笑了。三姐率先用筷子夹起一块鸡肉放在嘴里，有滋有味地嚼起来。母亲使了使眼色，想制止她，可已经来不及了。母亲只好掩饰说，好了，大家快动筷子吃吧，菜都凉了。说着，夹起一块红烧肉放到小方的蘸碟里。小方诚惶诚恐，屁股顿时离开了椅面，硬让旁边的小米拽了下去，她又把嘴凑到他耳边嘀咕道，好好吃吧，别那么紧张，跟在自已家一样的。小方才低头去对付那块很肥很肥的烧肉。

这样吃了一会儿，父亲又第二次举杯，说好事成双，咱们再干一个。小方赶忙起身，小米乘机迅速地把他杯里的酒往自已的杯中倒掉一些，这个小动作被二姐夫看在眼里，他说没想到咱们小米很会疼人，现在就知道有难同当了啊！小米眨着眼冲二姐夫示意，意思是让他千万别说破。二姐夫偏偏不理她，反而拿过酒壶往小方的杯子里续酒。等这杯子酒下了肚，小方的脸已经红得没法再红了，像下了开水锅的螃蟹。二姐夫却又起身帮他添满了酒。二姐用胳膊肘碰了碰二姐夫，小声说，人家小方喝不了那么多，你干吗自作多情地一个劲儿地倒酒。二姐夫说，此言差矣，酒最能证明一个男人的品性，今天非得让他多喝几杯才好。二姐说，就数你废话最多。这次，父亲倒是很赞同二姐夫的观点，也点着头说，让小方喝两杯，问题不大。小方早已是满脸的愁容了。小米对他说，你不能喝就别喝，没关系的。母亲欲言又止，忙夹了一块鸡肉放在小方的碟里。

小方还没来得及吃完鸡肉，三姐突然端起杯子走过来，说，小方，三姐也敬你一杯，小米是咱家的老疙瘩，打小就娇生惯养的，以后你到这个家里，少不了要多多干活，事事让着她，反正你得有这个思想准备啊。说着，她一仰脖子，先干了杯中酒。小方确实有些为难，喝也不行，不喝也不行。小米想接过杯子自己喝，被三姐一把挡住了，说，我是敬给他的，你不能喝，你要喝了我跟你急。小方左右看了看，只得红头涨脸地喝下去。父亲这时发话了，说，好了好了，你们都别再难为他了，我看小方是真的不能喝。三姐有点不服气，说，胃长在人家肚子里，你们自以为他不能喝，人家说不定是客气呢，真的喝起来，不定谁先倒下去！这话让父亲很恼火，他说，热饭热菜就烫不住你的嘴！三姐腾地一下把手里的筷子扔在桌上，站起身看着父亲说，没见过这样的，你们敬他就好，我一敬倒成了为难人家了，坏人全让我做了，到底什么意思？父亲拉下脸子说，你想干啥，还反了你不成？三姐说，话也不叫人说完，我知道你们都烦我，连我自己都烦我自己，我不吃了总行了吧？说着，哗啦一下推开椅子，头也不回就往门外走。大姐二姐急忙离开座位去撵她，父亲说，眼不见心不烦，你们别管她，让她滚好了，狗肉不上席！然后，表情不无难堪地看了看小方，说，咱们吃咱们的，由她去吧。母亲也接过父亲的话头，说老三就那号驴脾气，过一会儿就好了，吃吧，都快吃吧。

小米觉得又丢脸又委屈，真想一把拉起方乐业，也跟三姐那样跑到外面去，哪怕是让雨淋成个落汤鸡，也比这样不尴不尬地待着强啊。她开始后悔答应父母请小方来家里吃这顿饭，今天是个礼拜天，他俩在街上干点儿啥不比这好呢？眼下，看着小方那副无所适从甚至有点儿可怜兮兮的样子，小米真的很过意不去。她生三姐的气，也生父亲的气，生今天所有人的气。还有外面讨厌的鬼天气，下起雨来没完没了的，弄得人心情很郁闷。

好在，这顿味同嚼蜡的饭，总算是吃完了。

大伙儿又是一阵忙乱，稀里哗啦收拾桌上的残局。父亲连着打了两声哈欠，退休以后他就养成了午睡的习惯，吃完饭便没了精神头，早早回里屋准备歇着了。母亲要去伙房洗涮，硬让大姐二姐挡住了，说妈你也歇一阵子，都忙了一上午了。于是，母亲又叮嘱了她们一番，就脱了围裙进屋去了。二姐夫跟小方又天上一句地上一句侃了一通，转过话题又说，小方刚才的事别往心上去，老三就那么一个人，风风火火惯了。小方本来已经晕头晕脑了，禁不住二姐夫那张嘴叨叨，身体斜靠在沙发上，好像随时要滑溜下去似的，也就不清楚二姐夫到底在谈些什么，只是不住点晃着赤红色的额头。小米趁这工夫把客厅的地轻描淡写地扫了扫。二姐夫大概觉得无趣，也歪斜了身体往沙发上一躺，像是要迷糊着了。小米走上前轻轻拽拽小方，想叫他到自己的房间里躺着去，怎奈小方头有千斤重，抬都抬不起来了。小米心想，这人真是死心眼，叫他别喝他偏逞能，你死不喝看他们能把你怎样呢。

这时，母亲伺候好父亲的事，又不放心地从里屋走出来，叫二姐夫把小方搀到小米房间去，嘴里一个劲埋怨，都怪你们，左一杯右一杯，硬把人家孩子灌醉了。二姐夫嘿嘿笑了笑，说醉一回也没多大关系，都是自己人嘛！说着，赶紧把小方从沙发上架起来。小米也过来打帮手。小方嘴里跟搅面汤似的直着舌根嚷，我……我没事，真的，二姐夫别管我，我没喝多，我还能喝呢，不信咱俩再喝一顿。见他们仨跌跌撞撞出去了，母亲的另一桩心事忽然又浮上了额头，她紧皱着眉头自言自语道，死丫头，饭都没吃消停，到底跑哪儿去了？唉，真拿她没办法！你说这丫头的脾气到底是随了谁呢？

二

自然小米也得去方乐业家走一走，也好认个门，这叫礼尚往来。

方家只有一个女孩，好像在念小学五年级，两只眼睛跟黑豆儿一般圆，长得小人精样儿，见了小米，姐姐长姐姐短叫得好亲。小米急忙把准备好的礼物递上去，是她跟乐业在鼓楼百货商店特意挑选的一只塑料文具盒，小女孩显然很高兴，使劲夸了夸小米人漂亮，说她长得像电影演员似的。乐业前面有一个哥哥，早就成家立业，因为住得远，也就没有通知过来；乐业后面还有个兄弟，初中毕业应征入伍在外地，隔三岔五会写信回来报个平安。

乐业的父亲一副操劳命，腰弯得跟虾米一般。小米头一次去，就见他身上扎着劳动布围裙，手上沾了一层白面浆，眼睛好像近视得厉害，看人皱着眉眼很吃力。方母整天在外面抹牌，早出晚回，身上搽得香喷喷的，老远就刺人的鼻子，说起话来总是哟啊哟的，还往出直冒儿化音，后来小米了解到，她老家在河北，离北京也就三个钟头车程，早年响应号召支援过来搞建设的。

方家跟自己家情形大不相同。小米登门这天，还是她到来以后，方父才临时匆匆忙忙上街买了些肉啦菜的，然后他一个人钻进伙房开始准备。听说方母早上去中山公园跟票友们唱京剧去了，回来时脸上的气色似乎还沉浸在唱过的剧目中不能自拔。方母进屋先不紧不慢坐下，随手拿起折扇只顾自己扇凉快，也不问问小米。倒是小方过来提醒，说，妈，小米来咱家了，上礼拜跟你们说好的。方母拿鼻子哼了一哼，说，哟，瞧你说的，妈又不是一瞎子。小米赶快站起身，说伯母您好，我来了。方母还是不停地扇扇子，随便用丹凤眼扫了她一扫，说，哟，小米姑娘来啦，那快坐吧。

小米红了一下脸，觉得怪别扭的。哎哟哟，你说这天热的！说着，方母端起茶几上的杯子想喝水，杯到嘴边才发现里面空着，于是不无恼火地扯着嗓门叫起来，老方啊老方，你都忙些什么呢，茶也不给人沏好！小米赶忙起身，从一旁拎起暖瓶过来倒水，水倒满了，方母却嚷着说，哎哟，这茶是隔了夜的，还怎么让人喝呀？小米脸更加地红了，连声说对不起对不起，忙端起碗杯准备倒掉再重沏。哪知由于紧张，刚才水又添得太满，这阵只顾盯着手里的盖碗，又对方家情况不熟悉，过门槛时脚下就被挡了一下，人险些趔趄倒地，手里的碗杯实实在在地飞了出去，哗啦一声，摔得粉碎了。小方闻声忙过来扶她，一连声拉着她的手问，翻过来掉过去看了又看。烫着没有，到底烫着没有？方母在一旁便看不惯，轻蔑地说，哟，端个杯子都端不稳，将来怎么过日子哟？小米简直无地自容了。

后来的饭也就吃得可想而知了。方母一开始动筷子，就嫌肉烧得太腻，后来又说鸡蛋汤太咸了没法沾嘴。方父始终唯唯诺诺的，对方不论提什么意见，他都报之以微笑，绝不顶嘴，非但如此，他还特意再尝上一口，说，嗯，汤是咸了一点儿，烧肉油也没出尽。好像这一桌子菜根本不是出自他的手。小米觉得方父也是有点可怜兮兮的样子。小方倒是比上次在她家时自如多了，不停地给她夹菜，一个劲儿地劝说，吃，好好吃，多吃点儿，我爸很会烧菜的。方母说，好我的乐业哟，你别把人家姑娘当小孩子待！再说了，你用自己的筷子给别人夹菜，那是很不卫生很不文明的哟，当心传染病啊。弄得小米浑身不自在，吃也不是，不吃也不是。

乐业的妹妹果然是个小人精，她竟敢接过母亲的话，煞有介事地说，妈，你这就老土了吧，我哥那叫献殷勤，他们谈恋爱的人都那样，恨不得摘了天上的星星送给对方作礼物呢。说得方父也哈哈大笑起来。

方母却声严色厉地说，你这当爸爸的，还好意思跟着笑，都是你把女儿给惯坏了。转过头，又更加板起面孔对女儿说，你小孩子家家的，懂什么叫恋爱呀，好好吃你的饭！方父满脸堆笑道，是啊是啊，养不教，父之过。小米也开始觉得乐业父亲既滑稽又可爱。

方家倒是不提倡喝酒，埋起头各吃各的，所以饭吃得很快。这是唯一让小米觉得比较舒服的地方。想想上一回，乐业在她房间里昏睡了大半天醒不来，自己都有些脸红了。看样子，真应了父母常挂在嘴边的那句老话，家家有本难念的经。方母扔下碗筷，端了水杯站在院里咕噜噜漱口，然后就回他们的卧室去了。忽然又记起什么，把头从门缝里伸出来，对乐业说，也让你爸好好睡一觉儿，他忙乎了一上午了，锅碗你就看着办吧。乐业虽然面有难色，可碍于小米在身边，只是拿手抠着脑勺，噘起嘴点了一下头。

这时，乐业父亲打外面上厕所回来，听他俩在伙房里嘀嘀咕咕丁零当啷的，刚想进去看一眼，就听乐业母亲趴在卧室窗前叫他，老方呀你快进来，我有话说。他只好低头进卧室去了。小米悄悄对乐业说，你爸好像挺怕你妈的？乐业一边漫不经心地洗碗，一边看着小米说，我爸天生就那么一个老实呆子，人家叫他朝东他不敢朝西。小米好奇地问，那你随你爸还是随你妈了？乐业想了想说，你觉得呢？不会是有其父必有其子吧？小米坏笑着说。那你喜不喜欢？小米脸腾地就红了，羞赧地低下头去，他这么快就问到这个问题，而且又是在他家的伙房里，她想他的脸皮可真厚，她一点儿也不想回答这个问题。乐业却一副穷追不舍的架势，依旧在问喜欢不喜欢他。

笨蛋，这还用问？傻瓜都知道，当然喜欢啦！随着门外说话声响起，乐业的妹妹挤眉弄眼蹦蹦跳跳地跑进伙房。不喜欢的话，小米姐怎么会上咱家来呢？小米一时更觉得羞于见人了，更何况隔墙有耳，他俩的这种谈话，居然叫未来的小姑子听到了，而且，她还是个小学生。乐业故意装作很生气的样子，说，去去去，不去睡你的觉，难道想帮我干活不成？乐业妹妹狡黠地看了看他俩，不无诡秘地说，哥，只要你肯借我一块钱，不就是洗一次碗吗，小意思。乐业听了，顿时喜上眉梢，他正想好好跟小米找个地方单独待一会儿呢。不过，他又觉得一块钱似乎有点儿太多，毕竟自己辛苦一个月才挣百十块工资。五毛，最多给你五毛！哥，你打发要饭的呢，最低一块，少一分也不行，要不你还是自己洗吧！乐业妹妹倒背起双手扭过脸去，作势要走，却又不动地方，一副胸有成竹的样子。

小东西你要那么多钱干啥？可仔细着我告诉妈拾掇你！乐业还想跟妹妹讨价还价。哪知小米早就从自己兜里摸出两块钱，弯下腰递到乐业妹妹眼前。对方乐得差点从地上蹦起来，连声说，还是小米姐最大方！不像我哥，天生就是个小气毛。说着，一把将钱抓过去，径直塞进自己的短裤兜里，又冲乐业吐了一下舌头，才心满意足地卷起自己的袖子。然后，她对乐业他们说，现在可以去外面了，好好谈你们的恋爱吧。小米想这孩子真的比猴子都精明，拔根汗毛能当哨子吹出响呢。不过，她倒是一点儿也不觉得反感，起码她会揣测别人的心思，直来直去，嘴巴又甜，也能说话算话。反正，比乐业妈强得多，这个浑身直冒香气的女人，她是一点儿也不喜欢。转念又一想，她不久以后要做自己的婆婆了，心里更加恐慌，像她那样横挑鼻子竖挑眼，保不准鸡蛋里面都能找出骨头渣滓来，将来的婆媳关系怎么相处呢？

小米越想越害怕，直到乐业把她拉进他自己的房间，轻轻关上了房门，她也没回过神来。乐业一直抓着小米的手，半天也不肯松开，还一个劲儿地往她身前靠着，呼吸声沉甸甸的，好像刚跑完一千米比赛。乐业腼腆地说，你可真好看。小米不好意思了，想把手抽出来。哪知乐业趁松手的工夫，却又把她从腰里一下子搂住了，他的嘴出其不意地在她脸蛋上亲了一口。小米一点儿思想准备也没有，情急之下，竟胡乱叫了起来，你流氓，快放开我！一边嚷着，一边用上吃奶的力气，猛推了对方一把。乐业也没想到她会有那么大力气，竟一下子把他推了个屁股蹲，咣当一下，重重地跌倒在地，疼得他连着怪叫了好几声，半天都没起来。小米乘机赶快拉开房门，正要跑出去，门一开，她简直惊呆了，那个女人竟趴在门前。小米一时进退两难。

你也好意思哟，自己不好好干活，倒抓你妹妹当劳力啊！方母劈头盖脸数落起来，亏你们怎么想得出来？真是白长了这么大个子！乐业忍着痛早从地上爬起来，结结巴巴地说，我我我……妹妹她……她。她什么她？眼看都快结婚的人了，一点儿当大的样儿都没有！说着，方母用狐疑的目光扫了一下小米，又用鼻子轻哼了一声，才扭扭搭搭回卧室去了。小米从来没有觉得这么难堪过，真恨不能找个老鼠洞钻进去。

三

两顿饭以后，双方的家长又抽空碰了一面。当然，那个介绍人也要出面参加了。可情况却不如当初预想得那么顺利，主要就卡在有关倒插门的事宜上。

最先介绍人确实跟方家打过招呼的，说小米家没有儿子，她又是家里的老疙瘩，父母一直都盼着能招个女婿上门。方家当时也没太当回事，说不就是让儿子到对方家去住嘛，在谁家还不都一样娶媳妇过生活，也无所谓的。现在，问题摆到桌面上了，方母却提出她大儿子婚后一直单独过日子，小儿子又在外地当兵，万一他将来不回来怎么办，他们老两口指望谁？介绍人说部队复员一定会回来的，再说你们不是还有一个女儿吗？方母说女儿有什么用啊，将来迟早还不是泼出去的水。介绍人说，话也不能那么说，儿子那是给别人养的，闺女才是爹妈的贴心小棉袄。方母听了这话便有些生气，撇着嘴角说，哟，什么意思啊，敢情咱们养儿子的都白忙乎了。介绍人知道说错了话，一个劲儿地赔不是，说自己该掌嘴。

小米父亲说，乐业这个孩子很懂规矩，我们都很喜欢，他将来要是能插过来，我们准保当自己的孩子看待，肯定亏不着他。小米母亲也说，就是就是，我们家小米上面有三个姐姐，我们打小也是最偏爱她，将来女婿过门自然也一样不会亏待的。方母听他们这样说，又挑着眉毛道，话虽这么讲，可我看乐业将来过去怕是受累的命，小米这孩子样样都没得挑，就是太娇生惯养了些。小米父母一听这话，脸上顿时讪讪的，一时语塞。介绍人见状忙打圆场，说，好事多磨，好事多磨，咱们再慢慢商量嘛。

因为这件事，两个人生分了好一阵子。

乐业好几次想约小米出来，都被她拒绝了。这天下班后，乐业一直跟在小米后面，小米在前面快步走，乐业推着车子猛撵。小米说我娇生惯养，手无缚鸡之力，你找不娇生惯养力大如牛的去。乐业说我可从来没有说过这话啊！小米说我怕你来我们家要吃苦受累当牛作马，所以我们干脆趁早吹了吧。乐业额头急出豆大的汗珠子，喘着气说，小米只要为了你，我啥活都能干，我不怕吃苦。小米说，那你妈还不活活心疼死呀！乐业哭丧着脸说，我妈就是那种刀子嘴豆腐心的人，你千万别在乎她说的话。小米说反正我算看出来了，打第一次去你家她就不太喜欢我。乐业说，可是我喜欢你就行了。小米说这话你最好回去跟你妈说去。乐业还想说什么，小米早转身进家门去了。最后，乐业没办法，只好骑上自行车，一摇三晃有气无力往回走，心里甭提是种啥滋味了。

小米一进家门，见三姐正跷着二郎腿坐在沙发上，翻看最新一期的《辽宁青年》，杂志当然是小米订的，她没事的时候喜欢看看这些东西，里面很多文章都是谈人生谈理想谈爱情的，让人耳目一新。父亲每天吃过晚饭就到外面散步去了。母亲见了小米，忙问咋这么晚才下班，小米没敢说乐业一直缠着她的事，只支吾说，忙呗，加班。三姐在一旁察言观色，然后煞有介事地说，你看人家《辽宁青年》上说得多好，恋爱自然是美好的，可婚姻却是一系列烦恼的组合，所以，我才不那么傻把自己早早交给别人。母亲白了她一眼，说，就你能，就你最了不起！三姐不理母亲的话，又回头对小米说，如果姐没猜错的话，你们刚才肯定见过面，而且很不愉快。不过话说回来，倒插门，亏爸妈怎么想得出来？落伍不落伍啊！小米你想没想过男同志的尊严，招女婿上门，这纯粹是封建家长的传宗接代思想在作祟，往后你们俩怎么好抬起头做人？这话简直有些危言耸听。小米使劲瞪了她一眼，想说句什么怼她一下，终究没能想出来，便甩手气冲冲地跑进自己的房间去了。

母亲也是气不过，上前用力拍了三姐一巴掌，紧跟着又去叫小米吃饭。进去才发现，小米眼睛红红的，正默默流眼泪呢。母亲叹口气，说，你这丫头有啥好哭的，说心里话，乐业那个妈，我跟你爸一点儿也瞧不上眼，没个长辈样儿，还妖里妖气的。小米赌气道，反正我是不想招女婿了。母亲马上说，你敢？婚姻大事哪能由着你的性子！小米擤了擤鼻涕，红着鼻尖盯着母亲，一字一顿说，要不我就当老姑娘，一辈子都不嫁，就守在你们身边。母亲忽地举起巴掌，手到半空抖了抖，又悬住了。小米已经像个泪人似的了，她怎么忍心再打呢，再说这事也不能怨孩子，家长谈不拢，孩子跟着受委屈了。母亲放缓了语气说，好了，先吃饭吧，车到山前自有路！妈这就给你煮荷包蛋下挂面去。

不等父亲散步回来，三姐就准备离开家了。出门前，三姐跑到伙房凑到母亲耳边说，妈我那天跟你说的事，你到底想好没有？母亲本来正生气呢，就十分不耐烦地说，我懒得管你们的事！三姐说照我看你们招女婿的事要泡汤，干脆妈你先帮我这个忙，将来等我挣了大钱一准儿加倍还你。母亲说天生一张狗嘴，你能说出啥好话！又说，我真是弄不明白，放着好端端的班不上，又鬼迷心窍要去做啥生意，仔细你爸知道打折你的狗腿！三姐满不在乎地说，我那饿不死的班又啥好上的，整天一点儿自由都没有，处处受人管不说，一个月领那点可怜巴巴的工资，够塞牙缝的呀？母亲说反正我是一分钱也没有，要想借就去跟你爸张嘴吧。三姐还想纠缠，听见外面腾腾的一阵脚步声，就知道父亲散步回来了，急急忙忙往出走。父女俩在院里见了面，三姐故意低着头走路，父亲则高仰着脖子咳嗽，谁也不肯理谁。

母亲见父亲进屋来，没好气地叨叨起来。瞧你们跟无眼鸡似的，老的不像老的，小的不像小的，你们哪有一个让我省心的？父亲坐下来喝了几口茶水，放下杯子，问，三尖尖跑回来做啥？我以为她从此再不进这个家呢！母亲没工夫搭理父亲，把手里的饭直接端进小米的房间，见小米躺在床上，眼睛直愣愣瞅着天花板，心里多少有些不忍，就放下碗，走过去伸手拉她，嘴里说，人是铁，饭是钢，别管那么多，先起来给妈把饭吃了。

小米恹恹地起身，却站着不动。母亲把她硬推到桌子跟前，又按她坐下来，筷子也递到她手里了。小米随便扒拉了两下，一点儿胃口也没有。母亲想了想，问，小米你到底觉得小方人咋样吗？小米说好坏又有啥用？母亲在她旁边的床沿边坐下来，从后面摸着她的辫梢，说，我和你爸一天天老了，将来这个家还不得指望你，招女婿自古就有，你可别听你三姐胡说八道，她那张嘴没个把门儿的。小米放下筷子回过头，犹如乞求一样问道，妈，咱们非招不可吗？不招不行吗？母亲没说话，只是拿眼睛仔仔细细打量着女儿，在小米印象当中，母亲好像已经很久很久没这样盯着自己看了。我就算嫁出去，一样还是你的女儿，一样还孝敬你们，就像大姐二姐她们那样。妈，你说对不对呀？妈……母亲无声地低下头，过了一会儿才说，都说养儿防老，怪就怪我和你爸命不好，一辈子也没生下个儿子，招个女婿上门到底又有啥错？说完，就默默起身出去了。小米觉得母亲弯驼的背影真的有些苍老了。

父亲在捣腾他的收音机，调了老半天，也没调出一个正台，仍吱吱怪响。母亲说快闭了吧，不嫌吵得慌啊，整天就知道听那个，你就再不能干点别的啥了？父亲瞪着眼睛说，你今天吃了炸药，火气大得很嘛。母亲接连叹了几下气，说，咱家小米好像喜欢上那个小方了，这可咋办？父亲接嘴说，废话，不喜欢还跟他搞哪门子对象？母亲说我不是那个意思，我是说怕万一小方家不乐意该咋办，那不是把咱丫头坑了吗？父亲这才迟疑地哦了一声，说，那倒也是的。母亲就不想跟父亲说话了，起身又朝小米的房间去了，嘴里嘀咕道，跟你说也是白说，对牛弹琴，我这辈子就这个命！父亲愣了一下，依旧坐在桌前，一门心思地调那台红灯牌收音机。自从小米顶替父亲参加工作以后，收音机就成了他最亲密的伙伴。再早上几年，三姐先按政策顶了母亲的工作，母亲就开始整天待在家里围着炉台转了。

小米的饭还没吃完，就听见院子里一阵急促的脚步声和车轮声，自行车咣当一下碰到墙壁上，铃铛也跟着响了几声。接着，她听见母亲大惊小怪地在院里跟谁问话。小米疑惑地放下饭碗，还没走到门口，又有一串呜呜的哭泣声传来了，她这才听出，好像是二姐的声音。小米觉得好奇，二姐突然哭哭啼啼跑回娘家，不知发生什么事了。小米想把碗送回伙房，顺便去问问，刚走到伙房门口，就听母亲在里面不满地问道，有啥好哭的？他到底怎么你了？姑奶奶你快说话呀，急死人了？小米赶忙止住脚步，回头一瞅，二姐的自行车果然躺在院子的墙根底下，一只车轮高高翘起来，好像刚发生了一场车祸。这时，她听见二姐边哭边讲，妈，这日子我一天也过不下去，反正我要跟他离婚……小米简直大吃一惊。因为在她眼里，二姐跟二姐夫的婚姻是最最美满的，他俩同过学又是自由恋爱，小米甚至还清楚地记得二姐当年结婚时的情形，大红的喜字，缤纷绚烂的撒花，震耳欲聋的鞭炮声，还有二姐夫志得意满的笑脸，二姐好像是昨天才从这个小院子嫁出去的。那一天小米还收到了二姐夫的一个红包，她亲自做伴娘送姐姐上轿的，可是才几年工夫，二姐居然哭着跑回家说她要离婚了！小米感到十分震惊和迷惑，她不清楚二姐夫对二姐做了什么，惹得一向温文尔雅的二姐回娘家，眼泪一把鼻涕一把地哭诉衷肠。

院子里已经黑了，有点儿凉飕飕的。小米站在伙房外面，似乎有些胆战心惊的，既对二姐也似乎对自己的将来感到些许担忧。这时，她又听见母亲说，行了行了，你也别哭了，哭能解决啥问题，也不嫌丢人呀，想让左邻右舍都过来看咱家的笑话？两口子过日子，要互相忍让着点儿，别动不动就大哭小闹的！他做的是不对，好歹也是个人民教师，跟自己的女学生黏黏糊糊像啥样子！二姐的哭声渐渐低下去了，说起话来也比刚才理智多了。小米听见二姐说，他这也不是第一回了，上次就把一个女学生领回家来，说是要给人家辅导，我就知道他没安好心，他还嘴硬说我把事情想歪了，今天正好又让我撞到家里，对那女生动手动脚的。没等二姐话说完，母亲说你也活该，都老大不小的，我劝过你多少次了，赶紧生个孩子，死活听不进去，要是有个孩子在家里晃着，我就不信他能当着孩子的面那样胡来？二姐似乎有些理屈词穷，半晌咕哝道，也不光是我不想要，主要是他不想。母亲说男人都是属猫的，哪有见了荤腥不叼一嘴的？最后，母亲说明天你把他给我叫来，我跟他好好说说，看他还翻了天不成？她们正说到这里，小米隐隐听见院门口有些动静，扭头一看，正是二姐夫推着车子呆呆地站在门外面，模样有些落魄，一副进退两难的架势。小米忙上前几步，问道，你来了怎么不进来啊？没等二姐夫推车子进院门，母亲早已闻声从伙房出来了，她见小米手里端着碗筷，便气冲冲地说了句，吃了包子还等汤呢？越大越不懂事，我为你们姊妹几个，心都快操碎了！说完，径自回堂屋去了。

小米冲二姐夫吐了一下舌头，故意加重语气说，这回你可闯大祸啦！二姐夫一句话也没说，灰溜溜地把车子立好，又转过身去，把墙根下倒着的自行车扶了起来，也那么规规矩矩立好，才慢吞吞地往堂屋那边走。小米突然有些忍俊不禁，想笑，她还从来没看到二姐夫这副低三下四的模样呢。眼见二姐夫走到屋门口，就听二姐猛不丁地从伙房跑出来，挡住他的去路，大声嚷道，你还有脸进去？我要是你，这辈子都不敢见人了！小米见情况不妙，忙上前解劝，说二姐黑灯瞎火的，先让姐夫进去再说嘛，站在外面像什么样子。二姐看了一眼小米，眼泪禁不住又流下来，一时无语。小米又回头看了一眼二姐和二姐夫骑来的自行车，它们并排立在院里，彼此靠得很近很近，默默无语，跟他们此刻的状况相去甚远。

这时，就听见堂屋里有人干咳了一声，然后叫道，他二姐夫，你别总站在外面，进屋来说话。小米听出那是父亲的声音，瓮声瓮气的，落地有声，不无命令的。仔细听，收音机好像也关掉了。小米乘机把二姐拉到自己的房间里。二姐一副气愤填膺又十分羞赧的样子，她对小米说，这回不管怎么说，我都要跟他离的。小米觉得离婚无论如何是件很严重的事情，可也不知道该跟二姐说什么，只好劝二姐先消消气。二姐用潮湿的目光盯着小米看了一下，随即又耷拉下脑袋，有些底气不足地说，小米你还小，很多事情你以后慢慢就明白了，男人的确都不是什么好东西。小米听得一脸茫然。后来，小米隐约听见隔壁房间啪啦啪啦地响动起来，她以为发生了什么冲撞，急忙站起身准备跑过去瞧一瞧，却被二姐一把拽住了。二姐几乎是咬牙切齿地说，你紧张什么？那是在下棋！他居然还有脸跟爸下棋?!

四

又飘过两场雨，时令就快入秋了。

父亲像往年一样，早早就托了熟人，要给家里买一车煤。这天傍晚，煤运回来了，卡车就停在院门外面。卸煤是件又脏又累的苦活。以往都是临时把大姐夫他们叫来帮忙干活，二姐夫好像只卸过一回，据二姐说他累得屁滚尿流的，第二天浑身疼得快给学生上不了课了，打那以后家里再有重活基本上不怎么叫他。今年实在不巧，大姐夫生病不能来帮忙了，二姐夫他们又刚吵过架没几天，就算不吵，也指望不上二姐夫干活。

母亲望着山头一般黑乎乎的满满一车煤，着实有些发愁。父亲说等小米下班回来，咱们仨再一起弄吧。母亲哼了一下鼻孔，说，小米能干啥？稍微刮个三级风都能把她吹趴下。说着，母亲就去厨房套上围裙，戴好帽子，然后端起铁皮簸箕，就往车后的煤堆上去了。父亲见母亲哗啦哗啦用簸箕开始装大点儿的煤块了，他也就放下架子，赶紧去煤房里取出那面大筛网，在门口的空地上支撑起来，又拿了把铁锹，费了老大的劲，总算是爬到车厢里，哼哧哼哧地打开了车厢右侧的门，然后用铁锹一下一下把车里的煤往下推。

正在这时，小米下班回来了，母亲端着簸箕正往回走，扭头看见小米身后还跟着一辆车子，才知道乐业也来了。母亲一句话也没说，端着满满一簸箕煤块往院里艰难地走去。乐业见状，赶快把车子推进院里，随便一扔，然后就像铁道游击队里的人那样，三两下飞快地爬到了车厢上，一把从父亲手里接过铁锹，说，伯伯，您下去歇着，还是我来吧。没等父亲从车上爬下来，母亲已由院里端着空簸箕出来了，她见乐业正用锹一下一下往下卸煤，就批评父亲说，你可真是个木头人，也不知道让让人家孩子先进去吃饭。然后，她和颜悦色地对乐业说，小方呀，你先回屋跟小米吃饭去，肚子吃饱再干不迟。乐业摇着头说自己一点儿都不饿，还是先干活当紧，怕过一会儿天黑了不好干。这时，小米也换了身旧衣服从屋里出来，手里端着簸箕，跟母亲一起往煤房里运煤。

父亲回屋喝了两口茶，稍微歇了一会儿，又找来另一把铁锹，开始筛煤了。几乎每年都是如此，大块的搬回煤房堆起来，剩下碎的要用筛子细细过一遍，指头蛋大小都放在伙房里，每天生火做饭必用，那些筛出来的煤灰，稍后要搀上沙土脱成煤饼子，一冬天屋里生炉子是离不了的。在小米的记忆中，许多日子都是这么过来的，从小到大，一年又一年，黑色的煤沉淀在记忆中，还有父母姊妹忙碌的身影。今年干活因为大姐二姐和三姐她们都不在场，未免显得冷清些，但看到乐业站在车厢的煤堆上，干得热火朝天，心里多少又添一丝的安慰。再联想到母亲前些天跟自己说过的那番话，加上此刻的情形，似乎都是有道理的，她几乎不能再怪父母什么，难道他们的想法真的太土了、太自私了吗？她有点儿拿不准了，谁知道呢。特别是，当她再想到老人们会越来越老，总有老得端不动簸箕拿不起铁锹的那一天，到时候那可真是个大问题呢。这样一气想来，小米觉得心里一下子豁朗多了，仿佛几天前那个牛角尖猛然被什么东西给顶破了，能看到了外面的一线光明。

三姐也是突然跑回家来的。远远瞧见那辆黑黢黢的卡车，不由得皱着眉头停下脚步。可她心里确实有急事，等不得他们把煤搬完，只好硬着头皮走过来，专伺母亲从院里出来的机会，赶忙上去一把拉住母亲的胳膊，小声说，妈我今晚就要坐车去外地进货，你能不能先给我拿上一千块钱，就算我跟你借的，以后赚了钱就还给你好不好？母亲气喘吁吁地看了看她，然后扭回头二话不说就往车后的煤堆走。三姐急了，又紧走两步拽住母亲的衣袖，说我求你了妈，好歹借我点儿钱嘛！母亲顿了一下，说，你快放手，我正忙着端煤呢，没工夫跟你在这磨蹭。三姐急得原地使劲跺脚，说，妈你到底借还是不借，也给我句痛快话吧。那口气像是在下最后通牒了。母亲用力一甩胳膊，咣啷一下，竟将手里的簸箕摔在地上，我没钱，再说就是有钱我也不借给你这白眼狼！三姐愣住了，怒瞪着双眼看母亲。

这时，父亲闻声从一旁走来，见她们娘儿俩在这里纠缠，没好气地问道，她又跟你借啥钱呢？母亲忙掩饰似的弯腰从地上拾起簸箕，说，你耳朵不行，还尽爱听个新闻，谁又跟谁借钱了，我咋啥都不知道。父亲将信将疑地扫了她娘儿俩一眼，用黑乎乎的手指指着三姐，不满地说，你还算不算是这家里的人啊？长着俩眼睛出气的，回来了也不说帮着家里干干活，整天就知道衣来伸手饭来张口！三姐苦于借不到钱，正无处发泄，听父亲这样当着小方的面数落自己，想也不想就怼了父亲一句，你说我不算，那我就不算，就当我是你们从垃圾堆里捡回家的野种！父亲当即怔住，随后猛地扬起巴掌，照准三姐的脸啪地抽了一下。你还造反不成?！父亲几乎破口大骂起来，都叫你这死老婆子惯的！看看她都变成啥样子了？简直就是大逆不道！

三姐的半拉脸刹那间黑成一面锅底，泪水直在眼眶里扑闪。小米老远就听到父亲愤怒的咆哮声，赶忙放下手里的活儿跑过来，车上的乐业也吓呆了，有点儿手足无措。借着昏暗的路灯光，小米依稀看到父亲脸色铁青，再加上一层很厚的煤灰，那张脸简直像戏里的张飞了。她还从来没有见父亲发过这么大脾气呢。她既感到害怕，又觉得很难为情，毕竟乐业还是个外人，让人家看见这些多不好。这到底算怎么回事？最近家里的人好像都变得火气很大。

三姐非但没从家里拿到一分钱，又当众挨了父亲这一记耳光，她气急败坏地扭头就跑开了。小米听见父亲依旧在骂，滚滚滚，滚得越远越好，老子眼不见心不烦！母亲抬起头，簸箕也随手丢在煤堆边上，眼看三姐跑远了，回头埋怨父亲道，你们爷儿俩就不能消停一次，跟前世冤家似的，一见面就闹得脸红脖子粗的，让外人不笑话？说着，长长地叹了口气，两眼又出神地朝路口张望了一会儿，便转身进屋去了，她边往回走边将双手在围裙上不停蹭抹着。这回，父亲没有言语，只顾低头筛煤，又像是跟那堆煤有深仇大恨似的，锹头铲得嘎啦响，煤灰扬得满天飞。

很快，母亲就打屋里出来了，趁父亲不注意的时候，她偷偷地把小米拉到旁边，很神秘地把一卷儿用橡皮筋捆好的钱塞到她的裤兜里，悄声叮嘱她赶紧骑上车子去找找三姐。小米有些为难，不知道这种时候上哪里能找到三姐。母亲像是猜到了她的心思，说你去汽车站找找看。小米更加迷惑了，她不清楚三姐这阵子怎么会在车站，她要出远门吗？可是，母亲的样子分明是十拿九稳的，容不得小米再多想什么。倒是她正推着车子要出门的时候，被父亲无意中发现了，叫住问她干啥去。母亲忙打圆场，说是她使着小米出去买个东西。父亲也就不再多问什么了。

小米骑上车子，飞快地赶到北门汽车站。候车厅已经没有多少乘客了，里面稀稀拉拉的。小米几乎一眼看见挂在入站口的一面铁牌子，上面写着“开往兰州长途”字样，一名胖墩墩的车站检票员正站在入口处，扯着嗓门冲大厅的乘客招呼，有去兰州的同志，赶快上车啦，汽车马上要开了，动作放快一点儿！小米目光在大厅扫了个来回，也没有发现三姐的影子。小米只好走过去跟那名胖票员说自己要找个人有很急的事，能不能让她进站去。检票员上下打量了打量她，见她脸上身上都黑乎乎的，不无狐疑地问她找谁，有啥事，小米就说是找她姐送钱的。检票员说进去行，不过你得赶快出来，车马上要开了。小米连声道谢，就从铁栏杆中间的窄道里钻了进去。站里果然有一辆汽车已经发动起来了，前车灯把站内的一面墙壁照得雪亮，墙上写着斗大的红字：行车万里，安全第一！一股很浓的白烟正从车尾源源不断地喷出来。小米踮着脚围着那辆车转了一圈，也没有瞧见三姐的影子。她刚想进车里看看，就听车门咔嗒一声关上了，接着汽车呜呜叫着向前开走了。

小米失望地站在一片呛人的青烟里，她下意识地将双手插进裤兜，摸索着母亲刚才塞给她的那卷儿钱，都是大团结，至少有几百块，三姐要那么多钱干什么？想着，心里越发变得沉甸甸的了。就在这时，她发现汽车的后玻璃上似乎有谁在向她招手，很用力的样子，因为天黑看不清面孔，但大模样还是依稀可辨的，好像是个女的。小米慌忙跟在汽车后面紧跑起来，边跑边挥手，汽车已经出了车站，并迅速驶上前面的一条马路。小米跑得上气不接下气。好在，汽车总算是在路边猛然刹住了，车门吱喳一下打开了，接着三姐的头探了出来，小米急忙上前把那卷儿钱掏出来递给三姐，并十分不解地问道，三姐你这是要去哪儿？三姐攥着那卷钱叮嘱道，老四你快回去吧，叫咱妈放心，这钱我回头一定会还给她的。话还没说完，就听司机师傅嚷嚷起来，开车了开车了。小米只好退后几步，目送汽车呜地一下跑远了。三姐究竟在搞什么名堂？好端端地惹得父亲发那么大火。往回走的时候，小米一直在想，三姐这人怎么总是跟别人不一样呢？按理说她也老大不小的了，就不考虑考虑终身大事？整天风风火火的，说话和做事越来越让人感到奇怪了。

人一旦上了年纪，生怕累着，当然更怕的是生气和动怒。这次父亲算是又出力又窝火，当天夜里就发起高烧来，一个劲儿地说胡话，硬把母亲吵醒了。母亲摸黑把手掌搭到父亲的额头，一摸，吓得她一骨碌翻身坐起来。父亲的额头简直就是一块刚从炉子里夹出来的火炭，都烧手呢。母亲忙下床去抽屉找阿司匹林和安乃近，又倒了大半杯开水，水太烫了，她又找了另一个空杯子，来回过了六七遍，尝了不很烫，才端来，把父亲从床上扶起来，喂他把药喝下去。父亲哼哼哟哟呻吟着。母亲又去脸盆架跟前，把擦脸毛巾在盆里投湿，对叠了两下，拿过来厚厚地平搭在父亲的额头上。父亲好像不太乐意这样，挣扎着想拿开，被母亲硬摁住了。老不死的，都快烧糊涂了，还要逞能！母亲坐在床沿边，若有所思地叹息道，唉，人啊说话就老了，干一把活儿就累成这样。父亲迷迷糊糊地说，我没事。母亲的心事似乎更重了，想了想，又说，我看小方这孩子挺懂事的，干活儿也是踏踏实实，小米跟他将来准错不了。父亲始终不搭话，只不时地哼呻着，像个老小孩似的虚弱。

没想到病真的重了，第二天早晨，父亲高烧依旧不退。母亲慌了手脚，赶忙把小米叫起来，娘儿俩忙乱了好一阵子，总算是把父亲送到门诊，检查了一下，血压高得吓人，还有点肺炎的迹象，大夫让住院观察治疗。办完手续以后，小米就从医院直接去单位上班，中午又早早溜回家，准备把父亲需要的衣服、饭盆、茶杯、毛巾和牙刷等收拾一下送过去。

小米赶到医院的时候，大姐二姐也都已经来了，消息还是小米上午用单位电话临时通知的。病房包括父亲一共住了六个病人，显得十分拥挤，又赶上吃午饭的时候，病人家属三三两两再一来，房间就连插脚的地方也没了。父亲的床头柜上摆着大姐二姐她们提来的水果、罐头和糕点什么的，再加上小米刚从家来带来的那堆东西，简直放不下了。大姐二姐一个劲儿地怪小米，说家里拉了煤也不说给她们吭一声，硬把父亲累垮了。母亲就站在小米这边说，还多亏了小米跟小方，小方那孩子干起活儿来像模像样的，看着叫人喜欢。二姐笑着说，他不好好干才怪呢，正是捞表现的好机会啊。说得小米脸上顿时浮出两团粉红的云霞。大姐突然问，老三今天怎么面儿也不露一下？母亲赶忙给她递了递眼色，大姐才止住话头。

过了一会儿，母亲跟小米去医院食堂打了饭回来，让大姐二姐和小米统统回去，说她一个人留下来照顾就可以了。大姐说也好，她下午做好饭再送过来。二姐说她这两天怕是来不了，学校这周要听老师的课，她得好好准备准备。母亲说你们忙自己的事，我和小米还能顾得过来。父亲一直躺在那里打点滴，半天只嘟囔了一句他听不上收音机的烦心事。母亲说都病成这样了，成天还惦记着那个破玩意儿，依我看啊，你干脆钻进那个收音机匣子里去过日子吧。一时说得大伙儿都笑了起来。

大姐她们临走时，母亲不放心，又紧跟了出来。她在走廊里拉住问二姐他们的事。二姐始终吞吞吐吐的，只说了句还不就那样，狗一下子哪能改得了吃屎。母亲白了二姐一眼，说，你也跟人家好好说话，都是有文化的人，别老是吵呀闹的，像个啥样子，知识都灌到狗肚子里去了。大姐也随声附和说就是就是，两口子哪有隔夜仇。二姐大概不想再讨论这件事，很无奈地点了点头。母亲这才把昨晚父亲跟三姐之间的冲突简单说了一下，大姐二姐听了都愤愤然，都说三尖尖越来越不像话了，竟敢跟老爹顶嘴。母亲当然没敢说她让小米去车站送钱的事，只说她天生就那个坏脾气。

乐业是第二天才从小米嘴里知道她父亲住院的事，本来他是想约小米去看一场电影的。小米现在哪还有那种心思。所以，下班后，乐业匆匆忙忙回了一趟家，随便扒拉了几口晚饭，就跟父母打了声招呼，直接来医院了。乐业一进病房，就从裤兜里掏出半拉砖头块大小的无线电收音机，说是特意拿来给老人解闷的。父亲见了这东西，病好像一下子轻了许多。乐业忙着给父亲打开，调好了父亲每天都要听的那个台，然后摆放在他枕头边上。父亲紧锁了两天的眉头，终于渐渐舒展开了。小米问乐业哪儿弄来的。乐业说是他当兵的弟弟去年探亲时从外地捎回来的，专门给他母亲收听戏曲用。小米说你肯定是背着你妈偷出来的吧。乐业腼腆地笑了笑，说，反正她也不是天天都听，也就偶尔想起来了才拿出来听听。小米不无感激地冲乐业眨了眨眼睛，真没想到他考虑得那么周全，懂得老人的心思。

这样没几天下来，惹得那些同房的病友好像都很羡慕，一个劲儿地夸赞小米父母是有福气的人。大伙儿纷纷说，关键时候就数闺女最亲，知道冷暖，会疼人，还有你那个小女婿，整天忙前跑后的，真是比儿子都要好呢。小米听了赶忙低下头，或者，溜到外面去避开。母亲脸上似乎很有光彩，嘴里却打哈哈说，好啥哟，闺女再好毕竟是别人家的人。这话小米不爱听。小米私下里对乐业说，反正我可不想变成你们家的人，尤其是一想到你那个妈，我恨不得马上跟你吹了算了。乐业一听就急了，说你又不是跟我妈过一辈子，别老在乎她。小米说，你说得轻巧，不在乎行吗？将来受气的还不是我？乐业忙赌咒发誓说，放心放心，我会好好对你的，看谁敢气你。

小米听他这样说，心里稍微舒畅一点儿了，况且，从他俩认识以来，乐业确实对她真心实意，这一点她还是能感觉到的。不过，对于将来的事，小米也并没有十分充满信心，因为问题还是可以预见到的。比如，乐业最终能不能顺利地入赘过来？方家又会抱着什么态度？让乐业倒插到她家里，真的就是万全之策吗？还有，三姐曾灌输给她的那些稀奇古怪的观点，多少还是对小米有些触动的，她不能不去想。想得太多，未免会使她左右摇摆：一会儿想，天要下雨娘要嫁，随它去吧；一会儿又觉得自己的前途真的是一片渺茫。

五

三姐从外面回来的那个晚上，小米正躲在自己的房间里，早早就拉上了窗帘，一门心思学着织毛线手套。天气快凉了，她想给乐业赶织一双，好让他冬天骑车子时戴上暖和。三姐突如其来，把小米吓了一跳。三姐的样子有些奇怪，不论是穿着，还是打扮，都有些叫人大吃一惊。当然，最让小米吃惊不小的是，跟在三姐后面的那个男人，有三十岁左右，头发比三姐还长还乱，刘海飘散散地耷拉在额头，几乎遮没了两只眼睛，在不羁的发丛下面，深藏着一张瘦削如匕首般的长脸，穿戴也是奇奇怪怪的，不知道的人肯定以为他是个搞什么绘画艺术的家呢。他肩上扛着一只硕大无朋的包，进屋就旁若无人地将那大包咣地扔在地上，砸起一片淡淡的灰尘。正是这一举动，让小米坚信他绝对不是搞艺术的人。总之，这两个人给小米的印象仿佛一对孪生兄妹，他们从头到脚都透出一股很新鲜又很危险的信号。

小米根本来不及掩藏手里的毛线活儿，三姐就扑上来，双手使劲掏了一下她的两腮，她哈喇子都快流出来了，这是三姐从小就爱做的小动作，为此没少挨父母的责骂。我回来了，怎么样？你们还好吧。说着，她在小米面前径自转了两圈，仿佛要极力展现她那身不伦不类的奇装异服。小米的思绪一下子就回到了那天傍晚，她急急忙忙跑去车站给三姐送钱的情景，也正是从那时起，她心里替三姐暗捏着一把冷汗呢。现在，三姐猛不丁跑回来了，她反倒很不适应，好像她不应该这么快就出现在自己面前，或者，至少不该是眼下这种样子。可具体该是哪种样子，小米也说不清楚。

三姐不顾小米发呆，又一把将她身后的男人拉过来，给小米介绍道，认识一下吧，这是我的新搭档长毛，他比你大好几岁，你得叫他长毛大哥。小米微笑地点了下头，长毛不置可否地用力朝一侧猛甩了一下头，那头乱发暂时被甩向一边，整个额头忽地露出来了。小米这才看清楚，在那片额头靠近发际的地方有一道发亮发白半寸来长的疤痕。小米心里顿时产生了一种莫名的惧怕，连笑容都迅速凝固了。她听见三姐说，我这一路都多亏了他，要是没他这个好帮手，我非空手跑一趟不可。小米乘机又瞥了一眼地上那只鼓鼓囊囊的大包，渐渐地似乎终于相信，没有眼前这个长头发男人，三姐确实不太容易把这么大的家伙扛回家里的。小米乘机又把父亲生病住院的事简单说了说，三姐说咱爸也真是的，为一点儿鸡毛蒜皮的小事就生气上火的，值得吗？小米说，爸这次好像真的生你的气了。三姐轻描淡写地说，气大伤身，到头来还不是他自己受罪，我又不是成心要气他。然后又说，等过几天忙完手里的事情，再专门找爸赔礼道歉。小米说这样最好不过。

当下，三姐非要让小米帮她一个忙。据三姐自己说，长毛是她初中时的同学，两人当时就挺谈得来的，长毛家不住在县城，上学时他一直是住校的，三姐还去他宿舍玩过几回呢，他吉他弹得不错，会唱崔健的很多歌曲。今年长毛的父母托亲戚在县城给他好不容易谋了份在机关打杂的工作，长毛根本受不了单位条条框框的约束，那些领导尤其对他的穿戴和头发很有意见，所以还没干几天他就溜了。这次俩人是在三姐去往兰州的那辆汽车上不期而遇的，一路上彼此越谈越投机，等到了兰州以后，他俩就形影相随了。三姐觉得长毛的出现简直就是老天爷对她的一种恩赐，她终于找到了一个跟自己趣味相投、一拍即合的生意伙伴。现在，三姐把他带回来，晚上睡觉的地方当然得解决一下。三姐向来是快人快语，说她合计来合计去，还是想让长毛跟小方先凑合着住一阵子，然后他们再去想别的办法。小米觉得十分唐突。方家倒不是没地方，乐业弟弟参军后，他一直一个人睡一间房。问题是，小米对这个长毛一无所知，怎么好意思把他推到乐业家去呢，何况乐业母亲又是那种十分计较的女人。可三姐毕竟是小米的亲姐姐，她哪能一口就回绝呢？小米真的感到左右为难。三姐威胁说，老四你要是不帮忙，我们仨只好挤在这一间房里了。小米觉得三姐出门跑了一趟，脸皮已厚得惊人。

实在没有别的办法可想了，小米只好带着三姐和长毛悄悄地离开了家。当然，依旧由长毛扛着那只巨大的包，三个人蹑手蹑脚出了门，生怕让父母知道了。快到乐业家时，小米说她先去找乐业说说，让他俩在路灯下等消息。三姐叮嘱道，老四你可别光顾着谈情说爱，让你姐我在这喝一宿的西北风！小米说了声讨厌，就很为难地去了方家。

乐业根本没想到她这么晚还会来，高兴得跟什么似的，拉着她的手半天也不松开，见小米一筹莫展的样子，才知道有事。小米把事情简单一说，乐业笑着说，那有啥呢，叫他来住就是了。小米不无担忧地问，你妈要是过问起来咋说？乐业想了想说，我就说是我过去的一个校友，反正跟你没关系就是了。小米还是不放心，说我总觉得这事挺荒唐的，我三姐也真是的，亏她怎么想出来的，你干脆拒绝了算了！乐业劝她别想那么多，说都是一家人，你三姐肯定有她的难处。又说，咱们还是赶快去把那个长毛接进来再慢慢说吧，总不能让客人站在马路边干等着。小米见乐业如此爽朗又通情达理，心里仿佛渗进一股蜜水，甜丝丝的。

一连许多天，小米守口如瓶，没有将三姐偷偷跑回来的事告诉家里人。父母也都蒙在鼓里。不过，小米确实有些担心，平白无故地让一个陌生人住在乐业家里，终归不是件好事。翻过天见到乐业的时候，发现他人有些恍惚，一副没睡醒的样子。乐业打着哈欠说，那个长毛打呼噜，我一宿基本上没怎么合眼。这一点儿小米真还没有想到。小米说那该咋办？你睡不好觉白天会影响工作的。乐业强打起精神说，没事，习惯就好了，以后晚上我早点睡着。小米没有这种经验，不知道打呼噜有多严重，父亲好像也打的，但母亲好像从来也没有埋怨过什么，可能是习惯了吧。反正，小米就是觉得这事无论如何都很对不起乐业。乐业趁路边没人注意，突然靠近小米亲了她一下。小米立刻嗔怒道，你真坏！乐业并不介意，反而嬉笑着说，你没听人家都说，男人不坏，女人不爱吗？小米用手摸了摸刚被他亲过的痕迹，觉得那里像被什么东西猛地蜇了一下似的，说不上好，也说不上坏，感觉还有些麻酥酥的。

乐业最近老是冲她动手动脚的，见了面就猴急猴急抓她的手，再不就乘机抱一下她的腰，或突如其来地亲一下她的脸蛋。谈恋爱真的非得这样吗？小米说不好。但每次跟乐业分手回去以后，走在路上，或者躺在自己的床上，闭上双眼，乐业的那些亲热的举动，又都过电影似的在眼前闪现。小米想也许这就是恋爱的滋味吧。这滋味是很特别的，两个原本再陌生不过的人，忽然相识了，忽然无话不谈，忽然亲密地拉起手来压马路，忽然又被对方亲吻了一下，忽然……这一切仿佛风一样，不经意间就吹到她身上来了。

这天吃晚饭的时候，母亲突然问小米跟小方的事情怎么样了。小米还没有想好该怎么答复，父亲在一旁也插话进来，说你们谈得也差不多了，该早早把婚事定下来才对。父亲一言既出，母亲自然双手赞成，连声说就是就是。小米说你们干吗那么着急？我们认识还不到半年时间，再说，我自己还没想好呢。母亲说傻丫头，我跟你爸当初也就前后认识一个来礼拜，就把婚结了，认识时间长短不重要，重要的是人要好，我跟你爸都觉得小方这孩子顶好的，怕错过了可惜。小米的思绪却又不由自主地想到招女婿的事上，于是，叹着气说，光你们觉得好有啥用？人家爸妈可不一定那么想。母亲说这事我们跟媒人嘱咐了又嘱咐，无论如何得让小方上咱们家来，这一条雷打不动。小米轻哼了一下，说，那你们是不知道小方他妈那个女人，她要是非横插一杠子，这事保不定要黄。母亲马上制止道，乌鸦嘴，啥黄啦黑啦的！小米冲母亲撇了撇嘴，说本来就是嘛。母亲不再说什么了，但心事似乎一下子都爬上了额头的皱纹堆里。母亲像是在自言自语，强扭的瓜不甜，要是他们实在不乐意的话，我看趁早跟他断了吧。小米一时怔住了，母亲嘴里那个“断”字，听起来很刺耳，也很绝情，有点儿斩钉截铁的。

扔下碗筷，本来打算是要继续织那双手套的，可小米忽然心血来潮，很想去一趟乐业家，而且，一时半刻都不能再等。小米没有跟父母打招呼，悄悄离开了院子。初秋夜风微凉，小城街巷里的灯光若明若暗，自行车在同样昏沉不明的小路上循序渐进，小米的心情似乎从来没有这样迫切过。前面一团稍明的灯光底下，聚集着一伙人，看不清他们的脸，七长八短的影子摇摇晃晃，乌鸦一样扎成乱糟糟的一堆儿，在路灯下吸着烟，或者喝酒猜拳什么的，远远看去就有种光怪陆离的味道了。小米从他们旁边经过时，一串呼哨突然响起，像学校的拉拉队似的，夹杂着流里流气的嬉笑声。小米实在受不了这个，只好暗中加把劲蹬车子，以便尽快离开是非之地。很多时候，小米夜晚是不敢轻易外出的，街上总有一伙一伙游手好闲的小年轻，他们的气味和模样时常让她战战兢兢，他们一见到姑娘准会发出那种可怕的怪叫声，呼哨打得震天响，这让她对夜色充满了恐惧，正如小女孩害怕听到大灰狼，这种情形持续了很多年，直到乐业出现以后，才稍稍减弱了一些。

去方家扑了个空。乐业妹妹帮她开的门，说是哥哥今晚要临时加班，妈妈天刚黑就去赶工人俱乐部的舞会了。小米简直失望透了，本来有一肚子话想跟乐业说的，现在只好憋在自己心里。乐业妹妹跟小米早已经很熟了，两个人可以说无话不谈。人小鬼大，这话安在乐业妹妹头上，一点儿都不为过。她非要让小米进屋去坐坐，小米呢，又生怕叫眼前这个小姑娘轻看自己，说她整天就知道黏糊乐业，好说不好听。所以，尽管不情愿，但还是觉得有必要进屋待一会儿，再走不迟。小米无话找话地关心了一下乐业妹妹的学习情况，对方早推开了桌子上完成了一半的作业，却神秘兮兮地抢过话头说，小米姐，有件事我一直想告诉你呢，不过你得保证，千万别说是我说的呀。这似乎有些突然，弄得小米着实紧张了一下。小米说，我保证不对别人说。乐业妹妹似乎还不够信任，又说，也包括我哥他在内。小米连忙点头，心里面越发感到某种不安了。

乐业妹妹一本正经地说，我哥以前交过一个女朋友，你还不知道吧？小米茫然地摇着头，她确实从没听说此事。乐业妹妹接着说，好像是我妈一个老乡的女儿，我妈可喜欢她呢，说她这也好那也好，都快把她夸成一朵花了，她也挺会来事的，把我妈阿姨阿姨叫得可甜呢，还经常上我家来玩呀吃饭什么的，我哥也对她挺好的，每回她要回家，都是我哥亲自骑车子去送。也不知为啥，有一阵子，那个姐姐突然就再也不上我家来了，我哥好像也成天无精打采的，他一回家就把自己关在屋子里，多一句话也不跟我们说。听到这里，小米忍不住问道，那他俩到底怎么啦？是吵架了吗？乐业妹妹说，我后来还是偶然从妈妈嘴里听到的，原来是那个姐姐全家都要迁回河北老家去了，所以他们就吹了呗。小米听完心里顿时有些酸，说不出是嫉妒，还是失望，或者，多少有点儿上了当受了骗后的羞恼。她不知道，这件事若是直接从乐业嘴里说来，她会是怎样的心情，可现在这个秘密却让乐业的妹妹一股脑说出来了，这对于她来说无疑是一种不小的伤害。她觉得无论如何乐业不该瞒着她，她还记得他们初次见面时的谈话，有关对方谈没谈过朋友的问题，当时乐业说得很干脆，他说还没谈过，而她也确确实实是第一次。

从乐业家出来，小米始终木木地推着自行车往前走，好像忽然忘记了该怎样驾驭身边这辆车子了。小孩嘴里掏实话，她完全相信乐业妹妹所说的话。现在，她似乎终于明白了方母之所以那样对待她了，一句话，小米不是她理想中的未来儿媳，不想接受她。最可恨的是乐业，他竟然从一开始就想好要欺骗她。小米想，即便当初见第一面他说了实话，她也不会太计较什么的，谁没有过去呢？可问题恰恰就在这里，他有意对她隐瞒了过去的那些事，她却准备毫无保留地把自己交给他，而且，就在刚才从家里出发的那一刻，她已经想好了，她要告诉乐业，他俩的事该有个结果了，她不想再不明不白拖着了。这样边走边想，小米觉得前途一片黑暗，她多少有些心灰意冷了。

迎面疯疯癫癫相拥着走过来俩人，几乎快要撞到她肩膀上了。小米这才猛然回过神，赶紧往路边躲了躲。感觉有个女人的笑声那么耳熟，再扭头仔细一听，竟然是三姐的声音。不用猜，搂着她的那个男的就是长毛，他俩好像一对结伴同行的蝙蝠，在夜色中肆无忌惮地说着笑着，双双正快乐无比地往乐业家的方向而去。

小米很是吃了一惊。如果不是亲眼所见亲耳所闻，这种事情发生在三姐身上，就是打死她，她也是难以相信的。一向对婚姻恋爱持否定态度的三姐，一向对男人不屑一顾的三姐，怎么会突然来了个一百八十度大转弯呢？而作为一个正处在恋爱时期的女孩来说，小米深知三姐分明已经喜欢上那个长毛了，要不然她不可能跟他那样依偎在一起，可小米依旧百思不解，三姐怎会如此迅速地陷入其中的？她过去对自己说过的那些话都是假的吗？还是，那个不修边幅的长毛有着什么神奇的法术不成！

六

这回二姐闹离婚的事，全家人都很紧张。一石激起千百层浪，连大姐两口子都跑回娘家来帮忙拿主意了，这一整天父母脸色都阴沉沉的。

听说起因是二姐夫动手打了二姐一个耳光，二姐一气之下连着砸了家里的两只漂亮的花瓶和一只白瓷茶杯，然后，二姐夫又用力甩给她更响亮的一记耳光。二姐回家哭着说他俩从认识到结婚，二姐夫还是头一次动手打人的，而且，是为一个什么女的。具体情况小米也没有彻底弄清楚，反正逃不出二姐夫拈花惹草的那点儿事。小米一直觉得奇怪，表面上看，二姐夫是个很斯文很冷静的男人，怎么偏偏就爱那样呢，听着都叫她觉得恶心了。父亲的态度比较明朗，说二姐是自由恋爱结的婚，事到如今该说的话也都说尽了，离不离的全由二姐自己做主。母亲自然长吁短叹，说她当初就觉得小白脸是靠不住的，死丫头偏就不听劝。大姐添油加醋地说，不能便宜了那个四眼子（指二姐夫），得找个人好好拾掇拾掇他，再不然索性就告到他学校领导那里，到时候叫他好看。父亲皱着眉头说你们女人就知道火上浇油！把他告臭了，往后还叫他怎么在学校抬头做人？一日夫妻百日恩，不看僧面看佛面嘛！他也不是一点儿好处都没有。小米也觉得大姐的说法欠妥当，难道教训一顿，他当真就能悔过自新破镜重圆？再说又何必非撕破脸，彼此难看呢。

不管怎么说，二姐死活不想再回她自己的家了，晚上就跟小米睡一个屋。这些年小米已经习惯了一个人住，有二姐睡在她身边，总觉得有些别别扭扭的，干什么都不自在。那双毛手套已织好了一只，另一只才织了半拉，戳着两根竹签子胡乱扔在床头柜上。二姐心细，拿起手套看了又看，回头便叹息说，老四，你可别像二姐一样傻，恨不得把心都掏出来给了人家，男人啊都不是啥好东西，你对他越好，将来他伤你越深……说着说着，泪水禁不住又吧嗒吧嗒滴下来，落在那只手套上。小米忙抢过东西掩饰说，我那也就是瞎织着玩呢。嘴里这样说，心里却格外地难受，是为自己？还是为了二姐的事？她自己也说不清楚。二姐少不了又东拉西扯地说了二姐夫许多的坏话，小米听得如坠云雾，以前二姐也没少在她面前夸过二姐夫。小米心里也有事，可她却不知道该对谁讲。男人都像二姐说得那样没心没肺吗？乐业也是见一个就喜欢一个吧，过去他喜欢过别的姑娘，如今好像很喜欢自己，那么将来到底又会怎样呢？他还会去喜欢别的女人吗？小米觉得这一切仿佛复杂的几何题目一样费神费解，她稍微一想，立刻感觉到头都大了一圈。还是不想为好。

这些天乐业也曾约过小米两次，说有个外地新来的杂技团，正在县城灯光球场表演飞檐走壁的摩托车绝活，非常精彩，他想请她一起去观看，却让她一口就拒绝了，她根本不想再见他。弄得乐业满头雾水，不知道自己哪点儿出了差错。问她，她又什么也不肯说，再多问她就眼圈发红了。乐业当然不会知道是自己的妹妹出卖了他，其实，他也应该能想得到的，他最近确实狠狠地得罪过妹妹，因为她又要跟他借几块钱他没答应，还劈头盖脸地奚落了妹妹好一顿。

乐业只好在傍晚下班的路上去堵截小米。小米远远看见他站在马路对面，故意低下头骑上车子往前赶路。乐业快步穿过下班时分拥挤的人群，径直冲上前去拽住她的车把。小米说你松手。乐业偏不松，两只手死死抓在她车把上。小米说，你这是干啥？拉拉扯扯的，成何体统！乐业反问那你为啥非得这样？小米说，你心知肚明。乐业说你简直让人摸不着头脑。小米说，你一直把别人当傻瓜。乐业说，我不明白你的意思。小米没好气地突然松开车把，撇下乐业自顾步行离去。

一口气走到路边一排黄了叶子的白杨树底下，小米终于止住脚步。见乐业从后面推着两辆自行车，歪歪扭扭十分艰难地跟了上来，小米才强忍住泪水不动声色地说，方乐业同志，这下该把车子还给我了吧。乐业并没有把车子推过去，他的身体夹在两辆自行车中间，活像一个戴重枷的犯人，他故作笑脸说，小米先别忙着走呀，我真的有话跟你说。小米说可我不想听。乐业猛地提高嗓门问道，到底为了啥呀，你突然就不理人了？小米本来想说回家问你妹去，可转念想起自己的承诺，于是说，反正你妈也看不上我，咱们还不如趁早算了呢，省得将来再打麻烦。乐业听她这么说，似乎是真的急了，咣啷一声，竟把两辆车子同时推翻在地，瞪着眼对小米大声嚷，我都跟你说过一百遍了，我妈是我妈，我是我，是我结婚又不是她结婚！我喜欢谁，她管不了！

小米听他这样冲自己吼，一时怔住，感觉眼前的这个男人不像是方乐业本人，好像换了个人似的，有点铁骨铮铮的味道。一时间眼泪又很不争气早夺眶而出，小米心里委屈得要命，又不能一吐为快，又不想出卖别人，唯有抹着眼泪呜咽起来。乐业见状，知道自己语气太重，可能把小米吓着了，忙凑过来赔不是，又从自己口袋里掏出一块半新不旧的手绢，递给了她。小米开始不肯接，只顾一味地哭泣抹泪，弄得乐业左右为难。后来，等小米渐渐平静下来，乐业才压低声音说，我觉得你来我们家跟我上你们家，其实还不都一样，只要我们俩真的好就行，我一定会说服我妈同意的，你就放宽心好了。说着，又硬把手绢塞到小米手里，这次小米默默接了，拿它轻轻擦了擦眼睛，还擤了几下清鼻涕。

小米忽然之间似乎明白了一个道理，她觉得自己实在有些可笑，为一个已经远去不在的影子，竟然跟乐业别扭了那么多天，实在是不值得。想来，恋爱的确会让一个女人变得异常神经质，甚至于不分青红皂白的。更重要的是，刚才乐业发火的样子让她觉得可爱也可信，她不喜欢男人太过于懦弱，关键时刻没有主见。此时此刻，她似乎开始有理由相信，乐业一定不会辜负她的，就凭他刚才“咣啷”那一下子，真的很有气势。

他们俩面对面在路边站了一会儿，乐业从上衣兜里摸出两张门票，在小米眼前晃了晃，说人家好心好意排了长队买的票，你要实在不愿意看的话，咱就丢了各自回家吧。说着，便做出撒手要扔掉的样子，小米破涕为笑，早一把抢过来，说，谁说不看的？钱都花了不看白不看！乐业听了忙跑到旁边，迅速地将躺在地上的两辆自行车扶起来，小米也抿着嘴唇低着头，有些不好意思地慢吞吞跟了过去。

二姐回家住了两个晚上，二姐夫也始终没有现身，更别说是像以前那样来登门负荆请罪了。父母你一言我一语地劝二姐，让她最好还是先回家去，有啥矛盾，两个人应该心平气和地坐下来慢慢说。二姐头摇得跟拨浪鼓似的，赌气说，他就是拿八抬大轿抬我，也休想请我回去。父母看着干着急，一点儿办法也没有，二姐这回的确是一副吃了秤砣——铁了心的样子。

小米的心情倒是好多了。她跟乐业观看了那场前所未有的杂技表演，两名摩托车手在巨大的钢筋网特制的圆球体里，上下翻腾或比翼双飞，简直让她眼花缭乱又惊心动魄。当时，她的心都要飞出嗓子眼儿了，黑暗中她紧紧地抓住了乐业的手，乐业也乘机把她搂住了。小米没有任何抗拒，相反她觉得要是没有乐业在身边，她根本就没有勇气继续观看下去。因为有他陪伴，这种惊险和刺激就变成了一种幸福的元素渗透内心。恋爱的过程其实更多是要彼此考验的，有时甚至跟耍杂技一样，有些悬乎，战战兢兢的，叫人揪心。

眼看天色擦黑了，三姐猛不丁从外面回来了，小米隔着窗户一眼就瞧见了那个长毛，心里不由地打起鼓来。母亲正在准备晚饭，三姐就直奔伙房里去了。小米忙从屋里出来，也急忙往伙房去了。三姐叫了声，妈我回来了。母亲抬头吃了一惊，说死丫头，吓人一跳，一走就这么些天？连个音信都没！三姐说我这不回家看你老来了嘛。母亲没好气地说，你看看我还有口气没？三姐说，妈，谁又惹你老生这么大气？是不是老四，看我怎么收拾她？小米忙插话说，哪是我，是二姐要离婚。三姐睁大眼睛嘘了一声，问小米真的假的。小米还没来得及表态，母亲说啥蒸的煮的，你们统统给我出去，站在这碍手碍脚的，心烦！

等到快吃饭时，父亲才踱着步子从外面溜达进来，一见三姐脸色马上沉下来。母亲生怕父亲还因上次的事迁怒二姐，赶紧上来打圆场说，三尖尖回来看我们了，又指了指三姐旁边的那个长毛，表情不无为难地介绍说，这是老三的朋友。父亲几乎没多看三姐一下，却把眼光瞥向长毛，上上下下打量了半天。不知此刻三姐心情如何，小米倒是暗暗替三姐捏着一把汗。今天的长毛，比上次她见到时稍整齐了一些，衣服裤子都是干净的，颜色样式也不算太夸张，当然，头发还是老长老长的，不过能看出来刚刚洗过的，梳理得比较顺溜，也没有上回那么蓬乱无章。三姐见父亲老盯着长毛看，就无话找话说，他这人优点可多了，特别能吃苦耐劳，还很有思想。父亲却没搭理她。三姐就不好意思再说什么了。这时，母亲已经把饭菜都盛好了，就招呼大伙儿坐下来一边吃饭一边说话。

接下来的整顿饭，父亲还是一言不发的，只顾埋头吃东西。小米觉得父亲的样子很奇怪，按理说他该冲三姐发一通脾气的。母亲倒是煞有介事地把三姐从头到脚数落了一顿，也就是装装样子给父亲看的。最后她说，你也老大不小的了，也该懂懂事了，以后别再让爹妈替你操心了。这话似乎又引起二姐的不自在，她随便扒拉了几口，就悄无声息地离开饭桌，一个人回房间去了。母亲便愣了一下，大概觉得自己说错了话，不由得叹了口气，心事重重地扒拉饭菜。

好容易吃完了，小米为三姐绷着的那根神经才算松弛下来，她正在收拾桌上的碗碟筷子，听见父亲叮嘱母亲说，伙房的事就让老四去弄吧，你也过来坐着，我有话跟老三交代。小米一听顿时紧张起来，甚至觉得屋子里的空气都有些异样了。三姐倒是一副很坦然的样子，说，爸、妈，我也正好有话要对你们俩说呢。母亲脸上一副如坐针毡的痛苦表情，嘴里嗫嚅道，到底有啥大事嘛，爷儿俩一个赛着一个着急忙慌的。父亲转过脸又对一旁的长毛说，小伙子你要是没事就先回吧，我们家里有些事要说说。长毛犹豫着起身看了看父亲，又转脸用目光去征求三姐的意见。三姐对父亲说，爸，你就让他也待着吧，因为我要说的事情跟他有直接关系。父亲严厉地看了三姐一眼，接着又不温不火地说，他怕是还没有听我说话的资格吧。三姐说咋就没有？他是我的男朋友。

这话一出口，母亲的眼睛立刻睁得老大老大的，好像发现了什么怪物。父亲也是有点儿要被怔住的架势了，半晌无言。母亲的嘴张了几张，她又拿手掌捂了一捂，才狐疑地问，你这丫头到底捣啥鬼？刚才你可没这么跟妈说啊！怎么突然就冒出个男朋友来了？到底咋回事?！三姐乘机往母亲身边靠了靠，把一只手搭在母亲的手背上，笑着说，妈，我刚才是没说，就是想等咱爸回来一起说嘛，省得说两遍麻烦，是这样的，我和长毛呢，就要准备结婚了！

那一刻，小米觉得屋里简直就像轰隆一声扔下一颗重磅炸弹。父亲、母亲，还有她自己，全都快晕过去了，无论如何，三姐的决定都太让人惊讶了——尽管此前小米确实目睹了三姐跟长毛在一起的情形，但那离谈婚论姻毕竟还是有距离的。三姐说话做事确实太离谱了。

七

媒人突然捎话过来，说方家提出三个条件，如果小米家能够答应，他们才重新考虑让乐业入赘的事：一、小米婚后所生男孩必须姓方，女孩另当别论；二、考虑到乐业下面的弟弟现役未婚、妹妹年幼上学，乐业结婚所需的家具电器摆设床具等均由小米家负责置办，方家只陪送一些基本生活用品和衣物等；三、方家原则上不再给小米家彩礼钱及其他费用。

父亲听完依旧心平气和的，母亲却忍不住冲媒人皱起眉头说，他们也太欺负人了吧，这叫啥条件，天底下哪有这样做父母的？媒人始终赔着笑脸，说，好事多磨嘛，一切都可以再慢慢商量的。母亲说，照我看呀，他们干脆把儿子光着身子撵出家门算了。父亲说，话也不能那么说，将心比心，人家养儿子一场也不容易。母亲反过来诘问，那咱们把闺女拉扯这么大就容易啦？媒人说，都不容易都不容易，可话又说回来，毕竟将来你们这边添了一口子人，添丁增旺，大吉大利，人家提些条件也在情理之中的。母亲的眉头依旧深锁不消，恨只恨自己这辈子没有生出个儿子来。媒人起身准备告辞了，父亲便张罗着相送出门，他让媒人尽管放心，说世上没有过不去的坎。媒人夸赞还是老爷子通明事理。

小米下班回到家，见母亲脸色很不好，问了两三遍，母亲也不言语一声，只当是还在为二姐和三姐的事心烦。尤其是，自打三姐冒冒失失跑回家提出要跟长毛结婚的事后，母亲的脸上就笼罩了一层忧郁而又惊恐的颜色。尽管三姐在这个家里总是显得那么言行奇特，可结婚这种人生头等大事一出她的口，还是叫人惊诧不已，她恋爱的速度似乎快得让人应接不暇。按理说，像三姐这样的大龄女青年，能不能找上对象已然是个令人头疼的未知数了，如今她好不容易才找到了自己如意的，家人应该万分庆幸才对，可现在的问题却是，非但没人感到一丝欣慰，反而叫所有人陡增了某种担忧——好像三姐不是在谈婚论嫁，而是在一意孤行，硬拿着自己的终身大事当儿戏。

小米把三姐的事偷偷告诉了乐业，他没有表现出特别的惊讶，反说那你怎么感谢我呀。小米当然明白他的意思。小米说，你不觉得我三姐这人太荒唐了吗？乐业说，爱情本来就有神奇的魔力，有时会叫人变得疯狂的。小米觉得乐业言之有理，几乎说到事情的本质上了，在全家人看来，三姐的确有些发疯了。后来，小米跟乐业抽空到街上瞎转悠，特意溜达到西城的综合市场，在成排的蓝色铁皮柜台前，找到了三姐跟长毛的那个服装摊位。当时长毛正在同顾客讨价还价，他穿一身牛仔服，再加上那头披散不羁的长发，的确很显眼，柜台后面的椅子上，放着一台磁带录音机，时下正在流行的费翔和齐秦的几首新歌正反复播放，招徕不少年轻人驻足观望，生意似乎很红火的。听三姐说她整天吊吊拉拉上着班，时不时就跑过来关照摊子上的事，两个人似乎是情投意合地开起了夫妻店。

眼看早过了吃晚饭的时间，父亲依然迟迟不见身影。母亲生气地说，咱们娘儿仨先吃吧，那个老东西一下午不知上哪儿野去了。家里就小米、二姐跟母亲吃饭，光听着几根筷子碰碗碟的叮当声，母亲和二姐都吃得很沉默，弄得小米也很无趣。她本来是想跟她们讲讲那个杂技团表演的精彩之处，见她俩都那样，只好作罢。吃完饭后，二姐主动去伙房拾掇，母亲懒懒地坐下来打开了电视机，这些天正演连续剧《渴望》呢，母亲简直被里面的那个刘慧芳迷死了，看得眼泪一把鼻涕一把的。也许是电视机一直摆放在父母房间的缘故，小米通常不怎么喜欢看。乐业倒是跟小米提起过，说他们厂的男同事这些天都在议论，说谁要是娶了人家慧芳那样的媳妇，这辈子就算烧高香了。小米觉得男人都怪可笑的，看个破电视剧就开始想入非非的，那些片子毕竟是人编人演的东西，怎么就全都当真了呢，难道他们自己的媳妇或女朋友个个都是夜叉不成，干吗要吃着碗里的还看着锅里的好？所以，小米就跟乐业说，自己可不是什么刘慧芳张慧芳的，让他最好想想清楚。

因为怕母亲一个人闷得慌，小米也凑过来陪她一起看。母亲像是不经意地问她，这几天怎么也不见小方过来转？小米说要他天天来咱家干啥？母亲又问你听没听到他爸妈有啥态度？小米摇摇头。母亲不满地说，怎么跟个木头人似的，一问三不知，恋爱到底咋谈的？小米娇嗔道，妈，我一个姑娘家，咋好意思问这些嘛！母亲这才说了媒人今天来过的事，和方家提了一堆苛刻的条件。小米说是吗？都咋提的？母亲说给你说了又有啥用？总之，他们家太那个了！小米想难怪母亲脸色不好看，再加上她早已领教过方母的为人，那些条件即便母亲不说，她也就可想而知了。

于是，小米故意说，大不了吹了，我又不是老得嫁不出去，连我三姐不是都要结婚了吗？母亲立刻打断她的话，说，你少提那个三尖尖，一提她，妈的心脏病都要犯了！那个海兽越来越像个疯子了！小米知道不该拿三姐说事，忙朝母亲跟前靠了靠，撒娇似的搂住她的脖子，说，妈你别为那些鸡毛蒜皮的事生气了好不好？母亲回头看了她一眼，说，别搂得这么紧，都多大的人了，弄得人怪痒痒的！又十分爱惜地摸了摸小米的脸蛋，说，妈还不是看在小方这孩子的好上，才忍气吞声的，唉！话说到底，谁叫妈没本事呢。小米觉得母亲这种样子，实在让她有些难过，难道没有生儿子真的就那么不如意吗？可小米既不是二姐，也不是三姐，从小到大她已经习惯了父母对她的安排，诸如上学啦，待业啦，招工啦，顶替啦，也包括即将到来的这场婚姻。在她的成长道路上，每走一步，父母都替她想好了，小米自己的想法已经没有任何意义了，说了也是白说，她想做的事情就剩下言听计从了，当好乖顺的女儿比什么都重要。再说她确实不想再惹老人生气。

母女俩正有一搭没一搭地边唠着边看电视，外面突然传来一阵重腾腾的响动，小米就猜到准是父亲回来了，忙出门去迎接。放眼一瞧，顿时愣住了，父亲一改往日严谨稳重的家长模样，好像是喝醉了酒，竟然让人连搀带架地送了回来，看着有些狼狈不堪，而送他回来的人，竟然是久不露面的二姐夫。看来他也喝得够呛，腿脚前后直打晃，想必这俩人就是这样跌跌撞撞一路从外面走回来的。小米情急下忙大声喊二姐。二姐从小米的房间跑出来，一见到二姐夫，脸子马上吊下来，本想扭头回屋，见小米已经上前搀父亲了，她才勉强走过去帮忙。这时，母亲也被惊动了，正站在堂屋门口嘟囔着，这老东西不回家吃饭，去哪儿灌猫尿灌成这副熊样儿？二姐夫摇晃着身子走到门口，直着舌根对母亲说，妈，爸……他……他没……没事，我……们……爷……爷俩——在外头……搓了一顿。

趁大伙扶着父亲进屋的工夫，二姐猛不丁给了二姐夫一胳膊肘，他毫无防备，加上本来头重脚底又发飘，咣当一声，就跌倒在屋檐下，脸朝下趴在砖墁地上，疼得直哼哼，半天也爬不起来。把父亲扶进屋放在床上，母亲又指使小米和二姐去看二姐夫。二姐说他摔死活该！母亲听了当即就举起巴掌，作势说你这丫头，咋这样说话呢？二姐嘟囔说，反正他死活都跟我没关系。这时，小米已经出了屋，弯下腰去拉趴在地上的二姐夫，拉了几拉也没弄起来，他简直比死猪都沉，而且软得像团面。小米无奈，只好连声又叫母亲又唤二姐出来帮忙。

三个女人七手八脚，好不容易把二姐夫从院里弄起来，见他不知是鼻子还是嘴巴跌破了，血流得汩汩的，再加沾上灰尘，脸面模糊而又龌龊，地上也有黑黑一摊血。二姐才着了慌神，赶紧跑进屋去又找毛巾又倒开水，还让母亲把家里的酒精棉和红汞药水找出来，她忙不迭地替他擦血止伤。小米发现，原来二姐这些天尽是嘴上的功夫，她把二姐夫恨得咬牙切齿的，可在这种关键时刻，她好像比谁都紧张，比谁都尽心尽力，简直就是那种救死扶伤的人民好大夫。此刻，小米似乎理解了电影电视里女人动不动就把男人叫“冤家”的意义了，二姐两口子似乎也是这样一对，恋过，爱过，恨过，有时甜言蜜语，有时剑拔弩张，相亲相爱的时候风和日丽，吵闹时又鸡犬不宁、不可开交。小米甚至开始怀疑，他俩到底还会不会离婚呢？夫妻俩过日子，怎么有时候跟小孩子过家家闹着玩似的？

这一夜，二姐当然得跟二姐夫睡在小米屋里，小米只好去跟父母凑合挤在一起。记忆中，父亲好像从来都没喝过这么多酒，鼾声如雷，胡话连篇，一会儿蹬腿，一会儿伸胳膊，惹得母亲好一通唠叨。小米几乎一宿没合眼，满脑子都是乐业的影子，思前想后，一会儿觉得很满足很幸福，一会儿又莫名地伤神，对未来没有一点儿把握。父亲半夜里起夜，大概又想吐了，都是母亲披着衣服下地服侍的，然后还给父亲沏了醒酒的糖茶。母亲亲手端着喂父亲喝下去，父亲总算是安生些了。小米觉得这种时候，母亲比那个刘慧芳要贤惠一百倍，母亲偌大年纪了，照顾起父亲来就像照顾自己的儿子那样精心。

第二天一早，二姐夫骑着二姐的自行车，两个人双双出门上班去了，他们在学校工作总得去早些。小米不用着急，慢腾腾洗漱完毕，才开始吃母亲准备好的早点。吃饭时，父亲已经醒了，母亲冷不丁问道，我说五斗橱里的那瓶汾酒咋不见了？父亲支支吾吾说，保不准那酒长腿飞了。母亲说你就知道跟我装神弄鬼！父亲嘿嘿笑笑，捋了捋下颌灰白色的一撮短须，感叹道，啊呀，有好些年没这么大醉过了！母亲故意拉下脸子说，下回再灌那么多猫尿，你干脆就别回这个家，省得夜里祸害人。父亲照样不搭讪，漫步往屋外走，到院里就开始慢条斯理地伸展胳膊腿脚。母亲随后跟了出去，一只脚踩着门槛低声问道，喂，你昨晚都跟老二女婿说了些啥？父亲回头说你打听这些做啥，那都是咱爷们儿间的话，说了你老娘儿们也不懂。母亲连连啧着嘴，说，看把你日能的！到底咋说的吗？父亲似乎有些不耐烦了，收了晨练的架势，转身说，我说你这老家伙咋跟孩子一样，唠唠叨叨问个没完！我跟他说呀，你小子要是赶明早不把二丫头接走，我就豁出老脸告到你们校长那里去！说完，父亲一脸诡秘的笑容进了屋。

小米就猜到父亲肯定是在撒谎。不过，她又实在是很佩服父亲，未动大的干戈，只用家里珍藏多年的一瓶老汾酒，就把二姐夫给驯服了，夫妻矛盾再次化为玉帛了，真是不简单啊！所以，小米的心情一下子好得难以形容，出门上班前，她突然凑过来在父亲的额头上亲了一口，倒把父亲吓了一跳。小米双竖大拇指，一脸灿烂的笑容，说，好样的，老爹！父亲依旧木讷地张着嘴，望着小米年轻美丽的背影在院里渐渐消失，半天才回过味来，又嘿嘿地笑了起来。母亲见状，也笑眯眯地说，老不死的，看把你美的，这回孩子们都走了，你总该对我说实话了吧。父亲皱着眉头，半晌道，我说你到底还有完没完了？

八

方家母子大吵了一架。主要原因是，乐业下班回家不经意听到了媒人跟母亲的一番谈话，才得知了他家跟小米家提出的那些条件。

乐业简直气不打一处来，他万万没想到自己的母亲会是这种人。乐业当着媒人的面对母亲嚷，妈你太过分了吧！你把我当成啥了？你这样做，人家该怎么看我？你太自私了，从来只顾你自己，你有没有替我想过一次？要是按你说的那样，我宁愿这辈子打光棍，不结婚了！方母也是没想到儿子会这样指责她，而且，又是当着外人的面，她一下子就恼羞成怒了，破口大骂乐业是个吃里扒外的东西，是个白眼狼、没良心的软骨头，天生一辈子受气。乐业本来就血气方刚的，又赶在火头的，难免说出些过激的话，他说，妈你让我觉得丢人，以后没脸再见小米家的人了。方母简直快气糊涂了，扑上来就甩给了儿子俩耳光，后来，幸好被媒人硬拉开了。

羞愤之下，乐业几乎含着眼泪扭头跑出屋外，方母紧跟着又撵出去，不依不饶跳着脚骂他，说就当没生这个儿子，让他趁早卷铺盖滚蛋。于是，乐业气冲冲地骑上车子，头也不回就离开了家。他越想越窝火，越想越伤心，越想越觉得对不起人家小米，可又没地方撒气，就铆足了劲猛蹬车子，埋着头只顾往前冲，跟整个世界都有仇似的。耳边都是风的嘶叫，好像一群讨嫌的女人满路追着骂他。

当时天色已经昏暗了，车子飞驶到一个十字路口，乐业一点儿意识也没有，满脑子只想着逃离那个家，越远越好，越快越好，所以，他根本就没有注意路口还有红绿灯，更顾及不了从另一个方向突然横穿而过的摩托车了……

小米得知情况已是第二天的事了。乐业的左脚打了石膏，脚踝骨严重骨折，脸背上蹭掉了两块油皮，后脑勺还鼓了个拳头大的血包。小米一见他，就忍不住哭出声来。乐业痛苦地龇着牙劝她别哭，说自己没事，一点儿都不疼，眼圈却不知不觉红了。小米泪汪汪地抽泣了半晌，直到方母进来，她才算是止住了。

方母对乐业说，以后我懒得管你，别动不动就寻死觅活的，我和你爸还想多活两年呢。乐业始终闭着眼，把脸撇向窗户那边，不瞧母亲。方母又对小米说，让乐业去你家也不是不行，可你也看到我们家的情况了，乐业下面还有弟弟妹妹，将来还不知道怎么样呢。乐业接过话头说，妈，你跟小米说这些干啥？方母说，哟，还没结婚呢，就开始护着她了，好好好，妈啥话也不说了，我当哑巴行不行？你的事自己看着办吧，可妈把丑话先说在前头，上门女婿的日子你可想好了，将来可是没有卖后悔药的地方！说完，便气呼呼地转身出去了。

乐业才正过脸看着小米，说，我妈就是这种人，刀子嘴豆腐心，小米你千万别往心上去。小米忙靠过来拉着乐业一只手，心里别提啥滋味了，半天只嗫嚅道，你好好养伤吧，我一下班就来看你，给你送好吃的。

原来打算“十一”过后，俩人先把婚订了的，可乐业的腿脚怎么也得在家静养三个来月吧，事情只好就这样拖着了。倒是三姐雷厉风行，后来者居上，国庆节放假，她陪长毛回了趟老家，据说长毛的父母好像很喜欢三姐，一个劲儿地嘱咐她要好好帮他们管一管长毛，把他的野性子收一收。从长毛家回来，三姐再次正式提出要结婚的事，父母考虑再三，多少是有些犹豫不决的：一方面，老人都不太喜欢长毛那个样子，又没有正经工作，整天在市场上倒买倒卖的，觉得不可靠；而另一方面，又想到三姐年龄实在老大不小了，女大当嫁，怕万一错过了机会，以后她真的要当老姑娘该怎么办。三姐见父母这样，果然打出了她的最后一张王牌，说她这辈子要么跟长毛在一起，要么就谁也不嫁。父母思前想后，总算是痛下决心了，不过也提出了一个要求，就是三姐完婚后得先在娘家这边住一段时间，等将来小米结婚时，他俩再搬出去单另过。三姐是个聪明人，反正就是晚上回家睡个觉，白天他俩都是在市场里耗时间磨生意的，再说，要真的在外面住，当下还得花钱租房子不划算，生意人最讲实惠，也就点头了。

父亲急忙找人，把家里靠西边的一间闲置的耳房拾掇一新，裱糊顶棚，粉刷墙壁，又铺了地板，装了新窗帘，安了壁灯，就算是新房了。至于家具、电器等结婚用品，都是长毛家出的钱，为这事长毛父母特意跑来县城住了两天，陪着三姐他们采购齐全。

三姐的喜事办得很简单，也就双方的亲戚朋友在县城的民族饭庄喝了顿喜酒。婚后第三天，俩人就南下去了广州，说是一边旅行结婚，一边可以去那边进一次货，这叫爱情事业双丰收。父母也渐渐地认识到，这两个人还真是天造地设的一对，他们大概做梦也没有想到，三姐的婚事竟然是几个孩子中最最省心的一个。左邻右舍都以为家里招了上门女婿，见了面就夸他们老两口有福气，弄得父母一时不知说什么好了，只是模棱两可地点头笑笑。

小米跟乐业的关系似乎更进了一步，特别是乐业养伤期间，小米几乎天天下班后都去方家照顾他，现在两个人如胶似漆，谁也离不开谁了。恰恰就在这个节骨眼上，部队里突然给方家拍来一份特急电报，乐业的弟弟在南方抗洪抢险中因公殉职。这个天大的噩耗一下子就把方家打垮了，乐业母亲哭得死去活来。当天，乐业跟父母在有关部门的协调安排下，连夜乘专车奔赴出事地点了。

这天晚上，小米没有回家，她当然得留下来陪着乐业的妹妹，小家伙搂着小米，眼睛都哭肿了。小米也是忽然间才意识到的，乐业不可能再做她们家的上门女婿了，他这辈子注定没有那个命。

风轻云淡 |

耀眼的阳光下面是姐妹俩乖巧亲密的一双影子。三杏正用自己细细的手指从背后拽姐姐的花布衫。这是她一贯的伎俩。三杏知道这件碎花布衫跟了姐姐好多个夏天了，颜色早都发白了，原先漂亮的小碎花儿也看不清在什么地方，可姐姐就是舍不得为自己去缝件新的。三杏的手指轻轻一触就能感觉到布料已经洗晒得又脆又薄，稍微一扯就会撕破的。

于是，三杏就不忍心用力去拽，而是张开双臂猛不丁将姐姐的腰搂住了。姐姐的身体暖烘烘的，散发出太阳和花草的香味，三杏觉得把姐姐搂在怀里很舒服。

二桃呢，生来就是一个怕痒的身子，被妹妹这样冒冒失失猛地一搂，真就受不了了。她使劲扭着身体，拿手着急地掰着三杏的手指，想把妹妹从自己身上甩开。可是，三杏偏偏不放，搂得越发紧了。

三杏还把脸贴在姐姐的后脊梁上，将嘴唇和鼻子里的热气全都哈在姐姐的身上，两只手也很不老实地在姐姐的胸脯那儿轻轻触弄一下。这样一来，二桃更加受不住她，后背仿佛爬满了发了高烧的毛毛虫，一刻不停地蠕动着。她的身体打着摆子，腰也弯下来，两只脚失去控制一般往两边出溜着，眼看这姐儿俩就要一屁股坐在地上了。

地上还是一片鲜嫩纷繁的阳光，树枝和叶子的暗影儿在上面轻轻晃动，仿佛有什么预谋似的紧紧地围绕在这姐儿俩的脚下。

姐姐有点生气，三杏不许闹了，你再闹我就把你的话原原本本告诉给爹，到时候有你的好果子吃。

姐姐的话无疑是撒手锏。三杏果真就像司机刹车那样一动不动了。只是，搂着姐姐的手还迟迟不肯彻底松开，像是一撒手姐姐就会雀儿一样飞走了，不再听她的话，不管她了。

这世上谁都可以不听三杏的话，可姐姐不行，姐姐是三杏的伴儿，是三杏的良师益友，是三杏的全部精神寄托，甚至，还是三杏的半个娘。妈是生三杏的时候得产褥热殁的，那时姐姐二桃刚念小学五年级。姐姐心甘情愿辍学回家的，然后尿一把屎一把将三杏一手拉扯大了。这些年爹一直也没有续弦的念头，旁人倒也有劝说递话的，爹只是木讷地摇摇头。爹后来才跟二桃说，我就怕找个后妈来对你们兄妹不好。

三杏从学会说第一句话的时候就傻傻地管姐姐喊妈妈，一直喊到她自己进了学堂那天，才被姐姐强迫着改了口。那一天姐姐把三杏送到学校，姐姐前脚一走，三杏就哇哇地哭着撵上来死死抱住腿，不让姐姐走。姐姐说三杏乖三杏最听姐的话，三杏要念书识字学文化，三杏将来还要给姐考个大学生，让姐也好好欢喜欢喜呢。三杏不喊姐，一声一声地喊妈。姐姐就不理睬她，使劲掰开她的小手，气气地撇下她说，我不是你妈，我是你姐，三杏你这个小傻瓜，妈早就死了，你没有妈，我也没有妈，你只有一个姐，听清楚了没有！我是你姐姐，不是你妈，往后你再妈啊妈啊地喊，我就叫爹把你送别人家去，送得远远的，让你永远也看不见姐姐！那次在学校门口眼望着姐姐生气的样子，三杏也真给吓坏了，半天不敢再说一句话，也就不敢喊妈了，可双手就是不肯松开姐姐的腿。

三杏打小就这样，要求姐姐帮她做什么事情或让姐姐答应她的某个重要的请求时，她一准儿会上来抱紧姐姐的腿，抱住就不放开，像是一撒手姐姐真的会雀儿一样飞走了，不再听她的话，不管她了。习惯总成自然，养成了就难再改掉了。现在也是如此，只是年龄和个头都增长了，抱腿不方便了，只好改搂姐姐的腰，有时还坏坏地对姐姐动手动脚，拿鼻子和嘴拱姐姐的后背，用指头蛋子摩挲姐姐的胳肢窝或别的什么敏感的地方，就连姐姐的两只饱满的乳房，有时她也敢碰一碰，试图用这种方法达到自己的目的。其实，三杏很小一点儿的时候，也没少吮过姐姐的乳房，那通常是她哭得惊天动地而姐姐又毫无办法的情况下，就抱她到怀里给她吮上两口。所以，姐儿俩有时一起在家里洗澡的时候，三杏经常嬉笑着惹姐姐玩，她说姐你的咪咪真大呀。姐姐没好气地拧一下三杏的脸蛋，骂她还不都是让你这个小馋嘴猫吮大的。她呢更坏，明知道姐姐最怕痒的，却变着法儿想要胳肢姐姐。

三杏说除非你替我保密，不说给爹知道。

姐妹俩一般闹到这种程度也就差不多了，二桃眼看笑得快要岔气了，三杏还不肯罢休。这种时候姐姐就要投降，说不闹了不闹了，听你的就是。

谁教二桃是姐姐呢，二桃从来也拗不过自己的妹妹。妹妹高兴了二桃就高兴，妹妹哭了二桃也跟着着急上火，妹妹说怎样怎样的，二桃也就顺着意思帮妹妹在爹面前一个劲儿地打圆场。二桃不是怕妹妹，二桃是疼妹妹，总觉得疼不过来疼不够。有时候她真的发现自己似乎从来都没有把妹妹当作一个普普通通的妹妹来看待，妹妹简直就是自己的心头肉和眼珠子，应了那句话，顶在头上怕吓着，含在嘴里又怕化掉。妹妹若是为些鸡毛蒜皮的事情闹了脾气，几天不开口跟她说话，二桃就傻眼了，一整天心里不着不落的，夜里觉也睡不踏实，想出千般的好听话，主动找妹妹缠磨，不惜讲个在地里干活时听到的让她脸红心跳的野笑话给妹妹听，只要妹妹咧嘴扑哧一笑，当姐的心里比过年穿身新衣服还美呢。

事实上，即便过年，二桃也是尽可能把心思花在妹妹的身上。领她到街上，紧着妹妹的心愿挑选购买，罩衣要成品的蝙蝠衫，裁缝做的样式太土，穿上怕同学笑话，裤子选巴拿马的斜纹纤维料子最好不过，鞋子得稍微有点坡跟的才够漂亮，总而言之，妹妹是念书的人，穿在身上有许多眼睛盯着看呢，马虎不得。特别是妹妹身上的两只乳房一天天发育起来，不罩个东西总是觉得在眼睛前面晃悠着，妹妹又不好意思去街上买，也不会主动跟她说一声，当姐姐的却看在眼里，夜里趁妹妹睡着了，悄悄地用手比画了大小，第二天赶紧去买回来一只胸罩，神不知鬼不觉地掖在妹妹的枕巾下面。妹妹晚上睡觉前发现了，自然又感动又害羞，红着脸抱着姐姐亲近一番。至于她自己，穿着好点儿赖点儿都无所谓，反正脸朝黄土背朝天，谁也不会褒贬什么。关键是，要是穿得新新崭崭的怎么舍得下地干活，所以，自己可以省俭的地方尽量省俭着，妹妹花钱的地方多，事事得优先着她。

但是，眼下的事情似乎是不同于以往的。二桃做不得妹妹的主，也不敢轻易做这个主。所以，尽管三杏死乞白赖地央求了她半天，做姐姐的还是松不了口。非但不松口，三杏觉得姐姐对自己简直恨得要咬牙了。

二桃做梦也想不到，自己十来年盼星星盼月亮好容易有个盼头了，却被三杏的一通喋喋不休的长篇大论给从头顶到脚跟浇了个透心凉。那种感觉一点儿也不亚于妹妹亲手扇了她一记耳光来得迅疾和突兀。上学怎么能是想上就上、不想上就不去上的事情呢，也不知道三杏这丫头是怎么想出来的！二桃越想，气越不打一处来，尽心尽力地供养三杏这些年，临到头她却说出这么没心没肝的话来气她。

二桃最后还是撇下妹妹到湖里干活去了。

过些天稻田里该灌水了，她要和爹再去好好耙一耙地，等耙抹平整了，好赶在立夏前插秧呢。爹这阵子先去金成那边看育下的秧苗去了，秧苗可是天大的事情，稻田侍弄好了就等秧苗，秧苗长势好坏直接影响着一茬庄稼。想一想，金成已经替她们连着育过好几年秧苗了，每年要是没有金成打帮手，二桃真不知道这些年的农活自己跟爹是怎么干下来的。金成话虽不多，人却活泛，田里大大小小的活儿干得有鼻子有眼的，爹也就格外信得过金成。爹昨天晚上吃饭时还一个劲儿地冲二桃念叨，等你妹妹考完学，你们的事也急忙办了吧，别让人家孩子再等了。二桃当然明白爹的意思。爹打心眼里喜欢金成。她该怎么说呢，有点说不上喜欢还是不喜欢的，倒是总觉得欠着人家的情，感激的成分似乎占去很大一头。可要说一点儿感情也没有，那纯粹是假话，毕竟这些年金成一直苦苦等着她呢。她跟金成的事是经过媒人搭桥才开始谈的，她大概并不喜欢这种古老的方式，觉得别别扭扭的，所以，从一开始，她的心里多少是有些不愿意的。当时她并没有想太多，媒人来牵线，爹就让她非去跟人家见面，见了两次，她也没有多少感觉，可金成似乎早就认准了她，很快就成了二桃家里的常客，隔三岔五跑过来帮着她干这干那，时间一长，她也就慢慢地接受了他，至少试着接受对方。这事对她来说好像没有什么选择的余地，尽管她还没有挑明了说自己一定会嫁给他。

二桃当然懂得金成的心思，可是，二桃有二桃自己的想法。爹老了，胳膊腿脚眼见着一天比一天重了，三杏还得继续念书，至于大草，那是没有办法的事情。翻过年就整整三十岁的大草，其实还只是个瓜孩子。大草比二桃大四岁，可大草三岁上就被高烧烧坏了脑子，是半个人，永远也长不大的。爹常对二桃说只要你跟妹妹两个人都好好的，大草有我呢，不让你们操心。二桃听了就一阵心酸，眼泪哗哗的，急忙把脸扭到一边，可心头的想法一天比一天坚定。

二桃说你老老实实给我上学去，这件事情你想都别想。

见姐姐真的发火了，三杏也就变得服帖一点儿了，急忙松开手。姐姐并不经常给三杏吊脸子看的，可今天却一反常态，好像她真的说了什么大不敬的话而触犯了姐姐。

不过三杏并不服输，她也是想先试探一下姐姐，她已经想好了，考大学是一条路，可也不能一点儿退路也没有呀。再说，考上考不上大学还两说呢，考上了她反而要发大愁，现在学费那么高，听说稍微好点的学校每学年一万块还下不来，最次的也得六七千吧，她不想再给姐姐和爹添什么负担。姐姐也该去过属于她自己的生活了。她决定晚上就去找金成哥说说，让他赶快准备好把姐姐早些娶回去。三杏想等姐姐过门到了金成家，这边的事情姐姐自然也就管不着了。

三杏不想再说什么，背上书包出门走了。

出门时看见哥哥大草正趴在地上跟一群蚂蚁自言自语地玩耍着。她就蹲下来用手摸了摸大草毛茸茸的脑袋，大草冲她吐了吐舌头，憨态可掬地笑着，舌苔绿得发黑。大草有事没事总爱嚼那些绿绿的树叶子，就像一只温顺的小绵羊那样无所事事。她看大草又自顾拿手里的树叶子拨弄那些蚂蚁去了，蚂蚁很快活地在地上蠕来蠕去，或者是惊惶不安的样子。

三杏站在大草旁边发了会儿呆，然后心事重重地转身走开了。

地在湖里。

这里管庄稼地叫湖田。一般，又都把“下地去了”说成是“去湖里了”，外人乍一听当然是听不懂的，觉得有些蹊跷，可明白了其中含义倒又感到几分诗意在里面，好像去湖里不是劳动受苦去了，而是观光玩水很惬意的事情。

湖还是很久以前的事，据说当初这一带大大小小有十几个湖泊纵横相邻着，一望无垠，又叫十二连湖。因为湖水清澈透明，风一吹，湖波粼粼，阳光下微微晃动着的湖面就仿佛洒遍了碎银子一般晶莹耀眼，闪闪发亮，所以，大伙儿给十二连湖想了个极好听的名字——白银湖。早先，湖中是一丛又一丛茂密的芦苇，那时野鸭成群，百鸟纷飞，大大小小的鱼儿在水中嬉戏游弋着。

那些年人们干劲十足，动不动就喊着要跟天斗跟地斗的，刚学完了大庆又要学大寨，上面一句话派下来，说要把这里的十二连湖全给填平，要让这里变成名副其实的百亩庄稼园地。二桃他们的爹就赶上了当年的那场大会战，二十四小时没命地昼夜干，人心齐泰山移，最后硬是把湖埋在地底下了。

一晃将近二十年过去了，有几块洼地开始慢慢地沉陷下去，每年一到开春时节水不断往上涨，渐渐恢复了昔日的湖光水景，一年里春夏秋三季都水量充沛，芦苇葳蕤蔓生，经常有人来这里垂钓。冬天又结成了大块的冰面，吸引着许多爱好冰上运动的年轻人从城里赶过来。那些洼地显然是种不得了，只好空着，田主的脑子活泛，索性在湖里抛撒些小鱼苗，到这里垂钓的来者不拒，钓一斤鲤鱼收三块，鲫鱼五块，生意很是红火。

二桃家的几块稻田正好跟这片鱼湖紧邻。

她还很小的时候，那阵田还没有分给私人种呢，水田是生产队和大家的。二桃家里就靠爹一个人去挣工分，别人家少说都有三五个壮劳力，唯独二桃家情况特殊，妈殁得早，哥哥偏又是个干不得活的瓜子，妹妹年纪小需要人领，一家日子过得可想而知。二桃那时就很懂事了，身上背着妹妹，手里拉着哥哥，就去湖里了。春天里，田埂上和沟坝边长满了艾蒿、灰笤和苦苦菜，二桃手里攥把小铲子，一边走一边挖，她在前面挖，哥哥妹妹跟在后头捡，一会儿工夫就装了半只篮子晚上提回家淘洗干净，自己不会做着吃，就跑去邻家打问。人家知道二桃妈走得早，一堆孩子可可怜怜的，热着一副心肠过来教她蒸煮，二桃也就学会了，以后每年都带着哥哥妹妹去湖里挖那些野菜回来吃。

刚一入夏，那些没有来得及填平的小湖里就开始飘动着鱼儿细细黑黑的影子，芦苇也一天天茂盛起来，野鸭子这时候就成群结队地钻进芦苇荡中坐窝产卵。二桃知道在什么地方能找到野鸭子的窝巢，她把裤腿卷得高高的，手里拄一根比她自己还高的木杆子，摸索到芦苇荡中，用手里的杆子拨弄芦苇，哪里忽然扑棱一下飞出几只野鸭子，她就循着它们起飞的方向轻轻趟过去，果然在芦苇根部最稠密的地方找到用鸭绒和杂草编制的窝巢，一堆青绿色带碎点的鸭子蛋就深藏在里面。一天下来，最多的时候能找到百十个呢，拿回家煮熟，哥哥和妹妹吃得不亦乐乎，二桃心里便有股美滋滋的味道，尽管她的腿脚和胳膊被芦苇叶子划出一道道的血绺子，脸蛋也被蚊子咬出十几只疙瘩。

一旦等到秋天，湖里和沟里的水渐渐浅了，尺把长的泥鳅和核桃般大的田螺随处可见，随便一捞就是一脸盆，端回家用清水足足泡上一个晚上，泥鳅和田螺就把藏在它们肚子里的污泥全部吐干净了。三杏最爱吃二桃用辣椒炒出的田螺，她还要在里面放些大蒜和醋。大草似乎对吃没有多少兴趣，他喜欢用手去抓盆子里的那些狡猾的泥鳅，有时候盯着脸盆一整天也不挪窝。所以，二桃每次都用一只大罐头瓶子挑出几条稍小一些却又十分活泛的给大草精心养着，直到大草把它们一条条抓弄着玩死为止。有时泥鳅死了，大草咧着个嘴哇哇乱叫，二桃看着不忍心，第二天赶忙去湖里再给哥哥捞几条活的回来。二桃有时候觉得大草才是这个世上最可怜的人，她对大草也就格外怜爱，干什么事情都要把他拉在身边。因为，经常有一些比大草小许多岁的孩子会找大草的麻烦，他们或者抓一条毛毛虫或驴粪蛋喂给大草吃，或者把大草当毛驴子一样骑在胯下，用柳树枝条抽打他，驾啊驾地吆喝着。大草身上经常青一块紫一块的，二桃每天晚上都要悉心查看一下，她怕大草在外面受了人欺负自己却不知道，大草对疼痛的感觉似乎很麻木的。

到如今二桃时常还会想起那些陈年旧事。想着妹妹从猫咪那么小一点儿长成一个水灵灵的大姑娘了，哥哥虽是半个人也总算平平安安地活到现在了，日子毕竟一天天好起来。想起那些年缺吃少穿竟也熬过来了，二桃心里就对脚下这片广袤的湖田充满了说不尽的一种温情、一份感念。那些出自淤泥中的酸涩带甜的三棱果，那些带有历险经验的野鸭子蛋，那些拌了面粉蒸出来香甜可口的艾蒿和灰条，还有大片大片翠绿繁茂的芦苇以及像梦一样铺天盖地纷纷飞舞着的奶白色的芦苇花，这一切都曾带给她和自己的兄妹们丰富难得的给养和甜美苦涩的回忆。

一连几天，二桃在田里干活儿都心神不宁的。三杏那天的一通话仿佛在她心里撒了一粒草籽，被潮湿的心绪浸泡着一会儿就生了根发了芽。二桃对三杏是了解的，这个妹妹身上的确有那么一股子劲，很任性，别看平时爱嬉嬉闹闹的，没有什么正经，可遇到事往往会有自己的一套想法，一旦认准一条路，谁也别想拉回来。正因为这样，二桃也才更是担心。早在清明的时候，二桃领着妹妹到母亲的坟头烧纸，她当时在心里默默向母亲念叨着，她让母亲放心，自己一定要让妹妹把书念成，将来过那种不用风吹雨打太阳晒的好日子。

妹妹这两天倒是不再跟二桃说什么混话了，她呢，也不想再跟妹妹谈起那件不愉快的事。可是，姐妹俩都这样把各自要说的话闷憋在心里，或者说，虽然说了却没有彻底说开说透，两人之间就难免会出现一些生分。当姐姐的不想再听，而做妹妹的也似乎明白姐姐的心思，知道自己说了也是白说，索性不再说的好。

从小到大一直都是爹跟大草睡一个屋，二桃跟三杏睡另一个屋。晚上妹妹要写作业温习功课，睡得当然就要晚些。二桃通常忙乎一个白天，到黑就困了，洗把脸就匆匆睡下。有时，妹妹会把学校里发生的有意思的事情喋喋不休地讲给二桃听，做姐姐的即便困得眼皮都打架了也是要勉强听完的。听妹妹讲故事已经是二桃睡觉前的一种习惯。妹妹到现在还改不了一个毛病，就是睡着睡着突然就钻进姐姐的被窝里搂她，胳肢她。二桃每每都假装生气，说眼看快要嫁人了，整天还是没个正形，将来看谁敢要你。三杏一点儿也不在乎，嬉皮笑脸地哄姐姐，说我从来就没想过要嫁人，我这辈子都要跟着姐姐，我是姐的小尾巴，姐到哪儿我就跟到哪儿。二桃故意拿话噎她，说我嫁给别的男人，你也好意思跟姐去啊。三杏就哑口了，好半天不想再理识姐姐，好像明天姐姐真的要离开她，远走高飞似的。三杏怕姐姐嫁远了，有时又好像替姐姐嫁不出去犯愁。

姐妹之间诸如此类的小动作明显减少了，几乎没有，连话也不肯跟对方正经多说两句。有的只是彼此的沉默或一两声无谓的叹息。夜变长了，瞌睡轻薄得像窗户纸，月亮光洒在双人床前的地面上，像落了很厚很厚的一层白霜。

耙田倒也不是多累人的活儿，金成又开着他家的小四轮过来帮着一起干了，用四轮头挂着宽钢耙子也就半个下午，稻田就耙平整了。干完活儿她跟金成在邻家鱼湖的坝边坐下来缓了一阵，这阵钓鱼的人已经明显多起来了，三三两两聚集在湖边，不知疲倦地盯着银光闪闪的湖面，时不时地听见一串叹息声或惊喜的笑声从垂钓者沉默良久的嘴里或尖或粗地传过来。

金成像是有心事的样子。三杏真的不想再上学了？他问。二桃说，你别听她胡说八道，上学又不是要家家，哪能由着她呢！金成说那天三杏找过我。二桃就明白了。她心里有点生妹妹的气。金成毕竟还是外人。再说，金成知道了又能怎么样。金成沉默了一会儿却说，依我看，三杏的想法也对……

咋对？那么多年心血都让白费了！金成话没说完，就被二桃顶回去了。

三杏也是为你着想呢。

二桃瞪了金成一眼，说你和她啥时间穿成一条裤子了，你也这么想的吧。

金成脸一下子红了。

他吞吞吐吐地解释，我是觉着咱俩也老大不小了，我爹妈成天嚷嚷着要抱孙子呢。

二桃没话可说。

她知道这几年确实委屈了金成，依着别的男人，恐怕早就忍耐不住了，村里有几个男人像金成这样三十好几还是一条单身汉的？当然，她也从来没有让他一门心思等着自己，她以前跟他说过她的想法，她非要看着妹妹考出去她才肯考虑自己的事情。她说你要是等不住，你就去找别的女人，我不会怪你的。

金成呢，偏又是个死心眼，非要吊死在一棵树上。这就有点周瑜打黄盖的意思了。可是，二桃也知道等待必须是有期限的，让人家金成空等一场，她也于心不忍。事实上，她跟金成最主要的问题集中在她最初的一个想法上，那就是让金成倒插门过来。金成家对这件事一直持坚决反对的态度，好像让金成上门简直是世界末日，根本想也别想。所以，她俩的事情一直不冷不热地吊着，有时候她也劝金成，实在不行就散了，你再好好找一个，省得到将来互相埋怨。可金成每次都说，我就是觉得你心地善良，我怕错过了你将来自己后悔呢。

要不咱俩先把事办了，实在不行就把你爹接来一起过。

那大草呢？

就是大草不好办么……他们说像大草这种人可以送到那种地方去，

人家专门有人照顾他……

金成你再别说了！我跟你说过多少遍了，就是让我死，我也绝不把大草送出去！

……

鱼湖有人钓到一条很大的鲤鱼，线沉甸甸地往下坠着，杆子弯得弓一样颤个不停，鱼被拽出水面的一瞬间，眼前出现一道银白色的弧线。

垂钓者兴奋不已，嘿嘿地笑，一脸阳光。

他俩很长时间没有再说一句话。

二桃一直盯着那条被拽上岸依旧活蹦乱跳的鱼。

金成从小就喜欢看鱼，一看到大鱼蹦蹦跳跳的样子，金成的嘴就合不拢了，一个劲儿地喊着真大啊。嘴里虽兴奋地喊叫着，心里却没着落。

头两天分明是大太阳，到插秧的那天清早突然变了天气，灰沉沉的，还飘过几场小雨。两条腿长时间泡在秧田里，身上的东西偏偏又在这个时候不请自来了，一来就跟天上的小雨一样哩哩啦啦没完没了，这样一天熬下来，二桃就病倒了。先是打喷嚏和发热，她没有太在意，想着扛一扛就过去了。可是第二天反倒更加严重了，高烧持续不退，一个劲儿地咳嗽着，人也昏昏沉沉的，走起路来腿脚左右直晃。金成硬把她送到医院里，一查，说是急性肺炎，大夫要她留下来观察治疗。

眼看着秧刚刚插了一半，爹蹲在埂上直皱眉头。三杏这时竟从学校里偷偷溜回来。爹看见三杏就说，你来能干啥？不去好好念你的书。三杏一副不甘示弱的样子，说姐姐能干的我照样也能。爹不愿意跟她多费口舌，盯着空荡荡的水田发愁。金成安置好二桃又回家把自己的弟弟妹妹叫过来帮忙一起干。爹继续用背篼往田里一趟一趟运着秧苗。

三杏生手生脚地跟金成他们排成一排站在水田里。

别看三杏是个农家长大的女孩子，重活儿实在是没有干过几把，一向都是姐姐疼着她惯着她的，每次即便是她想主动过来打帮手，姐姐也会说，你个书生能干啥？你的任务是好好念书，田里的活儿有我呢，用不着你插手的。所以，这些年三杏也就插过一两次秧，几乎都是半途中就让姐姐使回家去了，充其量也就是让她往田里送送干粮和茶水什么的，所以，三杏纯粹是个外行，干起活儿来笨手笨脚的。

说起来这插秧虽不是什么重活儿，却也是很耗人精力的，两条腿朝水田里深深地一陷，腰身压得又弯又低，一档子插下来，腰和脖子跟崴了似的，酸痛难忍，动也动不得。这还不算，腿脚一直深埋在凉的泥水里，像是被泥里的什么怪物紧紧地吸住了似的，拔也拔不出来。插一会儿就得往后挪两步，三杏从泥水中往出拔脚太困难了，平衡也掌握不好，一不小心便会趔趄着险些栽倒，浑身上下尽是黑泥点子，漂亮的脸蛋子也跟讨饭的差不多少了。有几次要不是金成手疾眼快拽住她，恐怕早就躺在泥水里打滚了。

晚上三杏去医院看姐姐。金成已经把她没有去上学的事给姐姐说了。姐姐还挂着吊瓶，见三杏白白的脸蛋上露出红红的两团，心里别提多难受了。三杏一直捏着姐姐的手，姐姐的额头和手都烫烫的。姐妹俩已经很多天没有像以往那样亲昵地在一起说说笑笑了。此时，姐姐用手百般爱怜地摩挲着三杏那张仅仅被风吹日晒了一天就变得红通通皴巴巴的脸，她说都怪姐不好，偏偏这时候生病。又说，百日苦好受，一天罪难熬，这次你该知道姐姐为啥非要你好好念书了吧！三杏心里当然是明白的，可嘴里还在逞强，说我喜欢插秧，不像整天坐在课堂上那么难受。姐姐拉下脸说，你要是不听话姐再也不理你了。三杏不想惹姐姐生气，她答应姐姐明天就回学校上课。

往年都是金成先帮二桃家的忙，等这边一忙完，二桃就去金成家干活儿。可今年二桃病倒了，非但不能帮金成家的忙，还得让金成惦记着一趟趟往医院跑。金成爹妈多少有些意见，觉得吃了大亏似的，同样都是大忙的日子，金成却傻乎乎地只顾给二桃家打短工，把自家的事情撂在一边。其实，金成爹妈的意见主要集中在金成和二桃的婚事上，他们把金成数落了不知几回，说她二桃让咱们这样没年没日子干等着，算咋回事嘛，这究竟要等到啥时候才是个头呢？实在不成就早早说话嘛，咱们可等不起她！金成当然没有把这些话原原本本地说给二桃，他知道自己要是真的那么一说，二桃肯定会提出跟自己分手的。金成知道二桃的脾气，可他夹在爹妈跟二桃中间总是很为难的。

其实，金成家也有一片鱼湖，所以，家里剩下的稻田并不多一点儿，有一天工夫也就把秧全部插好了，倒也不会因为二桃来不了就耽误活儿的。金成知道爹妈的怨气不是在二桃没有来家里帮手，爹妈的病根子害在他跟二桃的婚事上。这样一想，金成也就理解了爹妈的心思，谁家养儿不图个早些成家立事抱孙子呢。

当初要是依着金成的想法，干脆把那两块稻田全都掏成鱼塘子算了，可爹妈死活想不通。庄户人把田撂了养什么鱼，简直就是大逆不道，再说不种粮食拿啥交公粮，一家子人吃风扒烟去不成。金成说粮食有什么好种的，辛辛苦苦一年忙下来，一斤大米也只不过换来块儿八毛的，还不够化肥种子和血汗钱呢。城里人越来越吃不动米了，大米纯粹变成白糖一样的东西，只是用来调剂调剂的，谁能把糖当饭吃呢，大米的位置也是这样的，少了不行，稍稍多一点就吃不下了。人家如今主要吃的是蔬菜水果鸡蛋牛奶鲜鱼大肉。金成还说看看城里人盛米饭用的碗，也就盖碗盅子那么大点。

金成打小就爱钻到白银湖去摸弄那些尺把长的鱼。金成摸鱼是有一绝的，他不像别的人用金属钩子耐着性子一整天一整天去钓，而是通常在湖滩的逼窄处两头各插一根木杆，杆子中间拉一道细密的网子

(网子也是他用一些捡来的旧网兜改制成的)，自己一个猛子扎到湖里尽兴去了，又是狗刨又是青蛙游的，湖里的鱼儿就被他轰得四处逃窜，等他耍够了，把湖水搅了个天翻地覆，又一个漂亮的猛子栽到先前下网的地方，头露出水面的时候嘴里喷出一簇白色的水花，拉在水里的网子也被他顺势提溜起来，六七条活泼乱蹦的鱼儿也就落在他的网子里了。要说金成最拿手的还属烤鱼，他把网到的鱼破了膛，肚子里塞些干辣椒片、咸盐调料末或葱头蒜瓣什么的，再用湖边的草泥将鱼身子团团裹了，架在柴火堆上烧，一阵儿工夫就熟透了，皮焦里嫩，香味浓郁，别有一番野趣。这些年，看着别人的稻田变成一片鱼湖，金成也就心动了，养鱼的念头老早就有了。关键是，打前年一开春，金成家的几块稻田也开始神奇地往出渗水，水越积越多，到了插秧的时候竟变成汪汪洋洋的一片浅湖了。金成看着满心欢喜，他悄悄给二桃说，这可是老天想要让我富呢，看来我这个人命里注定是要在水里闹腾呢。金成不会说如鱼得水的话，可二桃能听出来是这个意思。二桃自己却是本分的，她只想着把田里的庄稼一茬一茬种好，至于开鱼塘养鱼，她从来没有想过。二桃不是不能吃苦。二桃什么样的苦都受过，这些年她拉扯妹妹，照顾哥哥，农忙时节连天昼夜地干活，心里还得时时惦记着哥哥妹妹和爹的吃喝，不管有多忙多累，饭是要煮的，鸡狗是要喂一把食的，爹和哥哥妹妹的衣裳也是要由她来洗洗补补的。所以，她早已经习惯了自己生活的种种样式，换句话说，只要能把一家子人侍候得周周全全的，二桃就很知足了。

可是，金成有金成的打算，金成要把自己的光阴往人前面扑腾呢，尤其是他认识二桃以后，这种念头就一天比一天强烈了。前年秋后，金成好说歹说算是说通了爹妈的老脑筋，除了留下二亩地继续种粮，就把那几块出水的洼地里多余的土方一车一车运到外面的工地上换钱，稻田本来就地势低洼，起出一米半深的泥土后，鱼塘就算是挖成了。

第二年春天，水源源不断地渗出来，又借来抽水机连夜蓄满了塘子，金成用卖土方的钱买回第一批草鱼苗撒进去。看着那些柳树叶子一样的小鱼儿整天在湖中成群结党自由往来，水面泛起点点银光，金成的心里别提多敞亮了，好像看到了富裕的日子像鲤鱼跳出水面一般朝自己飞扑过来，闪着雪白的光芒。一开始爹妈根本吃不准，可后来证明金成的想法是对路的，不足三年光阴，金成家的日子一下子扑到人前头了，院里起了五间一砖到顶的新房子，还添置了一台小四轮。爹妈乐得合不拢嘴，一心等着二桃过门他们好赶紧抱个胖孙子呢。

太阳刚刚浮到湖面上，还晃着从黑夜带出来的那张因慵懒嗜睡而过于涨红的脸庞，金成已经把两大捆青草打回来投进鱼塘里去了。鱼儿像是有先知先觉似的早就从四面八方涌集在老地方等待着，时而急不可耐地跳出水面翻着筋斗，间或发出饥饿的叫声，那些新鲜碧绿的青草刚刚一落水，就被它们灵巧的小嘴一根一根啄下去了。那些草叶通常会被鱼儿拖着滑行一阵，水面上划过一道弯弯浅浅的波痕，非常好看，宛如一叶叶绿色的小扁舟轻轻划过水面，但随即就消失了。鱼儿饿了吃起草叶跟绵羊一样快。

金成蹲在自家的鱼湖边，两眼盯着波光粼动的水面，刚才还漂浮在水面上的青草似乎一眨眼就被分散开了，鱼儿啄食草叶时不断发出唧唧呱呱的欢快声响。可是，此刻金成的脑子里一直惦记着爹妈头天晚上说过的话，老人非要让金成去跟二桃把话挑明了，爹妈说你们的婚事再不能拖了，再这样拖下去，我们两个老帮子该入土了。金成不敢跟爹妈顶撞，可他实在不知道该怎么跟二桃说这些话才好，二桃的心思他一清二楚。金成在鱼塘边蹲了半个上午也没有想出好的办法来。太阳已经火辣辣地跳到头顶上，张牙舞爪地喷着满腔的火气。吃饱的鱼儿开始在水中孩子一样嬉闹起来，仿佛受人指挥似的时不时从一个地方集体蹿跃到另一个地方，把平静的湖面砸出一个个银光耀眼的水坑，纷繁的涟漪一圈一圈地朝着湖边荡漾开去。

金成从湖里捞出一尾三斤来重的草鱼，用柳树条系好拎在手上。鱼儿一路上都在无望地叫喊并不停地摆弄着湿漉漉的尾鳍，阳光很快就蒸发了它原来的鲜活和灵动，到二桃家的时候，鱼已经奄奄一息了。

田里的秧苗还都焦黄焦黄的样子，跟月子里的产妇那样软绵绵地趴在水面上。这段时间其实一点儿也不比插秧时轻松多少，这一个月时间人就得整天盯着，像服侍月子里的女人那样把心思全放在田里，哪块需要补补苗，哪块苗子太稠得间稀些，哪些地方需要扶秧，还要注意田里的水有没有及时跟上趟，等等，这些活儿往年基本上都是二桃一个人包揽了，可今年二桃就有点力不从心，她身体还很虚弱，尽管她从来没有娇惯过自己，但两只脚片子一沾田里的水，立刻就感到冰凉冰凉的，渗骨头呢。爹说爹要去的，二桃偏不肯。爹就在家里精心侍弄院子前面的那块自留地，那地虽不足一亩，里面却从春到夏都要种些玉米、菠菜、萝卜、扁豆、葱、蒜和西红柿之类的，到了秋天还有白菜和土豆，都是庄户人过日子的日常菜蔬，一般不卖，只是留着自己慢慢吃的。

二桃从小就有一股子犟脾气，这一点她倒是有点男孩子气，不会轻易认什么输。又因为心里窝着一团气，不去干活就越发显得堵得慌，使锹的时候似乎格外用力，发狠似的，一锹下去像是非要把埂掘断不可。人无精打采地站在田里，心却像风筝一样在很高很高的地方悠悬着，一时飘近了，一时又飘远了，拽一拽，好像还是拉不回来。

自打吃过那顿鱼，金成已经有些日子不再露面了。二桃自然也没有去找过金成，两个人突然间弄得有点势不两立。想一想，自己那天是不是有些过分，是不是真的伤了金成的心？这样想的时候，二桃觉得心儿好像又被一阵风呼啦一下吹远了，想拽也拽不住了。她跟金成认识也有三四个年头了，那样大动干戈还真是头一回。

那天本来也没有什么的，金成从塘里捉条鱼来家看她，说要好好露一手给她炖草鱼汤补补身子。二桃刚从医院出来，身体确实虚得很，她就没有动手，听金成的话老老实实在床上躺着。金成蹲在院子里霍霍地刮着鱼鳞，三杏放学回来闹着要去给金成帮手，两个人在伙房里你一言我一语嘀嘀咕咕地说着什么，二桃根本不会在意。事情后来发生在吃饭的时候，三杏那天嘴上像抹了蜜，一个劲儿地当着姐姐的面夸金成能干，鱼做得很好吃。三杏说，姐你可真有福气呀，我将来要是能碰上像金成哥这样的人，我二话不说就嫁给他。二桃默默地听着，觉得三杏的目光怪怪的，说话的时候老是拿眼睛不时地看着她。二桃一开始没吭气，低着头很仔细地剔着鱼刺，说实话，金成的鱼汤炖得的确又鲜又香。过一阵，三杏见姐姐不开口，又说，金成哥对你是真好，姐你怎么也不夸夸他，人家可是好心好意忙乎了大半天。二桃这才拿眼睛乜斜了妹妹一下，说热饭烫不住嘴，好好吃你的鱼，当心待会儿叫刺卡住又要喊叫。三杏冲姐姐调皮地伸了伸舌头，又神秘地跟一旁的金成交流了一下眼神，这个细节正好被二桃抬头的一瞬间捕捉到了。二桃心里就多少有点气了，她觉得妹妹好像跟金成私下里有什么串通，摆明了针对她的。偏偏三杏还是不肯闭嘴，她对金成说，你娶了姐姐可得对她好，要经常给她做好吃的，你要是敢对姐姐不好，惹她生气哭鼻子，我就跟你没完。金成接连说，好，好，我一定听三杏的话。说着，金成又朝二桃偷偷递个眼神，正好跟二桃瞥来的一束目光撞在一起。二桃脸早已羞红着，很不自然地看了他一下，随即气冲冲地对三杏说，你小孩子人家没大没小的，赶紧吃完饭做作业去，大人的事情轮不着你来操心。三杏一时哑口了，半天不敢吱声。姐姐的脸色好像变得很不好看。后来问题就出在金成的最后一句话上。金成也是想替三杏打个圆场，同时也想表明一下自己的立场，就说，二桃你也别怪三杏，她这还不都是为我的事着急呢。二桃一下子就明白了，明白了二桃就撂下手里的碗，想都没想张口就说，怪不得要来炖鱼呢，我早知道你没有那么好心么。金成愣怔地看着二桃因为恼羞变得通红的脸。金成的脸上也有点挂不住了。金成气恼地低下了头。爹听着二桃的话不对，赶紧说，吃饭，都好好吃饭，有啥话吃了慢慢说。爹又扭头对二桃说，你这丫头咋说话没轻没重的，我看金成心眼实着呢，没啥不好。二桃正在气头上，忽地站起来说，金成你有啥直接跟我说，别拐弯抹角的，当着爹面，我还是把那句老话放在这里，你能等就等着，实在等不及了就找别人去，我没啥话说。二桃说完转身，头也不回，进自己屋去了，门咣当一下关上。三杏半天不敢言语，惊慌地看看爹又看看金成，知道自己惹了祸。就在那时，大草突然哇哇地叫起来，一个劲儿地把自己的手指头往喉咙里抓挠着。爹和三杏吓得脸全变灰了，二桃也从自己的屋里闻声跑来，知道大草喉咙里卡了鱼刺，大伙儿七手八脚地围着大草一阵忙乱。二桃心情很不好，就连连责怪金成，说都是你，好好地非要弄鱼来吃，这下该咋办。说得金成的脸红一阵白一阵的。

旁边的鱼湖又来了一群垂钓的人，他们是开着小汽车来的，车停在土路边，那儿卷起一团烟尘。里面有老头，也有小伙子和女人，他们煞有介事地在湖边或站着或坐着拉开架势，手里攥着各种样式的鱼竿，钩子和绳线啪地一下抛进水里，声音很响亮，就像是赶车的把势朝奔跑着的马的屁股上美美地甩了一鞭子。

二桃好像还看见一个戴着红色太阳帽的小伙子，二桃看不清他的脸，他的眼睛也被黑色的太阳镜遮着。红色太阳帽好像不是来钓鱼的，他有点特立独行的样子，一开始只是在附近转来转去，还不时手搭凉棚朝四面观看着什么。二桃后来发现红色太阳帽果然不是来这里钓鱼，他一个人站在火辣辣的太阳下面，身上的黄色 T 恤衫也跟被太阳点燃了似的，把二桃的眼睛狠狠地刺了一下。二桃看见他正在那里摆弄着一件她不知道用来做什么的物件，那东西就像二桃在照相馆见到的支架似的，又似乎不太像，那物件有三条橘黄色的腿子，很扎眼，傲然地立在水田中央，红色太阳帽的目光就是穿过那支架顶端上的某个镜头一样的东西朝她这边投射过来的。当二桃发觉对方似乎也看见她的时候。她急忙把头低下去了。那一刻她感觉那个红帽子的脸上有一丝微笑。也许这只是她的错觉，她也急忙朝对方轻轻点了点头，接着又继续把手中的一块秧苗分成一撮一撮的，齐整地插进那些空白着水里。田里的水放得并不深，刚刚没过脚腕，水已澄清了，能清清楚楚地看到黄褐色的泥土和秧苗浸泡在水中的根系，偶尔会有一两只很小的青蛙从脚背轻轻地跃过去。

以往看见这些钓鱼的人，二桃似乎并没有特别留心，可刚才她的心像是被那些沉在湖水中的看不见的一只只精巧的钩子轻轻地钩住了，拖着在水中游来荡去，七上八下的，她很长时间都摆脱不了这种心神不定。当她站在水田中发呆凝望着远方的时刻，竟感到一种从来没有过的牵牵挂挂的东西在心中翻来覆去不停穿行。这里离金成家的鱼塘还有很远呢，眼睛根本看不到的，而她的目光只是顺着那个方向飘过去，拉得又细又长了。

二桃看不见金成家的鱼塘，但好像又能看得很清楚似的。金成一下子离自己远了起来，本来是身边一个再司空见惯不过的人，突然就隐匿了起来消失了踪迹，像跟自己捉起了迷藏。彼此似乎都在期待着对方能做点什么，尽快去黑暗中的某个角落里找出那个深藏不露的人，可彼此又都矜持着，心有芥蒂地守着各自的一份心境和坚守，不肯轻易迈出一步。

媒人是天黑前来家里的。金成爹妈看来都很重视这桩婚姻，专门让媒人跑一趟来把事情跟爹彻彻底底谈一通，结婚用的新屋床上的铺铺盖盖屋里的箱柜摆设一样一样都置办齐了，只等着这边给个日子好吹吹打打红红火火地把新人接过去。爹的想法是单纯的，对方的诚心诚意让这边不容忽视，而且，确实也该给人家一个满意的答复才是。

爹正满屋急得转圈子呢，二桃从外面懒散地走进来。爹迎上前说，你咋一出门就是一天，那边媒人等着要日子来了。二桃一脸木然地盯着爹，好像不认识爹，好像爹在跟她说着别人的什么不打紧的事情，唯独跟自己无关。爹也看见二桃脸蛋儿瘦去了一圈，眼神中雾蒙蒙的不清爽，更没有什么好心劲，爹也知道这人见天伫在稻田里受着大苦呢。爹说，二桃听爹的话，别再跟金成拗着了，你迟早都是金成的人，还是爽爽快快把事情应了吧。二桃一声不吭进了屋，爹心事重重地跟在后面听信呢。三杏已经把饭盛好端上桌来，是连汤面，里面特意调了很艳的辣椒油（姐姐爱吃的），碗在三杏的手里泛起灿烂的红光。三杏放学回家早，就主动做了饭。二桃默然地吃饭，吃完了就收拾碗筷要去洗，被爹挡了。爹说，往后这些事再不用你操心了，家里还有个三杏呢。三杏就接过去收拾了。爹的话让二桃感到有点难受，她也就没有再坚持，整个人不着边际地僵在桌前。泪珠儿婆娑地在眼角跳动，她没去理它们，任由那些不争气的东西一颗颗寂寞地落下。二桃在想爹刚才说的话。二桃想爹说得对，自己迟早是外面的人，妹妹也不再是个小丫头了，妹妹长大了，妹妹可以做自己能做的事情了，爹再也用不着二桃了。这样一想，二桃就觉得心像玻璃一样碎裂开来，闪着冷冷的微光。

爹等着二桃说话呢，可二桃站在那儿就是一言不发。最后爹大概等急了，爹似乎从来没有这般急不可耐而且不无恼火地说过话。你跟金成的事就订在秋后吧，再一天也不能给人家拖着了。仿佛这已是最后的通牒，爹说完便急急火火地出门去了。爹在院里使劲地咳嗽着，人一上年纪咳起来总是有点摧枯拉朽的味道。二桃想爹也确实老了。

秋天。二桃想着关于秋天的一切东西，树上的叶子一片片黄了，地里的玉米棒子跟小伙子腿肚上的腱子肉一样鼓起来硬硬的，稻穗沉甸甸的，像金色的月牙似的，厚实地弯下腰来。还有，院子里的葡萄也该圆熟了，晚上睡觉的时候一股清香从门缝里钻进屋去，连做梦都是香香甜甜的，还有一点儿诱人的微酸。秋天还有什么，二桃实在想不起来了，她能想到的就剩下这么多了，当然还有金成和她将来一起的日子，但这些她都似乎无法想象。金成在这一刻变得那么虚无缥缈，他的一切都模糊起来，在她的想象中显得十分可疑了。

二桃越发地沉默和早出晚归，一门心思都铺洒到水田里的秧苗上。回到家端起碗就闷声闷气地吃，不轻易说一句话，像是故意回避着爹和妹妹关切的目光，顶多是把大草拉过来，摸摸他的脑袋，掀起布衫看看他身上有没有添下新的疤痕。或者，在仓柜里抓一把小米去院子里喂喂廊檐下的鸡，这时她嘴里才若有若无地叫着鸡，咕咕咕的。鸡是用来下蛋的，当初从鸡贩子手里捉回来的时候只有拳头一点儿大，现在个个都吃得膘肥体阔，走起路来左右摇摆着，显得很艰难的样子，跟邻居家的大胖嫂似的，可这群鸡都能给家里下蛋呢，收下的蛋从来不卖的，二桃隔三岔五要给大草和妹妹煮了吃，爹不爱吃煮的鸡蛋，爹最爱吃二桃做的西红柿炒鸡蛋。爹一吃，脸上就笑眯眯、乐滋滋的，有时吃着吃着，爹会无端地想起妈，短叹一声，一串热腾腾的泪就吧嗒吧嗒地落在饭桌上了，湿湿的，仿佛陈年的老酒滴洒在上面，凝聚出一种搜肠刮肚的忧思。这种时候，二桃也会跟着爹一起难过一阵子，可大草不会，大草反倒看着她跟爹的样子嘿嘿地笑着。大草的脑子里没有一丝妈的轮廓。三杏也是，三杏对故去的妈也没有半点印记，那时候她实在忒小了。妈在她的记忆中完全是个符号，抽象得很，或者，在她的脑海里妈跟姐姐是同一种人，她对姐姐的情感有时候很像女儿对待母亲那样。

这些天爹不便于再说什么，三杏也不敢再提一个字。一家子人似乎隔阂着，像住在同一家车马店里，各自忙着属于自己的事情，回到家照样埋头吃饭，黑了照样躺下睡觉，天亮了照样走出门去。

窗外月亮高悬出来的时候，二桃正静静地坐在澡盆里，水哗啦哗啦在她的身体上流动。一连许多天都泡在水田里，身体确实吃不消的，她的病才好没几天，气息还很弱，总觉得乏乏的，干什么都没有心劲。三杏非要过来帮姐姐搓背，二桃没有拒绝。三杏喜欢跟姐姐一起洗澡，从小都是这样，三杏非常熟悉姐姐的身体。三杏说，姐你瘦多了。二桃默不作声，用双手轻轻地摩挲着自己的脖颈。三杏说，姐你的脊背上咋生出好多小疙瘩，一点儿也不光溜了。二桃依旧不说话。三杏突然一下子把姐姐湿漉漉的身子搂住了，眼泪热乎乎地粘在姐姐的皮肤上。你说句话呀姐，你是不是跟金成哥结了婚就不要三杏了。说着，三杏就哇哇地咧开嘴号起来，越号越伤心。二桃用手紧紧地捧住妹妹泪水涟涟的脸蛋，一眨不眨地盯着看，看不够似的，不停地把眼泪替妹妹揩去。那些眼泪如决口的溪流怎么也擦不干。

二桃说，三杏是姐姐的心肝宝贝，姐姐啥时候也惦记着你呢。妹妹还是不停声地抽泣着。二桃索性将妹妹孩子似的抱紧了。三杏的上衣眼看湿透了。

屋外，月亮渐升渐高了，好像也更加空远了。昏黄的灯光把姐妹俩的影子映在四面的墙壁上，也映在薄薄的窗帘上。月光比刚才浓稠了许多，厚厚地铺满窗台，也充满了弥漫着淼淼水汽的屋子。

天上好圆的一个月亮啊，又到十五了。

二桃洗完澡就一个人出门去了。

三杏闻到姐姐一身的幽香。那种味道让三杏很长时间都忘不掉，即便在睡梦中也能清晰地感受到，好像从姐姐身体中散发出来的，那股隐隐的又淡淡的野百合一样的香甜气息完全凝固在三杏的记忆当中了。

湖面静而且亮。

月光太明了，水上镀了一层油亮水滑的幽光，像漂浮在大海碗里的一层辣椒油。月亮也仿佛艳羡地溜进湖水里沐浴着，漂洗得越发晶莹透亮、一尘不染。蛙类在湖中时而聒噪地叫过一阵，震得月光在水面绸子般一颤一颤的，偶尔拂过一阵凉风，把明亮的湖光吹皱了，层层叠叠的漪纹神秘地朝着湖心快速移去又归寂于旷寥的岸边。一只野鸭扑啦啦地从一片深色的芦苇丛中飞出来，像是要从夜色中一直飞向黎明去了，很久也未降落下来。间或，会有一条不甘寂寞的鱼嗖地跃出湖面，脊背抛光打蜡般锃明发亮，鱼儿落水时的声音又脆又响，就像鞭鞘抽打出来的余音。

靠近鱼湖的那间低矮的棚子里没有亮灯，一直黑沉着。唯独一明一灭的烟头在黑暗的空气中慢慢张开又悄然闭上。烟头红亮起来的时候，四只眼睛在微光中对视着，谁都不想说话。金成无聊地把呛呛的气息一口一口喷出来，二桃的神情在看不见的烟雾中凝固不变。烟雾里弥散着淡淡的香味，那是从二桃的身体里绵绵不断飘溢出来的气息。

过了一阵，二桃幽幽地站起来朝出走，她迟疑的脚步刚落到棚口，金成突然啪地一下摔掉了手指缝的烟头，一条粲然的弧线由红变暗，棚子里瞬间有种灵动。他从后面猛地抱住了她。二桃感到金成的口鼻一起往出呼着滚烫的热流，像是要把自己点燃似的。二桃心惊胆战地闭上双眼，同时用手去掰缠在自己身上的那双有力而炽热的大手，可是她怎么用力也是徒劳的。金成的喘息让她感到焦躁，感到惊慌，感到从来没有体验过的羞涩难耐。她浑身每一只毛孔都在出汗，出火。

二桃终于停止不动了，整个人都像火把似的骤然燃烧起来。棚子里顿时不再黑暗，相反，彼此都能清清楚楚地看见对方了，眼睛、嘴唇、鼻尖、光洁柔软的脖颈、老鼠一般窜动的喉结、怦怦直跳的胸口，以及汗水和汗水融合在一起的滋滋的细小声音。里面发出的呢喃声从棚口悄然爬向深暗的湖面，声音在湖水上如同一束奶白色的芦苇花轻轻地荡漾开来，白银湖所有的水田在夜色和皎洁的月光中连成一片，仿佛回到了二桃和金成他们童年的记忆当中。那时候这里就是湖天一色，月光如银。

黑暗里，二桃的身体紧紧地贴在金成的脊背上。此刻金成的身体是铁水浇铸的，还是那么火烧火燎般的烫手。二桃幽幽地说，金成要不你来我家吧。

金成一怔，半天也不说一句话。

二桃又说，你上我家也是一样的，你要想养鱼就把那几块湖田改了鱼塘，我没意见。

金成摸索着点燃一根烟，使劲地吸了两口。

棚里又有了厚厚的烟雾，男人就变得缥缈起来。二桃看不清他的样子，可她分明听见他在一声声叹息。

你又不是不知道爹妈根本不乐意我倒插门，再说我一个男人家，旁人会说闲话的……唉!

二桃还想说什么，可终究没有说出口。二桃知道有些话说明了还不如没说的好。说得太明白，自己心里难过，别人也受了伤害。

二桃流着泪水，默默地走出去。她的身体好像变轻了，脚步细碎起来，整个人仿佛一根羽毛在月色中轻盈滑行。她的脸上爬满了月光，加上逶迤着的两行泪，看上去倒是格外生动了，哭着，又像是在微笑，那笑容中又分明透着几分酸涩，任凭那些一路追赶着的月光在脸上波光粼粼地晃动不止。

那只野鸭终于飞回来了，像是在外面飘荡了一个漫长的冬季，此刻，它扑簌簌地落在棚前的芦苇丛中，巢穴中也立刻有了生气，那些幼雏发出一连串呷呷的声音，很久都不能平息。这里才像是真正的家啊。

月亮已趋于圆满，正朝着更高远的天空和云层马不停蹄。

白天，那个红帽子照常准时地出现在二桃家稻田附近，时远时近。有时候红帽子也会跟另外三两个人一同来，他们似乎对这里很有兴趣的样子，不停地用手指一阵指指那边，一阵又指指这边，只是他们从来不钓鱼。更多时候，只有红帽子一个人，他好像永远都在摆弄那只橘黄色的三角架子，目光笔直地朝着某个方向投射过去，仿佛在远方有一条大鱼正等着他去捉捕呢。有时，红帽子会在阳光下面摊开一张幅面很大的白纸画子聚精会神地盯着看，看一会儿又抬起头像寻找似的在那些水田间望来望去。风把画纸吹得一阵阵脆响，如同一面旗。二桃发现红帽子还有一顶很小的帐篷，军绿色的，矮矮地趴在路旁的树荫下。有时候她眼看着红帽子秘密地消失在帐篷里了，过了很长时间又爬出来，站在帐篷前伸着懒腰或接连打着哈欠。

二桃不知道红帽子究竟在做些什么。二桃有时会把红帽子想象成电影里的一个很神秘的人物，比如暗哨，比如特务或地下党什么的，总而言之，二桃觉得这里好像要发生点什么，或者，那个红帽子必定是有些来头的。二桃的世界很小，家、湖里的几块稻田、年迈的爹，以及哥哥大草和妹妹三杏，除此之外，好像再也没有什么了。当然，这里面还包括金成。只是，想到金成，二桃的心里就会不好受，因为她和金成的事好像一时半阵不会有什么结果的。没有结果的东西就像春天开过的某些花，虽然美，却很短暂，留不住该有的果实。庄户人向来都更注重结果，没有果实的耕耘和漫长等待，会让人感到绝望和悔恨不已。

水中的秧苗已显露出茁壮来，不再像先前那样焦黄蔫耷着，而是一律健康昂扬地碧绿成片，但那些稗子、三棱叶、鸭屎草之类也会应运而生，跟着秧苗葳蕤起来，施进去的肥给这些杂草提供了难得的养分，它们的生命力天性旺盛，疯野不羁地蹿起来。二桃的活儿也就跟着来了，那些草得赶着薅呢，要不那些化肥白瞎了不说，稻子也被草欺得长不好了。而且，往往都是头一遍刚刚薅过去，另一茬新草又雨后春笋般快速疯长起来。薅草最费的是眼睛和腰，那些很细小的草会化装似的藏在秧苗中间，不仔细辨认，有时很难准确地拔出来。所以，接连两个礼拜，二桃都泡在水里，中午也不回家吃饭，有时爹或三杏会把饭送过来，更多时候二桃一早出门时就带好了饼馍和茶水，就在埂边的树荫下对付着吃了继续干活。

那个红帽子这天终于来到二桃身边，当时二桃正在埂上歇缓吃干粮。红帽子像一阵不经意的风悄然飘到二桃眼前。二桃先是看见眼前水面上一团红色的东西朝自己这边矫健地移动着并最终停泊在自己面前。那不是太阳，太阳走起来没有那么快。太阳也没有那么红，太阳在水面上晃动的时候更像一只油光水亮的蛋黄儿。

红帽子在二桃旁边站定，说话前他先摘掉了鼻梁上的墨镜。二桃在浓稠暖燥的水草气息中闻到一股很特殊的味儿，二桃说不清那是一种什么味儿，但她觉出了某种与众不同，他就站在自己身边，然后他蹲下来跟她搭讪。他一蹲，那种味道更浓地向她扑过来。除草呢。他这样说。二桃抬头看了他一眼。红帽子的脸明显是被晒黑的，两只眼睛圈却是明亮的黄色，跟其他部位相比很白。这样看上去就有点突兀，好像滑稽小丑故意用白粉涂抹了两只眼圈。二桃很收敛地冲对方点头笑了一下，并把手里的半拉饼向对方礼节性伸了伸。还没吃吧。她说。红帽子丝毫没有客气的意思，顺手就在二桃的手里掰去一半往嘴里塞，大口嚼着，艰难地吞咽，二桃急忙把水壶也递过去。这次，红帽子没直接去接，看了看水壶，又冲她摇摇头，好像在征求她的同意，由于嘴里塞满着未咽下去的饼，所以他说什么她听不太清楚。她还是坚持把水壶给了他，她看见他的喉咙油老鼠似的上下窜动，他的嘴角沾着许多水珠。他终于吃完了那块饼，说真香啊，你自己烙的吧。二桃含羞地点点头。红帽子今天换了一件黑色的老头衫，上面有一个女人头和白色的英文字母，她不明白那是什么意思，只是觉得又刺眼又陌生，他腿上是一条发白的牛仔裤，她记得三杏也有一条这样的裤子。三杏好像很喜欢穿这样的裤子，尽管一条要花百十块钱，她还是同意给妹妹买了。这些都是你家的稻田？他指着眼前问。二桃再次点头，说就是的。又说，你好像每天都来这里。红帽子把眼镜端正地架在鼻梁上，说对，我们是来白银湖搞测量的。测量。二桃暗想着，大概就是用那只三脚架子在水田里望来望去的吧。二桃原本还想问搞测量到底做什么用场，可红帽子已经站起来了，同样一股气味风一样向她拂过来。这次二桃有一点头绪了，他身上的味道完全不同于这里的水，不同于这里的花花草草，更不同于这里的风和土地，完全是另一种气息，陌生，干净，庄重，根本不像庄稼人那样浑浊和拖泥带水，而是充满了街道楼房和柏油路才有的那种坚硬与沉着，甚至有点像妹妹每天从学校带回家的那种书本味儿，完全来自她所未知的某个领域。红帽子朝前面的路上张望了一下，他说车来了我得走了。继而又冲她大大方方地笑了笑，说谢谢你。谢谢。这个词同样陌生和高不可测，就像红帽子手里所摆弄的三脚架子和被风吹得呼啦啦作响的大画纸。他对二桃说谢谢的时候，二桃心头有一种很微妙的酥痒感觉迅速爬过。

之后的几天里，二桃没有看见红帽子，她想他大概去了别的什么地方，白银湖多大啊，一眼根本望不到头。但有一天，她刚从水田里走上来，红帽子便像一只灵巧的鹭鸶似的落在她面前，并客气地递给她一瓶晶莹透亮的水。她知道那叫矿泉水，但她还从来没有喝过呢，她把水拿在手里，稀罕地盯着同样清澈透明的塑料瓶子，瓶身上的一圈塑料包装纸上，同样也有一个女人手里抓着这种水，只是那个女人的表情比自己夸张多了，有点张牙舞爪的。二桃将水在手里轻轻摇晃着，那水永远是那么清澈无比，她的脑海中充满了关于水的种种遐想。也正是这天，二桃从红帽子的嘴里得到了一个巨大的秘密。这个秘密在二桃看来有点离奇，甚至有种恐惧的意味了。当然，二桃对红帽子整天长时间痴迷于三脚架跟前东张西望的迷惑也终于有些许释解了，尽管红帽子跟她说起很多她听不太分明的词儿，什么湿地啦，回归啦，生态保护啦，还有旅游资源开发啦，等等，她只是模棱两可地听着，但她还是隐隐约约地从中获得了一个重要的信息，那就是白银湖将要发生一次大的变化，而且，这种变化就在眼前了，谁也不可能阻挡。

白银湖这一带的庄户大多数都是依靠水田谋生的，这里产出的稻米颗粒饱满，色泽晶莹光亮，用这种米蒸出的白米干饭雪白雪白的，吃起来香香甜甜，滑腻爽口，比那些南方大米不知要好吃多少倍呢。可是，就是这样的稻谷送到粮库交公粮，通常也拿不到什么好的价钱，有时验不上好等级，眼见着一年的辛苦白白费了，苦没少下，种子、化肥、农药和水利费都刨掉，拿到手的却只有很少一点，实在划不来得很。所以人们种粮的积极性就日渐垮落了，种稻米远远不及搞搞副业或养几塘鱼来得快。其实，这两年金成没少在二桃耳边吹过风，他一直劝她干脆也把稻田改成鱼塘学着养鱼算了。金成说，反正我这辈子是不想再种粮食了，把人苦得说不成，临了还是两手空空的，要啥没啥。二桃知道金成说得不是没有道理，可要让她一下子把庄稼撂了去干别的，她还是转不过那个弯子。再大的苦吃惯了也就不觉得苦了。这是二桃的想法，一辈辈人不都是这样活过来的！况且，二桃已经习惯了这种生活方式，倒也没有感到种田的日子有多苦的，有时候她甚至很迷恋待在水田里的那种感觉，清清凉凉的水，稻叶儿不停摩挲着自己的腿脚，太阳将脊背烤得暖烘烘的，浓稠的青草和泥土的气息把人团团围绕着，呼呼拂过耳际的风，还有阵阵鸟鸣夹杂在野花的香味中迎面扑来，那种感觉真是很好啊。前几年像薅草、灌水、喷农药这样的活儿，金成都会屁颠屁颠地跑过来帮着二桃一起干的，想赶他走都不行，二桃绝对不是那种哼哼唧唧、凡事都得靠男人帮衬的女人。她跟金成的关系又一直是那种若即若离的样子，所以，金成有时太过于主动和殷勤，反倒让二桃觉得很有负担，总觉着欠着人家什么。二桃后来也慢慢习惯了，她想或许找对象的男人都是这个样子，总是要有所表现的。可这个夏天从插完秧后金成就再也没有到田里找过她，二桃有时看着自己在水田里形单影只的模样，再联想起以往的种种情形，二桃心里会突然泛起一股酸，好像又涩涩苦苦的，很不是滋味，眼泪和汗水顺着面颊热乎乎地滑下来，悄无声息地落在水田里。

六月天，云团翻卷得飞快，雨说来就来了。

一整天都闷热闷热的，没有一丝一毫的风吹过，灰蒙蒙的天上看不见太阳的脸，却比平时被太阳炙着还让人难受。田里的一切绿色全都失去了光泽，软绵绵地低垂着，显得沮丧不堪，水面上笼罩着一层热气，火苗似的直往人的胸口和脸面上扑窜。二桃昏头涨脑地泡在田里，两只腿脚一点儿也不听使唤。临近傍晚，好容易吹过一阵风，二桃才稍微清醒了些，大雨却顷刻间砸下来。雨一下子就把先前燃烧在水田上的那层腾腾的火气浇灭了。世界突然变得像冰凌花一样清冷晶亮起来，田地正在急速退隐和深陷，眼中一片汪洋，白银湖像在梦中一般波澜起伏、迷蒙苍茫。二桃跑上埂边的时候，整个身体仿佛一条刚刚露出水面的鱼，也那么晶莹透亮了。二桃在暴雨中飘摇不定无处藏身，可她忽然觉得自己真的犹如一条鱼被什么东西牵引着，身体变得异常轻盈，腿脚变成鱼宽大灵巧的尾鳍，在漫漶的雨帘中一路滑行着，她从来没有过这种身轻如燕的感觉。后来，二桃觉得自己像是猛地一下完全跌入了大湖，这里再也没有风雨的侵袭，有的只是自己鱼一样湿淋淋的身体在不停地颤抖着，她听到更加狂乱浩瀚的雨点击打在自己的头顶，可那些雨再也落不到她的身体上。除此之外，二桃觉得战栗的身体被什么东西裹住了，身上渐渐有了一丝热气，她一连打了几个喷嚏。此时她才看清这个能遮蔽风雨的港湾里并不是就她一个人。那个红帽子也在。里面的空间很有限，她跟他几乎是紧紧挨在一起的。他没有戴那顶红色的太阳帽，她想帽子也许是被风吹跑了。

看样子雨一时半会儿还停不下来，她坐在他的帐篷里，听着雨打篷顶的响声，听风呼呼吼叫着一次次撞击着帐篷。他递给她一条干毛巾，她想那是他每天擦汗用的吧。她拿在手里矜持地擦拭着头发，她又清晰地闻到那股特殊的气味，她完全被笼罩在其中了。他呢，正用塑料布将他每天摆弄着的那些东西一件件裹起来，他做这些事情的时候一副小心谨慎的样子。过了一阵，他俩开始说话，一说话，帐篷里的气氛就显得轻松起来，刚才二桃的心还怦怦乱跳，现在好多了。红帽子一直和蔼地看着二桃。我怎么看你天天都是一个人来？他问。二桃说爹上年纪了，水田里的活干不得了，妹妹还要念书，更不能耽误了她。红帽子点点头，目光中有了一些敬重的意思，他又好奇地问那你还没成家吗？二桃脸红了，急忙低着头说还没呢。红帽子露出理解的一笑，说知道了，一定是家里离不开你。二桃没应声。都沉默了一会儿，空气就显得有点紧张了。外面依旧雨声嘈杂，小帐篷一直在瑟瑟抖颤不止。

不知为什么，二桃后来竟跟红帽子说起了自己的心事，说起了自己的妹妹，还提到了金成。话一出口，二桃多少觉得有点后悔，虽然自己心里确实舒服多了。二桃不知道自己怎么会跟一个陌生人说这么多。也许是这些天以来心里憋得太久了，真得需要找个人说一说。在二桃眼里，红帽子是那种很有文化的人，二桃对他有种与生俱来的仰慕之情。二桃没有念过多少书，所以二桃把希望全部寄托在妹妹身上。

雨稍微小点的时候，三杏来了，是爹打发三杏到湖里看一看姐姐的。三杏站在田埂上大声喊姐姐的时候，二桃才从小帐篷里钻出来。

三杏听见姐姐应声就是一愣，急忙打着雨伞朝帐篷那边跑过来。这时，红帽子也从里面爬出来，三杏又是一怔。三杏奇怪地看看姐姐又看看姐姐身后的男人，说姐下这么大雨你咋也不回家，爹快急死了。姐妹俩相偎着站在同一把伞下，二桃转身对站在帐篷口的红帽子说真是多亏了你。二桃说这话的时候，三杏看见姐姐的脸上有一团淡淡的绯红色正在静静地荡漾开来。三杏就回过头，见身后那个男人正友善地冲自己笑呢。对方笑得很灿烂，三杏却没有笑。你们姐俩长得挺像的。男人说。三杏也没跟对方搭话，只是用带着警惕的目光上下打量着他。二桃急忙拉起妹妹的手对红帽子说那我们先走了。

等回到家，二桃才发现自己身上竟还披着红帽子的一件夹克衫，那衣服早就湿透了。她趁三杏不注意的时候悄悄地把它用衣架撑好晾起来。这样似乎又觉得不妥，就把它取下来泡在脸盆里，撒上洗衣粉，洗完锅的时候她就蹲在伙房里把红帽子的衣服认真地搓洗了一遍，这才晾出去。

三杏做完作业躺下来的时候，姐姐好像还没有睡着。三杏听见姐姐在床上轻轻地翻动着身子，床很有些年头了，稍微一动就会吱吱地叫。

窗外轰隆隆地响过一阵雷，三杏吓得在被子里一缩。姐姐知道三杏从小就怕听雷声，这时就把手伸过来搅在三杏的被子上面，像哄小孩似的轻轻柔柔地拍着。妹妹很快就进入梦乡了，可二桃似乎一点儿睡意也没有。

天快亮的时候，二桃才迷迷糊糊睡着了，没头没尾地做了个梦。

……梦里出现了一面大湖，又有许许多多的小湖相连着，都明镜似的荡漾着银光。一个女孩在湖边寂寞地走来走去，一脸的迷茫，她好像迷了路，怎么也走不出这连连绵绵的湖田。这时她听到了一阵哭声从远处传来，她循着声音奔跑过去，她看见一个男孩子在湖水中不停地挣扎着，快要沉下去了，男孩子的两只手和脑袋在水面上一伸一伸的，她走过去一看，竟是自己的哥哥。她立刻急哭了，站在湖边大声喊快来救人啊，救救我哥哥呀……可是她喊破了喉咙，始终没有一个人听见，眼看着哥哥跟石头一样沉进湖里。就在女孩彻底绝望的时候，忽然看见湖面剧烈地晃动起来，一条很大很大的鱼呼啸着跃出水面，她从来没有看见过那么大的一条鱼，通体发出油亮的黑光，尾鳍像笤帚似的连续拍击着水面，鱼一直在叫，叫声痛苦而又可怜。震惊之余，女孩猛地发现那鱼并不是自己跃出水面的，而是被一根很粗的绳线由对岸拽了起来的。接着，她发现被绳子拽着的并不是鱼，而是自已的哥哥，像一条被钓住的鱼在湖面上秋千一样荡来荡去。她还看见对岸站着一个虎头虎脑的小伙子，手里有力地拽着绳线，正冲她得意地嬉笑呢。她听见小伙子冲她喊话，你要是肯答应嫁给我，我就把你哥哥拉上来。女孩又急得大哭起来，她妈妈妈地喊了半天，没有一个人回应她；她又满世界叫爹，可爹也不知到哪里去了。后来她就不喊了，也不哭了，她抹着眼泪朝对面的小伙子义无反顾地走过去。再后来，女孩看见哥哥被人从水里鱼一般拉上来，哥哥的脸上一点儿也没有惧怕，而是嘿嘿地冲她撇着嘴笑呢，那笑声恐怖极了……哥哥说死丫头，你就嫁给他吧，我们不再要你了。

二桃就是被这种突兀而且怪诞的笑声给惊醒的。三杏睁大眼睛盯着姐姐，二桃喘息着说，我梦见大草被人推到水里去了。

三杏却猛不丁问姐姐，昨天那人是谁？

谁也不是。

那你还跟他在一起？

他是个好人。

所以你就给人家洗衣服。

死丫头，不准乱说。

姐，你跟金成哥到底咋办？

咋办也不咋办，凉拌。

……

爹对二桃说，从今儿起就别去湖里了，在家好好歇两天吧，顺带也该想一想嫁妆的事，日子一晃就到了，你寻思寻思该给自己添备些啥好。

二桃说稻田里的草还厚着呢，我想再去薅一遍。

不薅了不薅了，爹一连迭地说。

爹定定地看着二桃。二桃不看爹，而是穿过敞开的屋门看着院里的葡萄架。一行麻雀扑棱棱落在葡萄藤叶上，俏皮地喧闹着，或用尖细的喙挠痒似的啄着胸脯上的羽毛。爹看见二桃比一开夏整整黑瘦了一圈，心里就不着不落的。爹默默吸着烟，烟还是金成以前买来孝敬他的。二桃平时不让爹多吸的，爹的肺不好。

二桃还是要出门，被爹一把挡住了。爹说，你这丫头咋就犟得很，草厚就厚，让它有着，你哪儿都别去，这两天稻田的水我去灌。说着，爹抖抖索索地从枕头底下拿出一个折叠着的存折递给二桃。这折子上的钱你拿去，看着给自己好好添两身像样的衣裳。

二桃没有伸手去接，是爹硬把折子塞进她手里的。

钱还是留着三杏上学时用吧。

二桃又将折子款款地放在爹眼前的桌子上。

爹把眼瞪起来。你跟金成结婚当紧，还是三杏上学的事当紧？

爹，我不想结婚了，我跟金成，怕是吹了……二桃的声音很小，可爹还是听得清清楚楚的。

二桃偷着看了一眼爹。爹的山羊胡子一抖一抖的。二桃知道爹生气了。爹很少对她吹胡子瞪眼的。

你敢！

爹霍地从椅子上站起来，鼻孔冒着青白的烟。爹不停地咳嗽着，胡子抖得仿佛劲风掠着的一把杂草。

二桃不想再看爹的样子，更不想跟爹拌嘴，她扭头跑出了屋子，把爹一个人孤零零地撇在里面。爹也随即撵出去，可爹腿脚不好，根本撵不上二桃，眼看着二桃头也不回地朝湖里去了。

爹站在路口，长长地叹了口气。爹忽然想起那句老话，儿大不由娘啊。爹长时间站在路口，浑浊的目光飘向远方。爹想起了二桃妈去世时的情景，爹想起自己亲口答应过二桃妈要把三个孩子拉扯大的，爹还想起二桃小的时候就很听话，也很懂事，爹这样想着想着，眼皮就酸涩得抬不起来了，往回走的时候，两行老泪扑簌簌地洒在小路上。

回到家，爹径直进了院子前的菜地里。爹拿起镬头闷着声一下一下刨着玉米地，其实玉米只种了几行子，青绿的玉米叶子已没过小腿肚了。爹刨得很仔细，那些讨嫌的小草爹一株也不放过。玉米每年开春都种的，也不卖，爹是特意种了给三杏他们吃的。二桃和三杏还有大草都喜欢吃，爹就一年一年地种着，从不间断。刨完了玉米，爹的头脸和身上已经湿漉漉的，汗衫湿透了，紧紧贴在脊背上。

爹在树荫下坐下来。菜园里很静，油菜花正黄澄澄地盛开着，那些蜜蜂在花丛中间一时起来一时落下。爹的目光也茫然地停留在油菜花上，一动不动地望着那些忙着采花蜜的小东西。爹还看见大草正从一棵苹果树底下呻吟着爬起身，好像刚刚睡了一觉醒来，两只眼珠鱼一样呆滞。通常，那棵苹果树下面就是大草的乐园，树荫又浓又大，地上是厚而且软的一层青草，整个夏天，大草都待在那棵树下面。爹在园子里干活，大草就一个人叨叨咕咕地跟自己说话，跟那些草儿花儿和偶尔飞来的一两只蝴蝶或蜜蜂说话，还跟枝头上的麻雀和布谷鸟说话。大草跟它们似乎有说不完的话，至于他究竟在说些什么，爹是永远也弄不明白的。家里没人能明白这些的。但是爹知道大草喜欢待在那里，所以，爹从来不把苹果树下的草锄掉，爹让那些草枝枝蔓蔓地疯长着，好让大草每天待在那里快活地玩耍。在这里，大草显得无忧无虑的，没有人会给他白眼。大草胆子很小，爹怕他出门受外人欺负，所以，爹干活儿的时候只要看着大草在身边他就放心了。有时候干累了，爹也会到苹果树下跟大草一起坐一会儿。这种时候大草显得更加快活，他还会把自己刚刚捉到手的一条蠕动着的毛毛虫子拿给爹看，放在爹的手心里一起看虫子爬来爬去。爹就摸着大草的脑袋一个劲儿地夸他。大草就嘿嘿地给爹笑。

看得时间久了，爹的眼睛也晶亮起来，水水的。爹用袖子沾了沾眼角，慢慢地起身去锄韭菜沟里的草。

二桃一口气跑到湖里。她没有下田去薅草，而是一个人呆呆木木地坐在埂上。

后晌，渐渐地起风了，风很大，前面的几丛芦苇在风中飘摇着，湖里的水被风吹卷着，发出一种奇怪的水浪声，从一边飘向另一边，一直飘到很远的地方。

二桃一味地坐着，整整一个下午也没挪窝，像是种在地上的一株花草。到了黄昏时风才小了些，蚊子就嗡嗡着上来了，一团一团地在她身边盘旋着。二桃一开始还思前想后的，一阵想妹妹，一阵想大草，一阵又想自己的事情，到后来二桃就什么也不想了，脑子里一片空白，只是静静地听风在耳畔呜呜地来来去去，听湖里的水浪声时疾时缓，起起落落。二桃的内心就慢慢平静下来了。

静下来以后，二桃朝四周本能地张望了一会儿，目光散漫地滑过透着绿意的水田和叠起层层波光的湖面，她没有看见他，也没有发现那顶小帐篷，到处都没有那个红帽子的影儿。二桃的心里怪怪的，她甚至渴望能够再突然下一场大雨。这样想的时候，二桃猛地记起一件重要的事情。二桃想起那件依旧晾在屋里的夹克衫，心里泛起一股颤动着的暖流，她用双臂把自己的身体轻轻地环抱着。

爹什么时候领着大草走过来坐在她身边的，二桃一点儿也不知道。爹点燃了一堆半干半潮的杂草，浓烟滚滚地升起来，鼻子呛得直想打喷嚏，眼泪也涌出来了，可蚊子、小咬却一下子散开了，不敢轻易飞过来。看到了火光，大草就显得有些紧张，一个劲儿地朝爹身边挪着屁股。

父女俩有多久没有这样一起坐过了，他们谁都记不清了。此时此刻，一老二小安详地坐在橘黄的暮色中，不为一切所动。四周是大片的水田和鱼湖环绕着，水面晃动着点点金光，太阳就要在西边沉下去。大草把自己紧紧地偎在二桃的身上。爹呢，半天也不说一句话，只是悄无声息地吸着烟，间或是一阵剧烈的咳嗽，上半身缩下去。二桃心里不无愧疚，很长时间也不敢看爹的脸。

别吸了，爹。

二桃终于开口说话了。

爹想了想，还是把烟掐了。

爹说，我寻思了半天，你跟金成的事你自己拿主意吧，爹老了，往后啊，大草跟三杏的事，你能多操个心就多操个心。

二桃说，爹我听你的……呜呜。话一出口，二桃就哽咽起来。

爹用手里的干树枝轻轻划拉着面前的火堆，一串串红的火星子不安地蹿跃起来，朝着渐暗的天空纷涌而去，很快就消失不见了。

二桃竟越哭越厉害了。

爹不劝，只是坐在缭绕的烟雾中听着二桃的哭泣声。最后，爹说哭吧，哭哭就好了。大草却不明就里地跟着二桃咧嘴干号起来。大草哭的时候，嘴巴跟鲶鱼那样扁扁地一张一翕着。

二桃看着哥哥憨态可掬的样子，自己竟又蓦地破涕笑了，眼泪和清鼻涕沟溪一样闪着红亮的光。

眼看着三杏高考的日子一天天临近了。

当姐的暗暗地替妹妹着急捏把汗。可妹妹还是以前的老样子，什么时间该上学了，什么时间该回家吃饭了，什么时间该复习功课，上床睡觉了，这些丝毫看不出有什么大的变化。唯一的变化就是，三杏似乎不太愿意待在屋子里，每天下午回到家就急急忙忙地拿了书本散着步走出去，礼拜六和礼拜天的上午也是，大清早露水还没落尽就夹着一摞书出门走了，过了晌午吃饭的时候也不见回来。爹似乎并不着多大的急，爹说你别管，由着她去吧，学好学赖都是她自个的，旁人带不去。

果然连着几天二桃没有再去湖里，爹隔一两天会去看看稻子的情况，顺带往田里灌水，她跟大草待在家里。她倒也想好好给爹和妹妹做做饭，这样妹妹就能把做饭的时间省下来用在学习上了。

好容易等到三杏从外面回来，天色早昏暗了。姐姐连忙把留给她的饭菜端上桌，催促说，快吃三杏，饿坏了吧。三杏捧起饭碗就吃，姐姐站在一旁看。二桃觉得三杏的饭量这些天倒是好了，吃东西也不挑拣。但是，二桃几乎同时又发现妹妹似乎变得不怎么爱说话了，也不冲她随便笑，一个人坐在写字桌前，无缘无故地就发起呆来。有时脸上的表情也很奇怪，像是遇到了什么特别有趣的事，微微露着一丝笑；有时又好像满腹心事，情绪莫名其妙地低落和烦躁，眉头拧着一股劲儿，长时间不肯散开。二桃不敢多问，即便问了，三杏也会淡淡地说，姐我没事的。二桃当然不懂得什么叫考前综合征，可她想妹妹八成是复习紧张的，一天到晚脑子里要装那么一大堆东西，给谁也会吃不消的。二桃没有别的办法，只是在心里默默地替妹妹打气，她想等考完试也许就好了。

端午节二桃包了粽子，粽子包得又大方又精巧，个个像牛角似的，用发白的马兰藤子一缠，粽身儿透着股灵秀气。每个粽子里面都有三颗红通通的枣儿。粽叶是爹从湖里的芦苇荡中披回来的，爹也是每年都去湖里披那种宽宽大大的叶子。白银湖的芦苇一到端午前两天，叶子就疯长到极限了，豆绿豆绿的，每一片都有鞋面那么大，披回家煮了，再用凉水浸上一宿，叶子就变得韧性十足，浓浓的香味四处漫溢着。二桃的粽子好看又好吃，她包的粽子拿到街上去，是很抢眼的，一个一毛钱，转眼就卖光了。早些年家里日子紧巴，手里委实没有什么闲钱，给妹妹买个本子、铅笔啥的都需要钱的。那时二桃确实卖过粽子，头天晚上就煮在锅里，再用文火煨上一宿，第二天天刚蒙蒙亮就用红柳筐子提着上街去了。出门前爹一再嘱咐说路上小心，走慢点，往路边走。二桃眨着黑眼睛冲爹嗳一声。那时二桃也就十几岁，一个人拎着装满热粽子的提筐儿，边走那筐还滴滴答答往下滴水呢。二桃沿着曲曲折折的小土路朝公路方向去了，走上一阵，手酸了，就把筐子换到另一只手上，再走一阵又换到原来的那只手上，这样换来换去就来到街上了。二桃通常站在北门的汽车站附近，那里人多，一早就有开到外地去的长途车。一开始，二桃不懂得吆喝的，只是红着脸蛋站在人们进进出出的地方，一双黑眼睛冲那些陌生的面孔不无期待地张望着，又好像生怕别人会抢她的东西。后来，二桃就学聪明了，她是跟车站门口那个卖瓜子糖果的老头儿学会吆喝的。二桃把筐子搁在地上，揭去上面的苫布，嘴里一声声喊着，卖粽子喽——谁要粽子，又大又甜的热粽子哟！这样连着好几年，那些卖粽子的钱爹不拿，让二桃攒着，几乎都用在妹妹学习上了。有时，二桃也会花一毛钱买两根冰棍，妹妹一根，哥哥一根，自己顶多象征性地舔上一口，嘴里却说我最怕凉，你们快吃吧，要不化了。看着哥哥和妹妹吃得不亦乐乎，做姐姐的心里也透着甜。

二桃特意给金成留了一串最好的粽子，想着他来了带回去给那边的老人和弟弟妹妹们尝尝，也是自己的一片心意。可是，金成还是没有露面，石沉大海似的没有丝毫音信。二桃看着那串饱满的粽子，心渐渐地跟粽子一起凉了下来，多少有些懊丧，连着两天人都没有一丝神采。依照这里的老规矩，端午节男方应该拎着粽子和礼品上女方家拜节的，也叫追节，金成那边的悄无声息实在让二桃有些伤心和失落了。二桃想起金成前段时间告诉她家里要再开两个鱼塘，所以忙吧，把节日的事情忘了也是有的。二桃原本是打算去金成家送粽子的，都推着自行车走出很远了，思前想后又悄悄折回来。爹看在眼里，只是一连声地叹气，并不跟二桃说什么理儿。爹自然知道这种时候二桃上金成家的门恐怕是说不通的，再怎么着也不能让鼻涕往眼窝里流吧。

二桃忽然想起一件事来，打开柜子一看那件夹克衫果然还叠得平平整整地放在里面，弥散着太阳和洗衣粉的淡淡暖暖的气息。二桃急忙把衣服用塑料袋装好，出门前她又从留给金成的那串粽子里挑选了最漂亮的两个带上。二桃给爹说了一声，就骑上车子出门去了。爹纳闷地坐在角落里，依旧不言不语。

几天不出门，二桃似乎被眼前的一切怔住了。湖里有了翻天覆地的变化，水绿得油一样黏稠起来，荡漾着油腻的光，密密麻麻的芦苇从遮住了半个太阳，稻田里再也看不见明晃晃的水洼了，稻叶儿全都绿得泛黑，一丛一丛直挺挺地冲着天空。二桃想，再过些日子稻子该扬花了，稻花一落尽，穗子就开始灌浆水，秋天的脚步也就跟着近了。路过金成家的鱼塘时，二桃忍不住远远地朝那边张望了一下，她看见金成爹正站在岸上朝湖里添撒喂鱼的青草，只是没有看见金成的影子。那间她再熟悉不过的看鱼棚子此刻空寂着，棚口横着一摊耀眼的白光。二桃的心里泛起一些说不清道不明的东西，倏地在胸口膨胀起来，堵得她心口发闷发慌了。她就再也不敢朝那里张望，猛蹬两脚车子，把目光果决地瞥到另一边的水田里。

红帽子见到二桃的时候，冲她礼貌地伸过手来，二桃有点不好意思，也很不习惯，但她还是伸出一只手去让他握了一下，就像电影里的两个革命同志见面那样。二桃觉得红帽子的手比自己的还要细腻呢，不干也不湿，握住的一瞬间有种陌生的温暖厚厚地裹住了自己的手。

我以为你失踪了呢。

红帽子一直冲二桃微笑着。二桃打心眼里喜欢这种温温雅雅的笑，她觉得有文化的人笑出来就是跟庄户人不一样的。其实金成好像也是爱笑的，可金成的笑远不是这样的，有点大大咧咧的，笑起来粗声粗气，一点儿也不懂得节制，听着总有股傻乎乎的劲儿。二桃不无歉意地把衣服从车把上摘下来，连同那两只粽子一并递给红帽子，说早就洗干净了，一忙就忘给你送来了。红帽子接过去，一连声对二桃说着谢谢。二桃更觉得难为情，倒成了自己帮了人家的什么忙，脸也微红着，不知该说些什么才好。她觉得他说出谢谢的那一刻，自己的心间忽然有一种奇妙的漾动，就如灼热的阳光轻轻流淌在鼻尖上，又像一根羽毛飘飘荡荡地从赤裸的手臂上滑落下来。这时，红帽子却说，你的粽子很好吃，我已经尝过一个了。二桃顿时一愣。是你妹妹给我带来的，红帽子接着说，其实你家三杏挺聪明的，她跟我问过几道物理题，我一讲她就懂了。二桃如梦方醒般地点了点头，想说什么却又一时间不知从何说起。红帽子说，看来你妹妹也很关心你，她跟我说了许多你的好话呢，她还说你就像她的母亲一样。二桃的脸更红了，心却是暖的。

再过些天我们就得走了。

去——哪儿?

当然是回去，你们这里的测量任务完成了。

二桃的眼神幽幽的。

那以后还来吗？

说不一定，估计是不来了。再说就算来，那时候这里肯定大变样了，水田全改造成湖了，还有一条高速公路要从这里横穿过去。

说着，红帽子用手指着未来那条公路的方向。他告诉二桃，田里挖出来的泥土正好用来垫路基。

二桃心里一惊，因为红帽子所指的地方正好包括她家稻田所在的位置。

湖里的田是不是再也种不成了？

是啊，这里原先就是一片大湖，你应该知道的，现在只是要把它恢复到当初时的模样。等把湖改造好，路也修通了，你们这里就变成一个风景优美的旅游区了，到那时候，说不定你还能在白银湖划着小船做导游什么的呢。

听完红帽子的一番话，二桃的目光极力飘向远方，仿佛眼前的这一切忽然变得异常辽阔起来，怎么也望不到边际。一种懵懵懂懂的感觉浮上心头，有些事情二桃不太懂，有些事情二桃想也不敢去想的，她只是听红帽子描述着一个她从来也没有想过的白银湖，或者，那个大湖是有的，只有在她的梦中才会出现，只有在二桃回想往事的时候，白银湖里清澈透明的水才会在记忆最深处熠熠闪亮。

一只布谷鸟在前面的芦苇荡中咕咕咕咕地叫起来，声音断断续续地在水面上滑行，悠长而且空灵。很快，又有一大群的鸟在寡蓝色的天空里飞过，然后压低了黑黑小小的身体轻盈地掠过豆绿色的水面。布谷鸟已经飞远了，有点凄婉的叫声像是从天边飘过来的。二桃和红帽子一直在聆听鸟的声音，两个人之间离得很近，近得能听清彼此的心跳声。

等将来呀，这里肯定会变成鸟的天堂。

将来。二桃听见红帽子有些动情地畅想着。可在二桃听来这是一个多么深奥而又遥远的词啊，像是深深地埋藏在曾经的那片浩浩渺渺的大湖之中，又像是一下子将二桃带到了一个完全陌生的天地里面，那里的风，那里的水，那里的一草一木，甚至于一只幼小的鸟儿，都是二桃所不熟悉的。二桃似乎已经没有勇气再去想将来的事情。二桃的心忽然变得空茫起来，仿佛被完全掏空了似的，失去了重心，也失去了目标，对将来没有丝毫憧憬。

当一阵风从北面吹过来的时候，二桃觉得自己快要从地上飘起来。

回家的路上，二桃的心里还是怅惘着。碰巧遇见了妹妹，妹妹手里拿着书本朝这边慢慢走来，一忽儿把书搭在嘴上，一忽儿又拿开了低着头看，脚步踟蹰着。二桃知道妹妹是在背书呢，妹妹背书的样子真好看。看见妹妹用功，二桃就高兴，二桃想等妹妹以后考上大学是不是也跟红帽子一样了，说话动不动就谢谢谢谢的，笑起来也那么温温雅雅，这样想的时候，二桃心间便悄然渗进一丝甜蜜。二桃不想打搅妹妹，只体恤地安置了她一句，三杏别太晚了，天黑就回来。妹妹冲二桃的背影嗳了一声。

夕阳正在二桃身后静静地游走。

风轻轻一吹，湖里就开始飘荡那种甜甜香香的气味，浓得像刚刚烧开的一壶醪酒。

爹的笑容却明显减少了，心事重重地背着双手进来了又出去，脚步迟疑而又沉重。到湖里看一看稻子，穗儿全都黄澄澄地低垂着，爹本该乐得合不拢嘴，庄户人就等秋天有个好收成呢。可爹的心情也像稻穗儿沉甸甸的，怎么也抬不起来。二桃倒是比爹想得开明些，二桃现在担心的并不是自己，而是妹妹。妹妹高考只差几分，二桃想好了，无论如何也要让妹妹再去复习一年，二桃就不相信再下一年的功夫找不回来那几分。妹妹变得沉默寡言，整天窝在屋里不肯出门，就是赶也赶不出去。这一点，二桃竟没有想到，她一直以为妹妹根本不在乎考上考不上呢。

发榜那天是二桃陪妹妹一起去看的。二桃忘不了妹妹当时的神情，妹妹从来也没有那么认真过，眼睛倏地红了，泪水小溪一样汩汩地涌出来，头也不回地扔下姐姐自己跑开了。妹妹到家就把自己反锁在小屋里，整整一天，饭不吃，水也不喝一口。二桃真是给她吓坏了，一时不知道该怎么办。眼巴巴地趴在窗台上，一声声冲里面喊三杏，让她把门打开。妹妹就是一动不动躺在床上。二桃就趴在窗台上呜呜地哭，哭一阵劝一阵，大草也过来跟着二桃一起干号，最后惹得街坊邻居纷纷挤进院子里观望，以为家里发生了多么大的事情。爹后来把二桃喝住了，爹说哭啥哭，我还没死呢。二桃就不敢再哭了。天黑以后，小屋的门终于开了，妹妹从里面默默地走出来，二桃急忙上去把妹妹紧紧地抱住。二桃听见妹妹一抽一抽地说，姐我对不起你，我没脸见人了。二桃哄孩子似的摩挲着妹妹湿漉漉的脸蛋，说傻丫头，真是个傻丫头，姐姐不怪你，只要你用心了，姐姐就高兴了。

爹背着二桃悄悄去金成家探听口风，才知道金成跟他爹到外地采购新品种的鱼苗去了，得些日子回来。爹就不便于同金成妈谈论什么，女人家的说了也不算数。爹又去寻那个媒人说话，想从媒人那里得到些消息，哪知媒人自己新添了孙子，正乐颠颠地伺候儿媳妇坐月子呢，根本没把二桃和金成的事装在心上。爹怏怏地回来，却不跟二桃透露什么，只是闲下来的时候一个人思量，不知道那个疙瘩结在什么地方。夜里一闭上眼睛，就能隐隐约约看见二桃妈的脸，还是那样苍白虚弱，还是那样汗津津的，还是那样目光迷离，还是放心不下地睁开着双眼。爹烙饼似的把身板翻过来翻过去，一声一声叹息。大草在一边呼呼地熟睡，响亮地磨牙，猪崽儿似的哼哼着。爹在黑暗中的叹息，大草是听不到的。

秋日苦短，撒泡尿的工夫就挨到尽头。照说稻子收回仓，二桃就该出嫁了。当初日子就是给在这个时候的。可是，金成家还是没有过来人，连媒人的影儿也不见。二桃反而越发平静，从收割到打场，二桃不紧不慢地干着活儿。而且，对待今年的这成庄稼，二桃是格外的用心，稻茬子留得低低的，捆子扎得紧紧的，田里的穗子收拾得干干净净、颗粒不落，打完场她又把稻谷美美地晒了一天才拉回家。往年等所有活儿都干完了，人也就疲沓下来。可这次二桃一点儿也没有觉出累，相反竟有点异常的兴奋，搜腾着把爹跟哥哥妹妹的脏衣服全都找出来洗了一大盆。

傍晚时，二桃又常常一个人独自走到湖里去，像城里人散步似的，四处走来走去。秋后的湖里明显萧瑟起来，大片大片的稻茬子狰狞地裸露出来，完全看不出曾经的一季茂盛，芦苇花早就败了，叶子萎靡着，失去了往日秀美的容颜。那些零零散散的鱼湖也寂寥起来，水面上灰蒙蒙的，倒映着树木瘦削的黑影儿。天一凉，来钓鱼的人明显少了。一切似乎都安排好的，突然静下来，天地间有种无遮无拦的空洞。这种时候，二桃能远远地看到那片寂静的闪着银光的水面，还有那间低矮的深褐色的棚子，那是金成家的鱼塘啊。二桃的眼底渐渐泛起一层微红，迎着风，晶晶亮亮的浪花就在里面跳动着。这种时候，二桃耳边会很奇怪地响起红帽子以前说过的那些话：将来呀，你们这里会变成一片浩瀚的大湖，变成真正的鸟的天堂。

……这一年眨眼就过去了。也许是两年或者三年，都像是这么眨眼间溜过去的，没有留下丝毫痕迹。现在的白银湖却是大不相同了，宽阔的没有方向，接天连日，湖水静谧着，一开春，水便绿得泛蓝，成群结队的鱼儿在湖中嬉戏，一年四季垂钓者络绎不绝。那些芦苇丛齐头齐脑的，一看便知是经过一番精心修剪过的，像一囤囤绿色谷仓凸现在湖面，大小的摩托艇鱼鹰一样在水面上呼啸着飞来飞去。湖心还有人工堆起的一座岛屿，密密麻麻地植满了树，数不清的鸟儿栖息在岛上，把这里聒噪成另外一片天地，游人若想去参观，得多花十几块船票，而且绝对不允许带火种和猎枪。站在高速路的空架桥上望过去，那些广袤的水田是再也看不到了，永远沉没在庞大的湖底，还有许许多多条迂回曲折的小路和沟沟渠渠，路上曾经留下的成千上万的人和牲畜的足迹以及丢落在上面的一粒粒稻谷和一颗颗牲畜粪便，都埋藏在水里，世上有多少过于寻常的事物都掩盖在表明的平静和繁盛之中了。

一切都仿佛风轻云淡了。这一年，抑或是两年三年，二桃倒也学会了很多东西，学会了顺其自然，也学会慢慢地忘却。她身边发生过桩桩件件的事情，比如金成到底还是跟另外一个女人结婚并生了一双女儿；比如三杏终于考到南方一所地质学院念书去了，三杏说自己将来也要像红帽子那样到田野里无拘无束地工作；再比如爹有一晚吃过饭坐着坐着突然就一头栽倒再也没有醒来……只有二桃和大草还相依为命着。二桃在湖岸的停车场摆了个小货摊，卖一些旅游纪念品、游泳衣和饮料什么的，旺季时候生意相当不错。大草现在似乎懂事多了，帮二桃看摊子时两只眼睛盯得紧紧的，遇见想买东西的客人过来，他就朝人家嘿嘿地憨笑不停，还会慢吞吞地说些欢迎、谢谢、下次再来的话。客人见他像个孩子似的好玩，再一看站在大草身边的二桃，似乎从中看出了什么名堂，也不顾着挑拣和砍价，大大方方地拿了东西便走。

唯独黑夜显得冗长，多少年来好像没有一丝变化。天空像深黯色的湖面在二桃的窗前闪着微光，有月亮的时候，星星总是稀少。二桃不喜欢月亮，二桃更喜欢在睡不着的时候看那些细碎散漫的星光。大草的瞌睡永远又厚又浓，大草在梦里呼喊爹妈的时候，二桃的眼里会溢出一行清泪。妹妹隔三岔五寄一封信回家，二桃常常会把信仔仔细细看了一遍又一遍，晚上睡觉前还要把信轻轻压在枕头下面，唯独这样，二桃才能睡踏实，可一旦睡着了，二桃又会重复以前不知做过多少次的那个梦。

梦里还是一面大湖，周围还是许许多多的小湖紧紧相连，都明镜似的荡漾着银白的光。一个小女孩在湖边寂寞地行走，她总是一脸的茫然，好像迷失了方向，永远也走不出这连绵不绝的湖光水色……

向葵头上的野烟

甲

向葵那年顶多也就是七岁过一点，身子骨细细瘦瘦的，头发又稀又焦，皮肤蜡黄蜡黄的，一年四季面皮跟屁打了似的不受人看。

向葵的颈根是一截藕白色的嫩肉，跟个小姑娘似的，颈根上面悬棱着一颗干巴巴的大脑袋，而整个脑袋上最引人注意的又是那双招风耳。两片耳叶整日间呼扇着，像一对在太阳光底下挥舞着透射出赤红色翅膀的蝙蝠。冬天的时候，一双亮晶晶的清鼻涕总是悬挂在两片嘴唇之间，一吸一垂地动着。

通常，别人讲话的时候向葵总喜欢站在一旁，偏着脑袋一门心思看着对方，模样十分的谦卑。向葵的个头又是孩子群里最矮小的一个，他所采取的这种比较特别的站立或倾听的姿势，正好给人一种葵花向太阳的粗浅印象。

尽管向葵听话的样子又谦卑又乖巧，但事实往往不以他虔诚的意志为转移，他一直无法摆脱被别人欺凌的命运。在我们的每一次玩耍或集体行动的过程中，向葵总是让我们中的任何一个人吆来喝去做这做那，而他只有唯命是从。

比方说吧，我们要去沟里凫水，向葵就得用手支撑着下巴颏悄悄蹲坐在岸上给大家伙儿看好衣服和鞋子；我们如果打算去园子里偷摘一些梨、苹果、葡萄什么的，他就得老老实实地替大家伙儿站岗放哨；若是我们要跳马或骑毛驴之类的游戏，他必定又是驯服的马或小毛驴，随便我们在他身上胡乱折腾一番并且任劳任怨；假如哪次运气很差的话，我们做了坏事又恰好给社员们发现了，我们兔子一样拔腿就跑，唯独将向葵落在身后。

向葵身体本来很瘦弱，跑起来慢吞吞的，像一只病乏的羊羔，眼看被看管园子或菜地的社员当场捉住，他就只好替大家背黑锅当替罪羊了。有过那么几次，那些社员似乎明白了其中的原委，明明放下跑在最后头的向葵不捉，却反拼了老命撵上来逮我们。这种时候，我们都骂向葵真是没用。

总而言之，向葵是一个既无关紧要又不可或缺的角色。

这一点上又颇有些类似于村子里的某种人事格局，尽管那时间我还不大明白成人世界里的种种规则。在社员们中间，有一个人的存在的确跟向葵生活在我们之间的情形有点相似，也是既无关紧要又不可或缺。

我这里说的这个人就是住在队部那间低矮的小窝棚里的癞呱子脸。其实，癞呱子脸当然不是他的真名，大伙儿不知晓他姓甚名谁，只知道他是个外来的穷困潦倒的流浪汉（那些年像他这样的流浪汉到处都是，他们经常出没在村子周围，哪个队里缺重劳力就会将他们收留下来给口饭吃），年纪在四十岁上下，或者更大一些。至于癞呱子脸，主要是形容他那张奇怪的花花脸。他的脸远比戏里的人物的油彩花脸还要稀奇古怪。

事实上，到现在我对癞呱子脸的印象已经十分浅淡了，倒也不是说我是个很健忘的人，我相信没有几个人还会记得住他这样一个人。

在一个村子里，的确有许许多多重要的人物，我所深深记着的多半是这些有头有脸的人。之所以说他们非常重要，是因为他们在当时的农业社里举足轻重，我们吃的粮食或蔬菜都得由他们一一分配，一户人家的吃食全在他们的手心里紧紧攥着。粮食多一粒少一粒，完全取决于这些重要人物的喜乐和心情，而分配的标准往往又是由每家每户全年的劳动力及工分总数目所决定的。那些重要人物在掌管粮食和菜蔬的同时，他们更是一年四季都像驾驭牲口的老把势那样，牢牢地拽着套在大人们脖子上那根看不见的绳索，吆喝大家往东往西干这干那，他们则悠闲地倒背着双手，在田埂上吸着纸烟转来转去。

那时我们既战战兢兢地做着一些偷鸡摸狗的事儿，又格外担心那些重要人物会抓住我们的一些把柄而要挟大人们。但是，那时候我们除了揣着一颗惶惶的“贼胆”之外，满脑子和满肚子里都是馋涎和饥饿。我们什么都想吃，瓜果、玉米棒子、毛豆秧子，反正，只要是地里长出的东西，树上结出的果实，成熟的或半生不熟的，没有一样能逃出我们的视线和胃口。不过，我们还是很害怕那些大人物的，因为一旦惹火了他们，我们的日子肯定会很难过的。

至于像癞呱子脸这样一个卑微的外乡人，我们几乎没有怎么正眼瞧过他。很多时候，我们觉得他像一条猥琐的老狗，寂寞地守在那里。我到现在已很难清晰准确地描述他的相貌，或者说，他在我眼里只是一团非常模糊的印象，是浓雾一样的谜团。唯独还能记起来的恐怕就是他那奇异的肤色。他的两只袖子总是很长，几乎苫住了手背，不论春夏秋冬，他从来不把袖子卷起来，更没有穿过一件短袖子的汗衫。偶尔露出来的手背在人眼前迅速一闪，像黑夜中的一道电光，刺目惊心的惨白。他的颈根和两只耳叶的后部以及多半个脸庞也都被那种刺目的惨白曲曲歪歪笼罩着，他的头皮就像白色的搪瓷缸子那样雪亮雪亮的，头发也不是普通的黑色，而是像电影里外国人那样赤黄着。没有人告诉我们他的皮肤是怎么了，为什么会弄成那样瘆人的白色。

当然，等长大以后我才知道，那只不过是一种病，一种常见的皮肤病而已，没有什么可大惊小怪的。但那时候我们却认为问题一定十分严重，严重程度一点儿也不次于当年“苏修”和“美帝国主义”对我们的虎视眈眈。

与众不同的奇怪模样使他的存在成为一种白色的不祥，一只白色的神秘幽灵。癞呱子脸原先并不是村里的人，据说他是在许多年前的一个深夜悄悄来到这里的，谁也不知道他为什么会来到我们这个村庄，正如谁也不清楚他那可怕的白色皮肤究竟是怎么一回事。

那一年冬天好像特别寒冷，村子里的那口老水井都冻死了，井台子周围结了山丘一样巨大的冰团，将井口围困在当中，离水井稍远一些的地方是一道一道蜿蜒开去的冰凌子。水井忽然间成为一只发着白光的险恶的冰洞，使人望而却步。那口井就打在队部那排土房子前面，那几间房子就是队里的那些重要人物经常出入的地方，其中有一大间是库房，常年挂着一只将军不下马的黑铁锁，锁头有些生锈了，显现出鲜艳的氧化物的锈斑。库房的两扇柳木门平时是很少打开的，一旦敞开了门，必定有重要的事情发生，而且多数情况下是很好的事，是可以让大伙儿为之欢喜一阵子的，比如分粮分肉分果子菜蔬什么的。分东西是天天都期盼着的事情，否则，家家就得喝西北风饿肚皮。

冬天的日子最难熬啊，粮食没有了，蔬菜也没有了，就连生了一拃多长绿芽子的土豆都吃得精光了。日子眼见就快撑不下来了，可库房门上依旧整天挂着冷冰冰的黑锁头，让人感到无比沮丧。

我还记得悬挂这把半尺长短的将军锁的铁门镣子（链环）有一个十分显赫的作用，这在当时几乎是一件无坚不摧的瑰宝。我们这些孩子因为白天胡乱找东西吃，不管是树上的还是地里的，只要可食，都被我们想方设法弄到手，生生地吞进肚子里去，可随之而来的是上火和令人难以忍受的溃疡，嘴唇口腔内壁和舌苔上都生满了大大小小的水疱，一到天黑回到家里就疼得龇牙咧嘴哭爹喊娘。

那时候可不比现在，有很好的医疗条件，生了病多数情况都得乖乖忍着。有时候实在忍不住了，便被母亲拽着手臂去队部刮那种包治百病的铁门镣子。挂着将军锁的铁门镣子又长又粗，母亲们都相信它能刮去孩子舌苔上的水疱。通常要用铁门镣子在舌苔上刮七七四十九下（为什么非要刮四十九下，我从没有考证过，估计是一种迷信的说法），但心一定要诚。心诚则灵。刮舌苔的时候得默默数着数，绝不能有半点声张和不敬的言词。

我小时候舌苔上经常生那种恼人的水疱，没少受过这种冰冷的“刮疗法”。母亲一般都是选择夜深人静的时候带着我悄悄出门的。在寒气逼人的夜色中被母亲紧紧拽着小手，脚下踩着硬邦邦的土路，有时头顶会有一圈皎洁的月光在深暗的天空里幽幽地闪耀着。我走得极不情愿。母亲却是满脸的肃然，像是要去做一件多么神圣的事情，一路上都不跟我说半句话。等走到队部库房门前，母亲早迫不及待地将我推搡到那高高的门槛上。

母亲站在门槛下，用双手稳住我的小身体，生怕我会掉下来似的。

她说你快刮吧，听话，刮完就不疼了。

我幼小的心委实惶惶惴惴的，一只手已经够到了那冰冷的门镣子，我甚至还有意碰了碰那把黑黑的铁锁，它竟纹丝未动。锁身在月光中浮着一层清冷的霜辉，似在不屑地嘲讽我们的愚昧。母亲又在下面催促了，还死站着干啥？你倒是快点刮啊！

我便顾不得许多，手里的门镣子已经在伸出来的舌苔上慌忙刮动起来。

我在心里默默地数着。母亲也在轻轻地替我数数。通常，我数着数着就数忘了，不知道下面该是第几下。只记得坚硬而又冰冷的金属在自己的舌苔上一下一下刮摩着，唾液都是咸涩的，舌头渐渐木了，僵了，最后完全变成一块硬撅撅的石头，动也不能动了。

当母亲宣布结束的时候，舌头好像完全不是我自己的了，怎么也收不回嘴里来。回家的路上，母亲问我还疼不疼。我木讷地摇摇头。我说舌头好像胖胖的。母亲说那是麻了，麻了就不疼了。果然，第二天那疼痛似在减轻，吃东西也觉不出什么味道，像在嚼一团棉花。再过上三两天，舌苔上的疮疱竟自动消失了。好了伤疤就忘了痛，接下来，我又开始跟着大伙儿一起寻找一切可以吃的东西，以抵御无处不在的饥饿。

但是，我永远也无法忘却那个寒冷的腊月天。那天夜晚，似乎星星很稀少，月光洒满了结霜的土地，我和母亲踩着薄霜覆盖的青白色小路，影影绰绰地朝队部的方向走去。这大概是我最后一次跟着母亲去刮自己溃疡得一塌糊涂的舌苔，那天晚上以后，我再也没有采用这种古怪而又荒唐的治疗手段。事实上，那晚之后，就连一向虔诚之至的母亲也不敢轻易再带我去那个地方了，她一定是受了巨大的惊吓。

那是我第一次碰见他，那个卑微的癞呱子脸。

这之前，我从来也不曾见到过如此可怕的一张活人的颜面。母亲一定是被他的样子吓坏了。女人的胆子毕竟很小。母亲后来一直近乎顽固地认为那晚自己撞到了鬼，就是传说中的白脸无常。所以，在相当长的一段时间里，天色稍微黑沉一些，母亲断然不敢出门走动了，就连上茅房也要我们几个孩子陪着她出去。

许多年过去之后，当我读到维克多·雨果的《巴黎圣母院》，真正见识了卡西莫多那副丑陋无比的怪相貌："……那个四面体的鼻子，那张马蹄形的嘴，小小的左眼为茅草似的棕红色眉毛所壅塞，右眼则完全消失在一个大瘤子之下，横七竖八的牙齿缺一块掉一块，就跟城墙垛子似的，长着老茧的嘴巴上有一颗大牙践踏着，伸出来好似大象的长牙……这一切又都表现出一种神态，狡狯、惊愕和忧伤……"，我这才试着重新回忆起那年和母亲在队部库房门前的一次遭遇——这对于年幼的我或胆怯的母亲来说都不啻为一场噩梦。

我得承认见识贫乏或愚昧无知通常是人最致命的问题，它无端地给很多原本稀松平常的人或事涂抹上神玄乃至恐怖至极的色彩。人们总是习惯性地将自己想不明白的事情跟神啦鬼啦的荒唐东西联系在一起，对所有反常的表象统统以人死后的阴魂之类的想象物来替代或加以描述，使人们谈之色变，避之唯恐不及。回想那些年整个村子里的老老少少都是怎么对待一个皮肤病患者的，我依然感到心惊肉跳，感到头皮发麻、汗毛倒竖，也感到了一丝羞愧，仿佛过去的一切真的又在眼前重演了。

那天晚上，当我和母亲蹑手蹑脚来到库房门前并开始虔诚地进行一次溃疡治疗的时候，我和母亲不约而同地看到了那个猥琐的怪人，那个白花花脸的外乡人。或者说，他突然像一条伺机而怒的老狗从旁边的窝棚里警觉地蹿了出来。这之前，我们已经依稀听说村里新来了一个外乡人，就住在队部的窝棚下面，而且，是经过队里某个重要人物批准的，他可以住在这里，同时帮忙看管队部的房物，可是我们一直还没有看到他长什么样呢，因为白天他极少出门，总是蜷缩在窝棚里，不知在做些什么。

天气实在太冷了。当时我刚刚伸出自己的舌头，手里的门镣子和舌苔稍微一碰，我立刻觉得它们之间似乎胶性极强地黏接在一起了，就仿佛一块塑料落在火红的炉盖上，顷刻间便融化了并合为一体。

而癞呱子脸正是这时出现在我和母亲面前的。他的贸然出现使这个寒冷的冬夜突然产生了某种虚幻，产生了一种前所未有的空洞。或者说，我和母亲犹如失了魂魄的空壳忽然凝固在这虚幻的夜色当中。我们像两只失去操控的皮影儿，又因为失去控制而变得僵死和手足无措。我看到母亲的脸在月色中发出刀背一样的一层青辉，她的嘴巴一下子就张开了，好像已张到了极限，有一种撕裂般的疼痛与惶悚在脸上迅速弥散开来。

……我不愿记起却又不能忘怀的还是他那张可怕的脸，在月光中，那是怎样的一种白啊！那种惨白越发显得鬼魅飘忽、毫无逻辑，甚至于白得有些生冷和鲜艳了，那简直不属于常理中的一种颜色，使人无法想象这一面孔竟会是一张活生生的人脸。

后来能记住的就是自己奔跑时慌乱的声音。我和母亲拼了命在冬夜中狂奔，铿锵又杂沓的脚步声鼓点一般响彻黢黑阒寂的村巷，快到家门的时候，早就气喘吁吁的母亲，佝偻着身体接连用一只手背捶着腰身。我的舌头似乎有了知觉，我使劲咽着充满铁锈味的唾沫，嘴里有股令人作呕的腥味随着急促的呼吸不断弥散出来。

待回到家方才发现，我的舌苔上似乎少了点什么。我对着一块镜子照了半天，舌头上露出一只鲜红的血窟窿，显得十分荒谬，仿佛被什么东西咬去了一块。原来，当时自己大概太紧张了，竟被那该死的门镣子粘去了一块舌肉。我疼得哭闹了整整一宿，剧烈的疼痛和呜呜的哭号声使这个冬夜变得漫长而又不同寻常。哭声的背后是无边的恐惧阵阵袭来。那晚母亲搂着我睡，直到天亮，她的身体仍在一个劲儿地抖着。

翌日清晨，父亲到井边挑水的时候，远远就看见一柱浓浓的黑烟从队部门前升腾起来。井口旁燃烧着一堆炽烈的柴火，火光伴随着毕毕剥剥的声响在晨空中飘摇和咆哮着，封冻的井口正在慢慢地融化。融化中的冰在火光中熠熠生辉。父亲看见一个陌生的黑影正蹴在火旁，他的脸上闪跳着奇异而又古怪的红光。

父亲挑着空桶回来的时候好像说队部里新来了一个老哑巴，奇怪的是，他没有描述那张惨白阴森的鬼脸。也许父亲并没有完全看清楚，也许像父亲这样的男人是不会感到有什么恐惧的。

母亲依旧一声不吭，过了好一会儿，她才对我说，往后不许去那里耍！

当天下午，人们陆续从队部挑回来要吃的水，封冻的井口终于被烧化了。大伙儿的议论依旧跟那张丑陋的花脸无关。

乙

整个夏天，我们都把时光浸泡在清凉的渠沟里。水才是这世间最神奇的东西，水可以包容人的身体以及身体中的所有污垢和缺陷。它看似无形，却以巨大的浮力拖举着我们赤裸而单薄的身体，让人感到无比的凉爽和惬意，感到自由自在，也感到夏日对于我们孩子的真正意义。

我那时候甚至开始怀疑自己是不是鱼类或泥鳅什么变成的。我是多么迷恋这种在水中徜徉的感觉啊，同时，也痴迷于这种胡思乱想。在水里，我们可以自由地凫来凫去，活像一只只无忧无虑的野鸭子，如果给我们插上一双翅膀，我们一定能飞了起来。可很快，我的这种猜测和妄想就不攻自破了，自然老师在课堂里口口声声说我们人类是由一种叫作类人猿的家伙演变过来的，也就是一种比较高级的猴子。很长一段时间，我感到非常失望，甚至有些淡淡的忧伤。这忧伤弥漫了整个夏天，像水一样在我脑海中流动，让人闷闷不乐，干什么都打不起精神。

猴子会凫水吗？我想它们肯定不会。它们只会在树上爬来爬去，只会傻乎乎地翻跟头做鬼脸！

在夏日阳光的炙晒下，我们每个人的皮肤都开始发红并由黄变黑，黑得有点不可思议。你可以清楚地听到阳光滑过水面和人的肌肤时所发出的细微的沙沙声，那种声音温暖而又舒缓，就好似一只慵懒的蝉虫在茂密的树枝里的一声声轻轻地鸣叫，把盛夏无限制地拉长。在水里待得时间久了，往往又会感到肚子里空落落的，会呱呱地叫，声音很听起来很龌龊，仿佛流动的水会迅速消解腹内的食物并裹挟身体的热量，使人感到一阵一阵的晕眩或肠胃痉挛。

我们只好无奈地爬上岸，懒洋洋地仰躺在晒得发烫的沙土上，两只手不停地将很柔软的细沙土捧起来撒在裸露的身体上。通常，大家都会先用沙土掩埋自己的阴部，好像那个地方是一种奇耻大辱。在水里时，我们一点儿也不在乎，好像它并不存在，可一上岸，我们立刻就感到阴部是多么的丑陋。将松软滚烫的沙土堆积在上面，使我们原本孱弱的躯体看上去更像一具具气息奄奄的女尸。

向葵那阵子一直都没有下过一次水。他的胆子忒小了，小得恐怕仅有黄米粒大。有时候我们动手烧死一只老鼠或捏死一只青蛙，他都显出惶惶不安的样子。看来，向葵也就只配老老实实蹲在岸边给大伙儿看看衣服或站岗放哨，他恐怕做不了什么大事情了。

在村子里，向葵妈更是一个谨小慎微的女人，她走路轻巧得有点异乎寻常。你根本不能确定，她是用两只脚一步一步走过来的，还是像一片轻盈的云彩慢慢悠悠地飘移过来的。那个沉默的女人在人前很少大声讲话，和社员们一起出工的时候，她总像是被谁遗忘在身后的一个寂寥无助的影子，扛着一把短锄或铁锨悄无声息地走着，脚步十分细碎、轻稳，仿佛一只巨大的雌性昆虫。

向葵妈的头上老爱遮一块大花格子的棉围巾，颜色已经捎得发白，她的刘海儿麦穗一样齐整地在前额上轻轻飘动，一双幽忧的眼睛恰到好处地藏在黑黑的刘海儿丛里，让人觉得她的眼神也是那么飘忽无常。向葵的性格也由此可见一斑，这让人相信书上说的那句老话，有其母必有其子。社员们当然说不出这么光鲜和深奥的话，他们只会讲啥样的虫子拉啥样的屎。虽然这是一种较为朴素的说法，但我不喜欢听他们这样谈论向葵和向葵妈。

那些闲散的时光里，我们总是感到空虚和无聊。无法满足的食欲在体内像许许多多细小的蛇游来游去。我们从地里捋来刚刚灌浆的麦粒，每个人的口袋里都装满了这种青嫩的谷物，还来不及剥去皮已经被嘎吱嘎吱嚼在嘴里，乳白色的汁液坠满了嘴角，一个个都像是刚从母亲的胸怀里钻出来的奶娃。

这种东西吃多了以后，便有一种腹胀的感觉，很不舒服，肚子里依旧咕咕地叫着，有些闹哄哄的，依旧饿得心慌，而且，还不停地放很响亮的屁，但不臭。我们知道，我们也许更需要吃上一点像样的东西，比方说，肉（想吃肉的念头也许又表明我们真的不是鱼或泥鳅之类的东西变的）。可天空中空无一物，看不到任何一只鸟的影子。

或许这不能怪我们，我们还没有残忍到将天上的鸟全部吃尽。麻雀被民兵们用枪一只一只干掉了，那些侥幸没有挨枪子的鸟儿早就跑得不见了踪影，现在空余下瓦蓝瓦蓝的一片天空。

天气热的时候，我们甚至感觉不到一丝风吹过来的痕迹。我们感到无比的悲哀和绝望。天空没有鸟，地里的庄稼还没有成熟，渠沟里没有鱼儿游动的影子，有时候甚至连只青蛙也找不到，你简直没有理由不绝望不悲哀的。

那天晌午，我记得非常清楚，换句话说，凡是跟食物相关的事情，我都能记得清清楚楚。那天我们从水里疲惫不堪地爬上岸来，用双手抚摩着空瘪瘪的肚子，每个人都以最优秀的想象力拼命在想吃肉的感觉。可是，我们都对这种奢侈的感觉无比陌生了。换句话说，我们几乎忘了肉的香味，忘了肉汁滑过喉咙时的那种油汪汪的激动。我们已有相当长的时间没有闻到过肉腥味了，更别提吃。

都说无事生非。而我却相信，无“食”同样可以生非。

我们疲惫地穿着各自的衣裤，无意间却发现坐在岸边的向葵嘴里似乎咕哝着什么，他虽然咀嚼得很隐蔽，嘴角连一丝缝隙也没有露出，就像没牙齿的老太婆那样，但他鱼一样鼓起的腮帮子已经说明了一切。这个诱人的细节还是被大伙儿发觉了。谁也不知道这家伙究竟在吃什么。这让大伙儿感到异常愤怒。

有难同当，有福同享。这是一条最起码的原则。众人纷纷提着裤子围过去的时候，向葵似乎已经将嘴里的东西迫不及待地咽进肚子里去了，他当着大家的面翻了一下白眼，面皮显现出因咀嚼食物和躲躲闪闪所带出来的一抹羞涩的红光。他接着竟做了一个非常惹人的动作。

向葵用粉红色的舌尖在自己的嘴唇周围做了一个三百六十度的滑转，然后使劲抿了抿嘴唇，颈根向上抻长了一下。这标志着他圆满完成了一次食物由咀嚼到吞咽的全过程，而且，还表现出某种意犹未尽的回味的快感。

当几只鸟爪一样肮脏的手粗暴地掰开向葵紧闭着的嘴巴时，有人甚至将鼻孔凑在向葵的嘴巴上面贪婪地嗅了又嗅。

向葵的嘴脸被扭曲得很难看，或者酷似一只茹毛饮血的小怪兽。

是好吃的！

挺香挺香的东西呢……

他妈的，好像是什么肉！

快说，你他妈偷吃的是什么？

说不说！

说呀？

揍他！看他老实不老实！

要不你搜搜他的兜，说不定里面还有呢。

连个屁也没有的！

往死里打这狗日的小气毛……

事实就是这样，众人没有从向葵身上找出任何可吃的东西，这是一件令人十分沮丧和懊恼的事情。正因为大伙儿不知道他吃进肚子里的是什么东西，所以由此而引发的诱惑和愤怒也更加明显和强烈。

我想，该死的向葵必须为自己的龌龊行为付出代价。

那天我们并没有揍他，甚至没有动他一手指头。

向葵本来就又瘦又小，跟豆芽菜似的，根本经不起几下拳头。不打倒也不是想便宜他，关键是我们正站在渠边，有更现成和直观的惩罚手段，而且不费什么劲。况且，大伙儿肚子正饿得急，又经受了某种未知食物的无端挑逗，确实没有多余的力气再浪费在这家伙的身上。我们只要将这个吃独食的小气毛剥光了衣服扔进水里就够他喝一壶的了。

向葵后来在水里呼天喊地扑腾时的样子才稍稍平息了大家伙儿满腔的愤怒。

当时，我只是感到有点害怕。我并不属于那种胆量过人的男孩，很多时候，我表现出的多是一些优柔寡断和郁郁寡欢。说心里话，我并不很赞赏这种有些残酷的惩罚方式，反正我是不会亲手去做的，可我也没有能力左右我身边的其他人。我只是忐忑不安地看着他们将可怜巴巴的向葵精溜溜地丢进水里，像往水中抛一颗蔫了吧唧的大白菜，眼前倒是激荡起很大一片浪花，令人多少感到有些兴奋。

向葵的尖锐的哭号声很快被流淌的渠水吞没了。

向葵的求救声开始变得断断续续，他的两只细瘦的手臂和大大的脑袋不时露出水面，拍击出的浪花也有气无力。看起来，刚才吞进他肚子里的不明食物并没有立刻转化成热量来支援他此刻艰难无助的挣扎。

他不会淹死吧？

淹死活该！

谁让他要吃独食呢。

我看算了，还是把他拉上来吧……

要拉你去拉，我们可没有劲了！

一伙人站在岸上七嘴八舌着，谁也不肯再次跳进水里管他，眼见着向葵在水中像一具浮尸那样越飘越远。

当向葵的半拉脑袋在远处的阳光里最后一次浮现出来的时候，我们几乎全部慌乱起来。情况不妙！看来这家伙连狗刨也不会啊。

向葵好像真的不见了。

就在千钧一发之际，我们看到前面岸边的树林里有个黑影忽地一闪，紧跟着一条黑色的弧线轻盈地落入向葵刚才消失的地方。几朵巨大的浪花立刻喷涌出水面，倏忽便又风平浪静了，仿佛眼前的情形只是一场梦境。

向葵当然没死。

向葵是被穿黑汗衫和黑裤子的男人从水里捞上对岸的。

我们躲藏在树后面，朝对岸远远观望。那个穿一身黑的男人正像拎一只兔子似的倒提着向葵的两只细瘦的脚脖子。向葵被倒悬着的脑袋，嘴巴死鱼一般张开，渠水白花花地从里面淌出来。

我们一个个全都看呆了。又过了一会儿，大家隐约听到向葵哇哇的呕吐声，活像个醉鬼，他还接连打了一串响亮的喷嚏。记忆当中，向葵从来都不曾打过那么响的喷嚏。这似乎不太符合他的个性。

这时，终于有人恍然大悟地喊了一声。

是他！是鬼脸！是他救了向葵！

众人面面相觑着。

这一突破性发现，使原本屏声敛气的大伙儿顿时骚动起来，每一个人都开始踊跃地发表自己的见解。

我爸说癞呱子脸的那张白脸比鬼都难看。

扯谎！你爸真的见过鬼？

听说他一年到头从来不洗一次澡的，不换一身衣裳，他比猪还要脏呢！

他的脸和身体都是白颜色的，就像……就像……像咱们公社饲养场的乌克兰大白猪那么白，我妈说他是上辈子作了孽，所以才遭这种报应的！

你们狗屁都不懂，他根本就不是人，是个鬼，是专门吃小孩的那种白脸吊死鬼，他白天从来都不出门，一到黑夜才出来捉小孩！

……那他现在为什么跑出来了？而且，他还救了向葵。

又是片刻的沉默。

这时，我们却看见他已经将向葵背在自己身上，然后摇摇晃晃地朝前面走去。

你们都看到了，我没有说错吧！狗日的向葵今天有他娃娃的好果子吃！

我们茫然地站在岸边，眼睁睁地看着那只黑色的背影在面前渐行渐远，我们的目光也被越拉越长。

我们大眼瞪小眼地相互对视着。说心里话，大家都开始替向葵提心吊胆起来，都觉得他还不如被水冲走好呢，特别是一想到癞呱子脸那副可怕的怪模样。

机灵一点儿的当即提议，我们还是赶快去找向葵他妈吧，兴许她有好办法呢，她不会看着向葵被那个家伙活活吃掉的！

于是，我们个个都张开双臂，像一群惊弓之鸟朝村庄飞奔而去……

丙

往事竟然会那么不堪回首！穿越时光的悠长隧道，自己依稀又回到了那年夏天的午后。想一想，如果当年没有我们联手制造的那场恶作剧，没有那次致命的惊吓，当然也没有我们对于食物那种近乎疯狂的贪欲以及对无辜者的不择手段，可能向葵完全会是另外一种人生。向葵或者会像我们中的许多人一样坐在整洁舒适的办公室里一边喝着飘香的茉莉花茶，一边慢条斯理地浏览当日的新闻晚报，而向葵妈也可能会被向葵接进城里过上十分幸福的晚年生活。

向葵上小学一年级的时候，他的语文老师坚持要把向葵这个名字改为向阳，因为用土话叫他的名字听起来总是像鬼像鬼的。老师说万物要阳光，葵花向太阳，向阳这名字又顺嘴又革命！老师当着学生说这段话的时候自鸣得意地扭着颈根。

其实，那时候村里经常放映一部叫《平原游击队》的战争片，里面就有个双枪李向阳，向葵改名以后，多少让我们挤对过他一阵子。都说，向葵看你他妈瘦得跟麻秆似的，你凭什么叫向阳！所以，轮到我们玩打仗的时候，向葵可就惨了，我们另外选一个高个子的扮演威风凛凛的英雄李向阳，而向葵本人只有当汉奸和小鬼子的份了。从那时候起，向葵的忧伤似乎与日俱增，他逐渐开始离群索居，我们玩耍得起劲的时候，他通常猫在很远的角落里观望。

有些事情要说起来难免会有点神神怪怪的，向葵那次被从水里捞上来之后，大概只剩下半条命了，突如其来的极度惊吓和恐惧使他从此简直跟换了个人似的。

那时我们几个惊慌失措的坏小孩土拨鼠似的站在向葵家的院子里，因为一路跑得太欢，每个人都大口大口喘着粗气，脸上的热汗漫漶不清。

那时向葵妈正在自家的伙房里和面，我们已然闻出空气中十分诱人的味道。我们的鼻子太灵了，就像一群馋嘴的狗或猫。向葵妈准备用粗稗子面搀上少许黑面粉给向葵烙几张饼。稗子其实是西北田野间极其常见的一种野草，牛羊牲畜都喜欢吃它。那些年地里的正经收成捉襟见肘，可稗子长势却蔚为壮观，稗子落下的籽有黄米粒一般大小，去壳碾成粉末后可以跟面粉掺和在一起食用，味道虽然有些苦涩，可聪明的母亲们会在里面加一些糖精、葱花或几滴清油，这样烙成的饼一样让孩子们吃得津津有味。祖母还在世的时候，也经常给我烙这种稗子面的葱花饼，有时候她还会想方设法地弄来香蒿菜末和在面里，吃起来就别有一番滋味。祖母笑眯眯地看着我不顾饼热烫嘴地嚼着，嘴里咝咝溜溜叫唤着，她就说吃了稗子面馍馍，你可别做败家子（这种说法大概源于败子和稗子谐音吧）。我当然不是什么败家子，可小时候坏事情确实没有少做，自然也少不了这一次对向葵造成的精神和肉体上的伤害。事实上，这伤害已经蔓延到向葵妈的身上，也蔓延到从水中搭救出向葵的癞呱子脸身上。

我相信有那么一刻，向葵妈根本没有弄明白我们在唧唧喳喳嚣嚷些什么。她站在自家伙房门前，灰色的围裙扎在腰间，两只汗衫的袖子卷得老高，露出很白的两截胳膊（向葵的肤色跟她很接近），她的双手沾满了面泥。但我感觉到她那探询的眼神正在我们当中一遍遍搜索着，我知道她一定是在找她家向葵。尤其是，当她的目光终于停留在我湿漉漉的脸面上时，我的胸脯开始剧烈起伏，就仿佛我们做的坏事全被她发现，而我躲躲藏藏的目光几乎不敢再同她对视。

我的嘴角抽搐了几次，但我始终没有说出一个字来。我不知道是什么原因迫使自己这样“守口如瓶”。我其实完全可以说出一切的。

你家向葵掉进渠里了！

不对！你家向葵是让那个癞呱子脸推进渠里的！

可他又把你家向葵背走了……

我妈说那个白脸鬼专门吃孩子的小牛牛！还喝小孩的童子尿！

……

众人的表述就是这样杂乱无章。

我清楚地看见向葵妈愣怔了一下。她一把推开我们，拔腿朝门外跑去的时候，她沾满面泥的手正好碰触在我的脸上，我觉得自己的脸像是突然被白色的蛇咬了一口，脸颊有一丝微微的凉意，仿佛伤口正在慢慢往出溢血。我用手摸了摸自己的脸，那并不是血，黏湿的稗子面泥颜色略有点发青，我凑近鼻孔闻着，觉得很香呢。

也许这世界上没有什么残疾比不会说话更为痛苦的了。即便是雨果先生笔下那个丑陋无比的卡西莫多也会对美貌绝伦的舞女艾斯美拉达尔说上一句最最简单而真挚的“美”，而癞呱子脸却不能。他是个相貌丑陋的哑巴，什么也不能说，或者，他根本什么也不想说吧，他住在队部的那些昏暗的日子里，我们甚至没有听见他像别的哑巴那样哇哇乱叫过。

基于此，我们完全可以想象当向葵妈突然间闯进他那间又黑又矮的土窝棚里，并以母狼般的凶狠的目光表达了她作为一个母亲的极大愤怒时，他一定感到莫名其妙，同时，为了不让眼前的女人目睹他那张阴森丑陋的脸面，他只有选择沉默并尽量躲闪在窝棚里最黑暗的一隅。

向葵妈在表达了她必要的愤怒之后，立刻扑向平躺在一堆柴草中的赤着身体的向葵，她把向葵抱起来便冲出了那间狗洞一样的窝棚。出来的时候，她带着哭腔对窝棚里人说，你往后少碰我家向葵！这是我们所听到的这个女人发出的最愤怒最响亮的声音。而此前和之后我们再也没有听到她这样说过话。

那天傍晚吃过饭，我背着我们中的另外几个人悄悄地将向葵的衣裤鞋子送回去。向葵妈坚决不让向葵出门，并把他反锁在房里。向葵妈大概为了表示对我的感激，从伙房里拿出半块稗子面饼塞给我，她说这是给向葵烙下的，你也吃上一口。

我走出向葵家院子的时候，蓦然转过头，却看见向葵正趴在堂屋的窗户前，方格子纸糊窗中央有一块小方玻璃，向葵整张脸都贴在那玻璃面上，神情显得非常哀伤和虚弱，他的目光犹犹豫豫的，仿佛失去了看我一眼的勇气。

那块稗子面饼我终究没有舍得吃，不知为什么，一想起向葵妈和向葵的样子，我就感到一阵心慌，竟忽然对美味的食物丧失了浓厚的兴趣。稗子面我一直揣在衣兜里，后来是母亲清洗衣服的时候才从我的兜子里面摸出来，它已经硬得像一块石头了。母亲把它捣碎和在猪食里喂猪吃了。

向葵被癞呱子脸恶毒地推进渠里的事情很快在村里传开。那时人的脑子似乎都是一根筋，谁也不愿意问个究竟，只是一味地指责癞呱子脸的居心叵测，有人甚至认为他是个十分危险的间谍或国民党特务，而他丑陋的外表只不过是吸引别人注意力的幌子，他是故意将脸弄成那样的（说这话时，有人还提到了老戏里的苦肉计），真正可怕的是他不可告人的目的。

那些家里尚有小孩子的母亲主动去队里找某个重要人物，她们希望癞呱子脸滚得越远越好，省得她们整天为自己的孩子提心吊胆。

这年秋天，向葵光荣地坐在村小学校一年级的课堂里，双手服服帖帖地背在身后，他的坐姿非常拘谨，像是被捆绑着似的，脸上很少有快乐的时候。同学们也不怎么爱跟他一起玩耍，他看上去一天比一天孤独。

秋天的最后一些日子，癞呱子脸被指派去外面烧野炕了，这大概也是村里为了消除民愤吧。队部的那间窝棚整天空着，看着更像一只狗洞子了。

丁

烧野炕，其实是一种制造农家肥的原始方法，那时候上头供应的化肥十分有限，种庄稼自然离不开丰足的肥料，地里除了要上牲口圈和家家户户茅房里的积下的那点粪土之外，每年秋后都要在地里大规模地“打炕”烧肥。

所谓的野炕，就是在地里临时搭摞起土坯台子，模样跟家里的土炕相似，最长的大概有十来米长，台子里面设计有迂回通畅的烟路。烧野炕的人像在家里烧炕一样往土坯台子下面填进大量的秫秸柴火和骡马的粪便，然后点火烧炕，从炕洞里冒出的浓烟遮天蔽日，整个萧瑟的田野顿时烟雾弥漫，甚至有股杀气腾腾的味道。

这种时候，每个生产队都在组织下面的人烧各自的野炕。所以，一眼望去，大片大片的广袤土地都被浓厚的一层青烟所笼罩着，偶尔有一两只黑影在其间微微地晃动着，大多是那些负责烧野炕的社员，又让你一时间分辨不清他们是在天上还是在人间。

这样每日持续不断地烧上十天半个月，炕基本上就烧熟了，炕土便有了一定的肥力，然后队上再组织社员们一起拆炕，炕拆了还要用榔头将那些早已熏得发黑发焦的土坯块和炕面子全部打碎。这种使榔头敲肥块的活儿多半是由女人去完成的，女人们手里一上一下抡着木榔头，嘴里不停地谝着张家长李家短的闲传，用不了两天工夫，炕坯全部敲得粉碎了。可这并不算结束，接下来还得把这些肥土用锹瓷瓷实实地垛积起来，垛得高高的，这叫焐肥，就是让肥土再充分发酵，直到来年春耕前使用。于是，地里一时间鼓起来无数只圆圆的土丘，深秋的土地犹如哺乳期女人的胸脯顷刻间丰盈起来。

癞呱子脸整天在浓烟弥漫的田野里走来走去，仿佛是上帝派来的信使，虔诚地守护着这些看起来像一座座寂寞的坟墓一样的野炕，不时地用他手中熏得漆黑的木杈子朝炕洞里续填着秫秸柴火。一道道闪耀的火光随着木杈子的来回运动越发肆虐不羁，癞呱子脸整个身体都沐浴在跳动不休的火焰之中。当然，奔放的火光偶尔也会十分鲜亮地映红他的脸，那些可怕的惨白似乎被火光倏忽消解了，使这个长时间保持沉默的丑陋的鳏寡之人像是迎来了自己生命中某种意想不到的重要时刻。但他也许并不觉得，他的生活注定是暗淡无光的，被火光照亮的脸庞也只是稍纵即逝的一丝温暖。默默无闻、任劳任怨、埋头苦干才是他的生活全部内容和意义。他似乎必须服从老天的这种安排，或者说他喜爱这样的安排。

有过一次落水的遭遇，向葵对水始终充满着巨大的恐惧。向葵妈拿着向葵的生辰八字四处去占卜，他们说向葵五行中缺火，忌水。所以，向葵后来一直是个旱鸭子，不会凫水，成为大伙儿嘲笑他的一个致命的把柄。一个乡村里出生的男孩子不敢去耍水，事实上他已经严重脱离了群体，或被这个群体排斥在外。

向葵跟自己同龄的孩子越来越疏远了，总是一个人行走在回家的路上，像一只迷失了群体的羊羔。其实，向葵自己开始喜欢沉浸于这种迷途之中了。这也许是一种比较令人担心的状况。可向葵自己肯定不觉得。

向葵认干爹的事情就发生在这一年秋天。

实际上，给孩子们认干亲的方式在乡下十分普遍，大凡哪家的小孩生下来就多病多灾的或是独生都要在附近寻一户人丁兴旺或比较投缘的人家作为这个孩子的干亲，为的是庇佑孩子一生平安、长命百岁。像向葵这样的孤苗苗认个干爹是再正常不过的事情了，队里很多人见了向葵妈的面都会不无怜恤地说，向葵妈你该早早地给娃娃攀下个干亲才对。

但是，让人们始料不及的却是，放着好端端的一村人不认，向葵居然认了癞呱子脸这样的一个外乡人做了干爹。这几乎成为当时一条极具杀伤力的爆炸性新闻。据说，向葵妈是听从一个颇有名气的神婆子的话才这样做的。

我记得向葵认干爹那天天气很好，那是秋天里少有的一个阳光灿烂的日子。队部前面的一排整齐的钻天杨在秋风里摇晃着微微发着金光的叶子，叶子虽然变黄了，却没有要凋落的意思，瓦蓝的天空因此透着几分怀旧的韵致。

癞呱子脸一早就被请到向葵家去了，很多人过节似的尾追了过去，想弄个究竟，我们更是把这一切当作稀罕来看待。我们早早冲进向葵家的院子里，个个像癞皮狗似的趴在他家的窗台上，久久不肯散去。两只腿脚空悬着，眼皮一眨不眨地透过玻璃朝里面观瞧着，生怕错了某个重要的细节。

我们看见癞呱子脸人模狗样地坐在桌子的上岗子位置，神情还是那么的卑贱和委琐，眼神中闪动着忧郁和茫然的白光，也可能是他根本不知道自己为什么会坐在那里。坐在他旁边的是队里几个重要人物和向葵妈的娘家人，他们有滋有味地抽烟或啜着缸子里的热茶。

而向葵却独自一个人躲在里间屋的炕上，像一只被囚禁的兔子，面色惶惶的，仿佛随时要吓得哭出声音来。当我们趴在窗户上向他招手叫喊的时候，他越发显得惶悚无助了，最后他完全将自己的头脸掩埋在被垛中去了，好像村里即将出嫁的姑娘似的，再也不肯抬起头来。

向葵后来硬是让他妈从里间屋的炕上连拉带拽弄了出来，他当着很多人的面给癞呱子脸行了大礼。向葵跪在地上磕头的时候，他妈在旁边一个劲儿地往下摁他的脑袋。那种样子的确很滑稽。不管怎么说，向葵有了自己的干爹。这该算是一件好事情吧。

我后来一直认为，向葵认癞呱子脸当干爹并不是毫无理由的，毕竟人家救过他一条命啊。也许还有另外一个原因，在乡下小孩子多被唤作狗娃、铁蛋之类的，人们笃信贱命好活的说法，而向葵之所以认一个鳏寡卑微的人作干爹意思大概也在于此吧。可那时，我们没有一个人这样想过，至少我没有，我们除了有种幸灾乐祸的冲动和快乐之外，更多的是觉得向葵这家伙也许要倒大霉了。

癞呱子脸在外面烧野炕的那段日子里，向葵默默地承担了一个干儿子应尽的义务，虽然他的默默付出在很多情况下都是很无奈的。向葵妈也许出于怜悯，她总是想方设法地从自己的口粮中挤出一些食物，和面的时候多舀一小勺面粉，焖干饭的时候多下一把碎米，盛饭前总是预先留出一份，等向葵散学回来吃过饭，就嘱咐向葵给在地里烧野炕的癞呱子脸送去。

后来向葵送饭的事情还是没有逃过我们的眼睛。那天傍晚我们跟踪了向葵去地里给癞呱子脸送饭的全过程。向葵手里拎着他妈用蓝花格子围巾包裹好的饭碗独自朝地里走去。那时天色已渐近昏黄，路边的杨树枝头上不时飘旋下来几片发红的叶子，向葵细碎的脚步伴随着沙沙作响的树叶被践踏的声音在我们前面移动。向葵胳膊上的力气很小，因此，他每走上一会儿就要将手里的东西更换到另一只手上，这时我们便能清楚地听见碗碟之间发出的碰撞声响亮地从蓝花格子围巾中飞溅出来，使我们不得不放慢脚步，生怕被向葵发觉。

很快，我们几个就跟随着向葵来到烟雾缭绕的地里，那些酷似一排排坟园般的野炕正在飘摇的青烟中静默着，它们的存在使秋天广袤无垠的土地变得更加萧瑟寂寥，甚至有股凄凉的味道。

向葵在前面的行走也突然变得飘忽不定了，那些距离地面很近的一层薄薄的野烟正在波浪似的微微浮动，它们宛若一缕悠长的青白的柔纱，随着暮晚的最后一丝凉风在天地间柔柔弱弱地起伏萦绕着。有时候，那层烟雾又突然停滞不动了，静默在天地间了。唯有向葵嫩声嫩气喊叫干爹的声音，在空旷的田畴中回荡。

此时，我们看见癞呱子脸跟幽灵似的从一片浓烟中慢慢地钻出来，他的嘴里发出十分喑哑的咳喘声。向葵一步步向他靠近。向葵大大的脑袋在野烟中轻轻地飘移着，如同一只即将升空的气球那样轻盈。当然，我们无法看清向葵脸上的表情，我们只是隐约觉得他从来没有这样轻快过，当他站在癞呱子脸面前将手里的东西递给对方的时候，我们看见癞呱子脸蹲下来用他那只惨白的手在向葵的头上亲密地抚摩了一阵。那一刻，我们都感到无比惊讶，甚至于目光都有点恍惚不定了。

说心里话，如今回想起这段往事，我不得不为向葵在癞呱子脸跟前所表现出的从容和亲近而感到羞愧难当。

遗憾的是，自那以后，向葵又重新成为大伙儿打击的对象，不论在什么时间，或什么场合，见了面总要拿送饭这件事情来戏谑他一番。

向葵咋还不给你干爹送饭去?

干爹都要饿扁了，你还不快回家给我端羊肉面去!

向葵我的娃，今黑我要去跟你和你妈睡一个炕头上……

向葵就死活也不肯再去给癞呱子脸送饭去了，后来我们发现这项工作彻底由向葵妈一手包揽了。向葵散了学就急急忙忙往家里跑，好像屁股后面跟着一群恶狼。他似乎越来越怕我们，这种怕仿佛是从一个人的骨头缝里钻出来的，一如我们曾经异常惧怕窝棚下面的那张惨白的癞呱子脸。

补丁

二〇〇一年夏天，我在北京的八里庄鲁院进修，周末通常是一个人待在寓所里写东西或看书。北京的初夏时节已显得异常燥热难耐了，窗外的梧桐树耷拉着叶子，无数蝉虫憋足了劲，在枝头一刻不休地聒噪着，爬山虎在对面的楼墙上懒洋洋地沉睡。外面一丝风也没有，正午的阳光白花花的一片炽烈，钢筋混凝土的气味不断升温并横冲直撞地涌进寓所里来。

二十多年前的那个夏天并没有现在这样燥热，可二十多年前的那个夏天我们却终日感到饥肠辘辘，因为饥饿难忍，那时候我们几乎可以不顾一切，甚至可以做任何坏事，包括将一个弱不禁风的孩子剥光了衣服扔进渠里并袖手旁观。

那天偶然收到一封家书，竟是我弟弟写来的，信的内容并没有什么特别，无非是向我说说家中琐事、母亲的身体情况以及他自己的工作和人生大事（弟弟已经到了谈婚论嫁的年龄），等等，倒是信的最后一段话使我忽然陷入某种痛苦而恻隐的回想之中。

我不知道弟弟写下这段跟家事毫不相干的话的真实意图，信里说：“……哥你还记不记得以前那个向葵？前一阵子他妈来过我们家，说他很想见你一面，她还向我打听你在北京的通信地址。可最近听说他又住院了，眼看命快保不住了，他妈整天哭哭啼啼的，很可怜……”

我一时愕然了。惊愕之余，不免感到有些难受，心里不着不落的，像是被什么人猛不丁在后脑勺用力击了一掌，而拍我的人却故意躲藏了起来，我感觉好像蒙蒙的，又似乎有所警醒。

那一年我从北京回来的时候天气正热。那种暑气逼人的热浪快要让我喘不过气来了。看来，我的打算根本就是错误的，我原以为老家这边要比北京凉快许多的，事实一点也不是这样。全球一体化，也可能首先是全球一起热吧。燥热异常的空气无处不在，有时真让人感到绝望。

这天下午，我在弟弟的引领下去见向葵。当然，我们不是在乡间小路上行走，这同样也是一个令人忧伤的变化，虽然这变化是那么翻天覆地和不可抗拒，它让城乡差距似乎一夜之间缩小。和我母亲一样，向葵家也分到了一套单元楼房，所以，我永远也看不到那些曲曲弯弯的覆盖着泥尘的小路，看不到遮蔽阳光的成片绿荫，看不到邻里之间相互依偎着的院落，也看不到从遥远的地方飘飘荡荡而起的乡村野烟，而曾经被那些柔慢缥缈的烟雾所团团包围着的羸弱的身体和大大的脑袋，此刻正恹恹地躺在病榻上，他看上去似乎比过去更加瘦小，又仿佛他从来都不曾长大过。

向葵已经不会说话了，不是不会，而是不能。他的目光断断续续地在我的脸上滑过，似在寻找什么，又好像只是一次空洞乏味的眼皮微跳。大概是因为这些年我离开得久了，向葵妈几乎没有认出我来，弟弟把嘴贴近她的耳旁反复给她介绍我，她才恍恍惚惚记起世上确有我这样一个人。从少年时期至今，向葵始终被各种各样的病痛纠缠着，脑膜炎、肺结核、肺气肿、肝炎、胆囊结石以及可怕的哮喘等，向葵妈为了保住向葵的命，这些年算是吃尽了苦头。在我看来，向葵身上最大的病根或许正是那种无边的忧郁和恐惧。

许多年前的一个晚上，向葵无意中发现了自己的母亲跟癞呱子脸的私情，向葵也许整个人都傻了，他必定无法接受眼前发生的一切。那一年向葵就要离开小学校了。那天晚上向葵妈做了一顿很好吃的羊肉臊子面，向葵注意到母亲特意先盛出一大海碗并用碟子扣放在锅台上。我无法想象向葵发现母亲往那只他曾给癞呱子脸送过多次饭的碗里盛面时的复杂心情。中间，向葵自己到伙房盛面的时候忽然瞥见了母亲放在墙角下的一摊鼠药，药的颜色红红绿绿的，好像一堆被孩子们遗弃的糖果。

癞呱子脸在死后大约第三天早晨才被人发现，那同样是一个夏天的早晨，队里当时正准备给麦地淌水，每年淌水都涉及一个水源优先使用权问题，生产队之间总要争得你死我活，所以，队上就得派一个硬棒的人去看闸。他们看准了癞呱子脸，认为他是最合适的人选，他是个丑陋无比的哑巴，别人拿他没辙。可是，当队干部探身去喊窝棚里的癞呱子脸时，一股浓烈的腐臭从棚口漫溢出来，数不清的绿头苍蝇呼隆一下朝人面扑过来，人脸一阵生疼。

显然，对于像癞呱子脸这种人的死亡，没有什么值得惊奇的。人们只是觉得鳏寡人就是可怜，死了那么多天也没一个人知道。癞呱子脸被葬在村外的一片荒滩上，每年清明节，他的坟堆上都有一些烧化的纸钱，他们说那是向葵妈给他烧下的，可是，我一次也没有遇见过，大概是偷偷去烧的，她不想让旁人看到。

向葵在弥留之际终于把自己那年往面碗里投鼠药的事情说了出来。向葵妈死也不相信，她哭着说，我娃娃的胆子比针尖还小，你听他满嘴说胡话呢……说着，她一把搂紧依旧瘦瘦小小的向葵，哭得一塌糊涂。

那一瞬间，我的眼泪也止不住淌下来了。

父亲的婚事

一

若不是让小妹半夜三更打电话吵醒，父亲的那档子事他还一直蒙在鼓里。寡廉鲜耻！程仁脑子里闪电般蹦出四个字来。想到当事者究竟是自己的老父亲，马上又觉得，这种思想苗头来得太过尖刻，甚至不无恶毒。但是，他又分明听出小妹的倾诉声里，还带着那种蒙羞后的难堪、震怒后的余火，以至于跟他这个长兄讲电话时，还有些怒不可遏的火药味道。

大哥，你说说看，老爷子他咋变成这鬼样子了，亏他做出这号丢人现眼的事……我都替他感到害臊！

萦绕在程仁眼皮周围的朦胧睡意，顿时让电话声震得无影无踪，他后背不无颓废地斜靠着床头，下意识地从床头柜上摸出一根香烟，又尽量侧过脑袋，手机夹在耳朵和肩膀头之间，火头一亮，第一缕烟气就从两只鼻孔喷了出去。迷幻的烟雾在黑色的空气中有些黏稠滞涩，跟现实纠缠不清的样子，半天也不愿意轻易散开似的，一味地笼罩在宽大的红木床头上方。唯见天花板的吸顶灯上的那几串水晶玻璃珠子，在烟头明灭间，闪射出一丝诡谲的亮光，隐约可见一只小小的人影，像只幽灵，不露一点儿声色。

这是他的老习惯，不管何时，只要从床上爬起来，头等大事就是先点一根烟熏上再说，离开了这个兴奋剂，他的大脑就会一片空白，无法运转，更不能集中精力去思考那些棘手的问题。习惯成自然，这世上几乎每个人都是依赖性动物。老婆被烟呛得咳嗽两声，猛地翻身坐起，头发葳葳蕤蕤披散着，活脱脱电影里诈尸女鬼的样态。让不让人睡觉？三更半夜接电话，还抽烟？你可真够烦人的！老婆满嘴嘟哝着，忽又怒气冲冲地下地奔向卫生间去了，他们住的主卧有个单独的卫生间，嗞嗞的一股细水声从隔壁传来，清晰入耳，接着就是马桶喷水的轰鸣声，带着一股女人的怨气，彻底打破了这午夜中的沉寂。电话那头，小妹程信还在不停唠叨，简直跟那个著名的祥林嫂一模一样，程仁却始终不置一词。大哥，你倒说话呀，咱们得连夜想出个法子，不能由着老爹这样瞎胡闹！好了好了好了，我知道了，你先睡吧，有啥话咱天亮再说，行不？天塌不下来！他可不想惹得老婆半夜里跟自己置气，就急匆匆挂了小妹的电话，想了想干脆连手机也关掉为妙。

可事情并不能都像手机那样随时挂断或关闭，相反，它就悬在半空，不明不暗，不阴不阳，不上不下，或者就像一把利刃，闪着银光，随时会掉下来，在自己的脸上或身上，砍出一道深深的血口，留下永久的疤和刻骨铭心的痛。很快，老婆就从卫生间踢踢踏踏回来了，程仁赶忙在烟缸里掐灭了烟头。烦死了，刚才谁的电话？老婆的身体气哼哼地埋进被子里。他轻描淡写地回了句，还能是谁，程信的呗。老婆倒是不再纠缠此事了，却很用力地往她那边扽了一把被子，像是要故意报复一番他似的。程仁的半拉身体立刻就裸露在外面了，他那汗毛浓密的大腿，活像一只古怪的道具，突兀地搁在被子外面，显得格外丑陋。房子换大了，床也变宽了，可被子似乎还是那么大点，两口子挤盖一床被子，就像爱情电影里的那些痴男怨女似的，想想实在是很荒唐的一件事，他早就想刷新旧弊，搬新家前就放话出来，说还是个人盖个人的被子来劲，谁都别影响谁，睡得舒坦些。可老婆却死拗死拗的，说什么你要造反吗，想换被子，干脆连我这个黄脸婆也一起换掉吧，要不咱就分床，各睡各的好了。女人总是这样：小题大做。男女结婚图什么呢？不就是图个天天睡在一起，一床被子盖着多贴心，收拾起来也方便啊，弄两床厚被子堆在那里，鼓鼓囊囊收拾起来不嫌烦啊！老婆总是常有理。这种时候他只能委曲求全了。

现在，程仁不得不把身子往中间靠拢，尽量去迁就老婆。他知道有时迁就女人，就等于迁就了婚姻，迁就这个家，结婚有二十多个年头了，儿子眼看就要大学毕业了，他当然懂这个理，凡事都要认真计较起来，准得搞得鸡飞蛋打、家破人散。老婆本来背对着他，见他无声地靠拢过来，才把自己的身子柔柔软软地摆平了，她连着打了两个哈欠，一股女人的香酥气息，就在程仁的鼻息间游走起来，老婆的一只手曼妙地落在他的胸口上，稍作停留，指尖便若有若无地挠动起来，他的胸大肌微微地颤了几颤，老婆便热乎乎地侧过身子朝他黏来。老夫老妻了，对于彼此的需求都太熟稔了。这自然是老婆发出的信号，放在往常他准会兴奋起来，就势翻身，将对方压在下面，程式化地癫狂一番。可今夜，或者说此时此刻，程仁一点儿心思也没有，非但没有，甚至都厌恶起那种事了。

小妹的话几乎密不透风，灌满了他的脑壳和每一根神经。根据程信那通颇为露骨的描述，他能想象老爹在家都干了些什么。一个六十五六岁的老头子了，那方面还蛮有需求的，在外面找了女人不说，还明目张胆地往家里带，压根儿不把自己的儿女们放在眼里。看来，这回是要动真格的了，听程信说那女人还拖着个小油瓶子，这叫什么事啊？小妹程信今年也是奔四的年纪了，因为她家住的离老爹最近，又是小女儿，自从母亲病逝后，照料老人的任务就自然而然落在她肩上。其实，老爹的身骨腿脚都还硬朗，平时小妹也就是隔三岔五过去看上一眼，顺带买点生活用品，再帮着拾掇一下屋子。等到节假日，大伙儿才会一起过去，给老人做顿好吃的，陪他说说话聊聊天。几个人事先讲好的，程信主要负责出力，他和程礼兄弟俩则每年都拿出点儿钱来交给小妹，权作是大伙儿一起孝敬老人的。今天已是腊月二十三，小年了，再没几天就是除夕，小妹当然得惦记着过年的事，想去问问老爹需要置办点儿什么年货，过两天她好一并去采买。没想到那个小寡妇和小油瓶子都在，瞧那意思，他们仨已经其乐融融地过上小日子了。房间好像收拾得一尘不染，最可气的是，阳台上居然晾晒着一套艳粉色的胸罩和内裤，一看就知道是新买回来，刚过了一水，连标牌都没来得及剪掉，这八成是老爹给那个小狐狸精买的呗。还有让人感到气愤的，本来程信是想等那女人走后跟老爹好好谈谈，可老人竟然当着外人的面说，没啥事了，早点儿回去吧，这里用不着她操心。这无异于下了逐客令。小妹回到家后觉得实在窝火，躺在床上翻来覆去睡不着，越琢磨越觉得事态非常严重，后来终于忍不住爬起来给大哥打了电话。

像是要逃避老婆突如其来的温存，程仁也装模作样地上了一趟卫生间，顺手带了烟躲在里面一个人抽起来。尼古丁的气味迅速聚集在有限的空间里，他仿佛置身于不久前去北京出差所遭遇的那种无所不在的雾霾当中，整个人忽然失去了方向感和平衡度，思绪都变得漫漶而又滞涩了。母亲离开他们时的样子又艰难地浮现在眼前，那实在是不堪回首的，若不是今晚情况特殊，若不是事情赶着，程仁是不愿意再去想这些的。病入膏肓的母亲，早被大夫判了死刑，一次次可怕的放疗化疗，几乎把一女人彻底摧毁了，没有头发，没有眉毛，没有女人最起码的样子，皮肤苍白得像一层薄薄的窗户纸，浑身上下尽是干柴样骨头，剧烈的疼痛如影随形，每日就靠注射盐酸吗啡或杜冷丁来缓解。有那么半年光景，兄弟姊妹都不停地奔走在医院和各自的家庭之间，忧愁、叹息、无奈和眼泪一刻不曾停止过，后来还是父亲做了个断然的决定，说别让你妈再受这号罪了，让她痛痛快快走吧。至今想起，那最后一幕还有些惊心动魄的罪恶感。大妹程智大学毕业后，一直留在外省工作，成家以后每年春节举家回来一趟，那次应该是程智在这个家里度过的最长的一段日子。程智一直都不赞成安乐死，她甚至为这事跟父亲拌过几次嘴，照程智的意见，应该立即带着母亲去外地寻求更好的医院和治疗，但父亲死活不依，说既然是绝症，何必让你妈那么遭罪，甚至还说，将来要是他也有那么一天，你们几个赶紧让我走，千万别花那冤枉钱。后来还是开了个临时家庭会议，就在住院部楼下，那个简陋的小凉亭里，还能怎样，他和弟弟程礼后来也都点了头，男人总是更理智一些。小妹其实也不忍心，只是一个劲儿地哭，不表态。父亲就说，那就算三比二，少数服从多数吧。大妹恨得咬牙切齿，不等父亲把话说完，就扭头跑回母亲的病房了。母亲走后，连着几个春节，程智都不肯回家过年，只是在三十那晚，给程仁他们发发短信，或打个电话拜年……

讨不讨厌，进去老半天不出来，你便秘啊。老婆的抱怨声再度响起时，程仁才慌忙摁下冲水开关，水流声咆哮着，像个颓废的中年男人，被谁惹火了正在找地方发泄。他磨磨蹭蹭走到床边，老婆的身子居然移到他睡觉的位置上，显然，她还在等他，看来缓兵之计未能奏效。他犹豫着在床沿上坐下来，床垫像个娇气的女人吱扭了一声，他还没来得及脱掉拖鞋，老婆的手臂又藤条样缠绕到他的腰胯上，三十如狼四十如虎，到了他们这种年纪，事情好像都颠倒过来了，十年前总是他猴急猴急地一遍遍缠磨她，也不管她情绪好赖；十年后也许真的有些审美疲劳了，很多时候都是她先发出信号，而他更多是在支支吾吾或顺水推舟。今晚的情绪已经被严重破坏了，那个小寡妇，那套艳粉色的胸罩和内裤……一切都让他感到恶心，对，就是恶心，一不小心吞到了绿头苍蝇，只想找地方呕一通。他突然瓮声瓮气地说，你能往里挪点儿吗，让人咋睡？老婆显然愣了一下，随即用鼻子哼了一声，对他的装傻和冷淡给予鄙视，睡睡睡，就知道睡！随即猛地一翻身，几乎把整床被子都卷跑了……更年期的女人最是难以琢磨。

第二天上班的路上，刚一开机便嘀嘀地弹出一串未接来电，全都是小妹打的。程仁一边开车，一边皱着眉头回了电话。小妹的口气依旧火急火燎，怎么办，大哥你到底想出好点子没有？真是急死人了！又说，我刚给二哥去电话了，你猜这家伙咋说的，他说天要下雨娘要嫁，还是顺其自然吧，这个没良心的，怕是早就忘了咱妈在世时多疼他了。这倒是事实，做母亲的总是疼爱自己的小儿子，加上程礼自幼就很乖巧，很讨母亲欢心，功课成绩也不大用人操心，母亲就紧着把家里的好吃的留给他。后来有了两个妹妹，母亲偏心依旧，常常惹得程智和程信都很有意见，总戏谑说，母亲重男轻女思想严重，她俩就像是路边捡来的。

程仁的脑子还蒙蒙的，夜里睡得太差，加上老婆跟他怄气，冷屁股对着他，还故意惩罚他不给被子盖，最后他只好灰溜溜钻进儿子的房间，迷糊了一觉，两个人竟然破天荒地闹起了分居。分开睡也好，省得为那点事拌嘴窝火。老婆起床后鼻子不是鼻子脸不是脸，连早餐都没给他准备，她自己只喝了一袋牛奶，就不辞而别了，唯独客厅的盼盼防盗门被甩得山响，这是老婆发出的一次严正的抗议。有什么好抗议的，不就是没有响应她一下吗，过去她不是也经常用这种方式对待他的吗？谁规定的，男人就不能偶尔合理地拒绝一次？可见，所谓的男女平等，不过是句口号，喊喊罢了，永远不可能平等。由此，他又想起身边那些已经离了婚的家伙，冠冕堂皇的理由都是什么感情不和啦，长时间分居啦，说到底还不就是为了那点儿摆不上桌面的破事。程仁倒是想跟老婆解释解释，可话到嘴边又艰难地吞咽了，毕竟那是自己的老父亲，在老婆面前随便发议论，自己也觉得脸上无光。最近以来，他确实发现老婆越来越自我了，晚上他习惯于躺在沙发上看新闻看体育节目，而她总是低着头摆弄那只苹果手机，不外乎上微信、发留言、看视频，那种嘟嘟的提示音不绝于耳，间或，能听到她嘿嘿发笑像个痴人，让他觉得莫名其妙。不过有时，他又觉得这样挺好，省得有人跟他抢遥控器，跟他唠叨什么狗血剧情，智能手机让每个人都拥有一台便携式电脑，想看什么就看什么，想玩什么就玩什么，真是太自由了。

小妹最后不无狡黠地嘱咐他，反正眼看就过年了，要不这样，大哥你抽空也去老爹那边打上一头，假装关心一下嘛，顺便也好摸摸底啊。程仁觉得言之有理，不能单单凭着一套狗屁内衣，就给这件事情盖棺定论，那未免太草率了，万一情况不像小妹描述的那样，只是一场误会呢，到头来再惹得老头子动了怒伤了身，大伙儿谁也别想消消停停过这个年。小妹的性格他还是了解的，平时眼里揉不得一粒沙子，遇到一点儿鸡毛蒜皮的事，就爱瞎吵吵，嗓门比谁都大，啥事一到她嘴里，不免有些夸张的味道。至于程礼，在姊妹们心目中的地位本来就不太高，一方面过去母亲在的时候事事都偏向他，时间长了两个妹妹多少有点妒忌他；另一方面，程礼这个人严重惧内，媳妇的话就是圣旨，逢年过节大伙儿聚在一起，但凡屁大点事，他都要早请示晚汇报的，简直离开媳妇就没了主张。

在程仁看来，弟弟这种做派还不都是母亲当年惯出来的，从小衣来伸手饭来张口的，长大了对家庭其他成员漠不关心，有时甚至表现得相当自私。时隔多年，程仁依然记得，当初在医院讨论母亲病况的情景，父亲让程礼发表意见，他说什么还是听大伙儿的，大妹就不客气地问他，难道你不是家里的成员，难道你没有自己的思想，小妹也说你是儿子当然得拿个主意，他半天支支吾吾才冒出一句，我媳妇的意思是，别让妈太煎熬了。这话一出口，大妹首先就气愤难平地说，笑话，妈是你自己的妈，跟你媳妇有啥关系，她说这话是怕到时候让你们掏腰包吧。兄妹俩为此大吵了一架，一个脸红，一个脖子粗的，那天若不是在医院里，说不准真就动了手。

二

年味渐近渐浓。街道和生活区里时不时传来噼噼啪啪的一串爆竹声，间或，还有那种暴躁如雷的二踢脚，呼啸着直蹿到半空中，骤然炸裂，空气里的火药味裹挟着一股兵荒马乱的气息，非要打破现有的那些稳定秩序不可。发明爆竹的家伙八成有点儿心理阴暗，很擅长恶作剧，或者纯粹是吃饱了撑的，偏搞出这么个鬼名堂来吓唬人。从昨晚到现在，心里一直装着事，程仁下班后就没有回家，而是直接开车奔父亲这边来了。正好，单位工会发了一盒带鱼、一桶色拉油，外加一塑料罐正林瓜子，他都让门卫师傅帮忙扔进车后备箱里。想着瓜子留给老婆享用，女人总是喜欢坐在沙发上，用它们噼里啪啦打发时间，这样也省去了她没事找事地跟他瞎叨叨；至于带鱼和色拉油，干脆都提溜到父亲家里，正好算是个由头。每年三十傍晚，大家都要聚在父亲家里吃团圆饭的，这样也省得小妹再去采购这些了。

父亲住的这个地方年头不短了，那还是二十多年前单位分配的，六十来平方米的老式福利房，如今小区四周早被拔地而起的酒店和写字楼团团包围了，巨大的楼影如乌云一般很险恶地投射下来，走进这里，路人不由得心里直发寒气。家属楼的外墙皮脱落得不成体统，远远看去，竟活像一条奄奄一息的老癞皮狗；仅有的一小片空地上，几乎见不到一丝阳光，腊月里飘过的两场大雪堆积如故，一条被人见天踩踏过的甬道，显得脏兮兮的；背阴处被谁随便泼了脏水，冻成很厚很硬的冰盖子，几摊狗屎或小孩粪便很扎眼地冻结在上面，仔细瞧，还有人丢弃的避孕套和带血的卫生巾，真是叫人恶心得想吐。

程仁始终眉头紧蹙，两只手里拎着年货，像杂技演员那样，踮着脚尖，左拧右闪，半天总算是屏住气息突出了重围，然后一头冲进眼前的楼门洞里。当初母亲就是从这里，被儿女们七手八脚抬出去的，直到她生命的最后一刻，再也没能回来。一晃几年过去了，作为长子，他除了每年清明节开车载着弟妹们，去山边的公墓给母亲上上坟烧烧纸钱，似乎再也没有为母亲做过什么。至于那个被母亲撇在世上的孤零零的老头子，有时几乎快被做儿子的给淡忘了，一如眼前这栋破败不堪的老楼，被有关方面遗弃了一样，如果今天不来，他简直快记不起它龌龊的样子了。究其原因，不外乎是忙孩子忙工作忙家庭忙事业，可忙来忙去又能怎样呢？自己不过是个庸庸碌碌的常人，既没生出三头六臂，更不可能叱咤风云，不过饱食终日，得过且过，无所用心，说来真是惭愧啊，到头来竟连老父亲什么时候有了新欢也全不知晓。

给程仁开门的不是老人，而是一个四五岁光景的陌生男孩，小脸蛋肉嘟嘟的，耳朵稍有点儿招风，但眉眼鼻子还算周正，清澈懵懂的眼神里，透着一股小孩子特有的好奇和稚气。门刚拉开一道窄缝，这张小脸蛋就鲜活地探伸出来，嫩生生地问了句，叔叔，你找谁呀？因为小妹已经提前给他打过预防针了，所以程仁倒也不觉得特别惊讶，他的目光只跟孩子稍一碰触，便径直越过小家伙头顶，朝屋内探寻而去。从他这个方向可以看见，厨房里有人影在袅袅的热气中晃动。他随手将两件年货放在紧靠鞋柜前的地板上。

小男孩的兴趣立刻被地上的东西所吸引，他先拿小手提了提色拉油的红色手环，油桶纹丝不动；孩子有些失望地嘟囔了一句什么，又撒尿似的蹲下身子，抻长脖子，去仔细研究那只扁而长的纸盒了，盒面上印着银灰色的带鱼模样，鱼的眼睛又黑又亮，孩子似乎看懂了，突然激动地叫了起来，哦，鱼鱼，鱼鱼！随即，小家伙便一溜烟地跑进北面正在轰轰作响的厨房里去了，同时小嘴不停嚷叫着，妈妈，妈妈，是鱼鱼，你快来看鱼鱼呀。

直到此时，一个腰间扎着花布围裙、头上套着一只普通的蓝色塑料袋的女人才从厨房走出来，她手里掂着个油乎乎的锅铲，显然是在里面做饭。她倒是生得眉清目秀，嘴唇涂过粉红色的唇膏，两弯眉毛也是精心地画过的，身材不胖不瘦，仅从面相看，也就三十五六岁的样子。女人也盯着程仁上下打量着，但很快她的脸上就浮出一层自带熟的笑意，显然没有把他当陌生人看待，而是对他不无熟悉的样子，她嘴里一连声说，你是程家的老大吧，跟照片上的人一模一样，刚刚不好意思，油烟机太吵了，我没听到敲门声。然后，她又很客气地让他，你快坐吧快坐吧，我锅里还炒着菜呢。说罢，就急忙转身回厨房忙去了。

程仁愣了一愣，心想，看来小妹所言说还真是一点儿不假，这女人俨然一副女主人的姿态嘛，这让他心里很有些不自在起来。他没有立刻在沙发上坐下来，而是倒背着双手，心情复杂地从客厅走到南面的卧室，又从这里走进北面的次卧，然后像是被什么东西牵引着径直去了阳台。这时，他才留意到，家里包括阳台在内的窗户，都被擦得透亮透亮的，所有的家具床铺也都收拾得整整齐齐。阳台的衣架上倒是晾着几件外衣，能看出来，多数是父亲的，也有一两件女人的，当然还有那个孩子的小衣裤。不过，小妹电话里所说的崭新的女人内衣，他始终没有看见。八成是小妹敏感的目光引起了女人的警惕吧，或者，人家早已经穿在身上了也说不定。这样想时，他眼前兀自闪现出那个女人只穿着艳粉色贴身内衣的婀娜模样，心里竟有股不可抑制的纯属于男人的幽暗漾动，他忙掩饰什么似的干咳了两声。

男孩像只乖戾的小哈巴狗，猛不丁就蹿到他脚边来了。此刻正抬起毛茸茸的小脑壳，很吃力地盯着他望。很久没有被这么点儿小孩盯视了，自从儿子读了大学以后，程仁觉得身边一下子清静了，孩子的成长过程太快了，几乎一眨眼那只小鸟就羽翼丰满了，学会单飞了，再不需要两只老鸟的庇护了。眼下，这个小孩子让他多少有些想多看几眼的冲动，甚至想跟他说说话。于是，他就地蹲下身子，这样一来，孩子就不用总抬着眼皮费劲地瞧着他了。

喂，几岁啦？程仁拿那只被烟熏得焦黄的手指勾了勾对方的小鼻子。

我……我……我妈妈说，我过了年就……就五岁了。孩子鼓着小红嘴，一本正经地回答。

他嘿嘿地笑了，觉得真逗，小孩子说起话来总让人忍俊不禁。

叔叔怎么只看见你妈妈，那你爸爸呢？

这个问题看似漫不经心，实际上是他此刻最关心的。孩子却有些犹豫起来，像是识破了对方的奸计，一只小手慢慢地爬上脑壳，轻轻挠个不停，同时，斜着身子转动小眼珠，好像这个问题太大又太难，又或者是要等大人授命才能回答。

怎么？你连爸爸在哪儿都不知道？

他死死地盯着孩子的眼睛，好清澈透明的眼珠，简直像水晶制成的，黑白分明，干干净净，一尘不染。

妈妈说，妈妈说……孩子有些胆怯地连连往后缩退着小身子，活像只小鸡遇见了居心叵测的老鹰，但似乎又无法避开对方追询的目光，妈妈说，要是有人问起爸爸，我就说爸爸他……

亮亮！

没等孩子把话说完，那个女人猛不丁冲过来，一把抓起孩子的小手，嘴里说，亮亮就知道缠人，快去卫生间洗洗手，准备吃饭了。

说这话的工夫，女人像是很不经意地瞥了他一眼，眼神多少有些愠怒。他还注意到，对方头上的蓝塑料袋没了，头发是悉心绾了髻的，用一只漂亮的琥珀色的发簪束着，看着不失雅致。很快，女人又微笑着说，这孩子有点儿人来疯，对了，你怕是也没吃呢，待会儿老程回来，你们爷儿俩干脆一起吃吧。

老程？程仁心里顿时泛起一股被人冒犯的不悦滋味。这个不足四十岁的女人，居然管自己年迈的父亲直呼老程，也太没大没小了，真是岂有此理！妈的，她到底凭什么？又一想，幸亏自己按照小妹的意思过来了，否则的话，接下来的这个年，真不知该怎么过呢。到时候年夜饭上，猛不丁冒出这么一个奇奇怪怪的女人，大伙儿该叫她什么，阿姨，还是小妈？这实在太荒谬了！

女人倒是压根儿没有注意到他此刻的情绪波动，接着说，老程他呀，每天雷打不动，不到钟点是不会下班的！程仁完全听蒙了，下班？什么意思？他可从没听小妹说起过，父亲在哪里兼职上班。女人这次倒是猜出了他的疑惑，忙堆起笑脸，用几根雪白的手指做了一个搓摸的动作，嘴里说，你爸每天上午，都在街边的老年人棋牌室搓麻将，跟上下班一样准时，不到饭口不回家。他迟疑地哦了一声，眼睛却盯着女人涂了红色指甲油的手指，那手很白，也很细腻，不像是长期操持家务的样子，右手的中指和无名指上，都戴着黄灿灿的戒指，看那成色应该是24K纯金的；随即，他又注意到耳坠同样也是，灿然鲜亮，勾勒出成熟女人特有的风韵。她整个人简直被这些行头装饰得比新娘子也不差，哼，兴许这些玩意儿都是父亲拿退休金买给她的吧？他又禁不住胡思乱想了，父亲每月的退休金少说也有两三千块，给女人买买衣服化妆品和首饰，还是绰绰有余的。一想到父亲的退休金，竟都花在这个女人身上，他简直嫉妒得够呛，虽说他并不指望花父亲的钱，可也不忍心这些钱都打了水漂。

卫生间的水流声哗哗响着，女人诧异着想起什么似的，突然丢下他，快步循着水声跑去了。很快，程仁就听见女人提高了八度的尖嗓门，亮亮，你又玩水，怎么那么不听话，弄得满地是水，都能养鱼了，看妈妈不揍你！随即，就听到啪啪两声，一准儿是巴掌打在屁股蛋上了，孩子呜哇一声号啕起来，这声音来得异常刺耳。程仁很久没有领教过小孩子那种歇斯底里的哭闹声了。他忽然觉得，这个女人也许并不像表面看上去那般和颜悦色，相反，某些时候她会很凶的。

果不其然，墙上的石英钟当当地指向十二点的时候，父亲准时准点用钥匙打开房门进来了。这时程仁正跷着二郎腿，心事重重地坐在沙发上，若有所思地吸着烟，女人刚才给他倒了热茶，不过他连碰都没碰茶几上的杯子。父亲似乎一点儿也不感到吃惊，只是淡淡地瞅了他一眼，就径自低下头去鞋柜里找拖鞋，色拉油正好挡住了半拉柜门，父亲动手往开移油桶时才问了句，是从班上直接过来的？又说，我不爱吃这种油，寡得很，没啥味道，待会儿还是拎回去，你们留着自个儿吃吧。

程仁没接父亲的话茬，而是把最后一口烟一丝不落全部吸完，才用力在烟缸里捻了捻烟头。他又听见父亲咕哝道，你呀，就不能把那个烟少抽上点儿，对自己身体没啥好处！他这才掩饰似的开口说话，再有几天就过年了，我顺路来看看，你这里还需要啥，到时候也好去买。话一出口，连自己都觉得虚伪古怪，似乎是，完全按照小妹给他事先设定好的路数在笨拙地出牌。也没啥需要的，今年三十，你们几个过来吃现成的，我们能对付得了。往年，父亲可从没说过这样的话，今年似乎底气十足，而且，父亲还用了“我们”，显然是指他跟那个女人吧。程仁一下子竟没了措辞，父亲太过直言不讳了，看来小妹说得一点儿不错，他们在这里正儿八经过上幸福的小日子了，已无须儿女插手。

父亲刚换好拖鞋，先前哭过鼻子的小家伙，便虎虎式式地蹦到他跟前，跳着脚问，给我买好吃的了没有？父亲闻声，立刻跟换了个人似的，精气神都大不一样了，仿佛年轻了二十岁，他笑逐颜开地弯下腰去，一把将孩子抱在自己怀里了，同时腾出一只手，从裤兜里摸索出一只包装花哨的棒棒糖，举在孩子眼前轻轻晃动着。亮亮，喜不喜欢这个？快拿小嘴嘴亲亲我这里，不然就给妈妈吃了。孩子几乎毫无保留地把那小红嘴以及肉脸蛋都贴在父亲脸上了，那个亲昵劲儿让人牙根都要冒酸水了。老人哟哟地叫唤着，很受用地一个劲儿地拿下巴颏上的灰白色的胡茬，蹭那张肉嘟嘟的小脸，边蹭边亲，笑声哈哈不断，完全沉醉于天伦之乐中了。孩子趁机拿到了自己喜欢的糖果，迫不及待地用小手撕扯上面的塑料包装纸。父亲旁若无人地抱着孩子，向卧室走去。

整个过程，程仁都看在眼里，父亲对待小家伙的架势，如同自己亲生的，他脑子里不由得又瞎琢磨开了：父亲到底在给这孩子扮演一个什么样的角色，爷爷？伯伯？抑或是爸爸？这样一想，越发让他感到浑身都不自在，一个儿子的尊严前所未有地受到了亵渎和侵犯，假如真是那样，那未免太荒唐了，他们兄妹四个又算什么呢？难道让这小不点儿管他们叫哥哥姐姐不成，真他娘乱了套了！想到这里，他简直气不打一处来，便愤愤地起身大步走进父亲的卧室。

爸，这个孩子到底是……问这话时，程仁又多少有些犹豫了，照他的脾气应该直截了当，比如父亲跟这娘儿俩到底是什么关系，可一时又不想问得那么露骨了，毕竟面对的是上了年纪的老父亲，万一哪句话呛着，终归不妥，可不问问清楚，又实在是憋得人难受。小家伙旁若无人地坐在床沿边，两只小脚不无得意地晃动着，小嘴有滋有味地吮吸糖果，腮帮子一鼓一鼓的，甜蜜的滋味让人羡慕，他可完全不在乎大人们说些什么。父亲窸窸窣窣脱掉了外套，里面是一件手工编织的烟灰色毛衣，针脚很细密，图样也很新潮，使整个人看上去精神焕发。

你是问亮亮吧，他是那个小苏的儿子。对了，我还没来得及跟你细说，小苏男人出车祸没了，孤儿寡母过日子不容易，她一直在咱们这里做着钟点工，就是上门做饭洗衣服那种。说起来，小苏还是居委会介绍给我的，说她人可好了。你看，每天三顿三晌给我做饭吃不说，屋子也是她拾掇的，这女人手脚勤快得很，闲不住，待会儿你正好留下来，尝尝她的手艺，保准你也爱吃。父亲一股脑地说着，几乎没有半点卡壳，像是练过好多遍的台词，一切似乎都合情合理，程仁实在寻不出什么破绽。

程仁始终在悄悄地察言观色。这中间，他又一次看了看眼前那几扇明亮的玻璃窗，不用问，一定是那个叫小苏的女人的功劳。也许，小妹真的有些敏感过头了，不就是父亲从外面请来的钟点工或月嫂之类吗，作为儿子，他倒是举双手赞成的，老人家确实应该雇个人，照顾一下自己的生活和起居。心里这样想着，脑子里那根神经已不再如先前那样紧绷着了，继而，换了另外一种和缓的口气，甚至笑着对父亲说，爸，这事你做得对，我们几个都不常在身边，小妹家里还有个婆婆要照顾的，你这边是得有个像样的人给操持操持。

父亲听到程仁这么说，也就会意地点了点头。爷儿俩拉话的工夫，客厅那边传来女人热情洋溢的招呼声，老程，你们快过来吃吧，我都弄好了。

这次，程仁倒是没有再去挑那女人的理。

三

一接到大妹的电话，程仁便开车往机场赶，航班延误得一塌糊涂，他在候机厅几乎迷糊了一觉，那娘儿俩才拖着箱子拎着包，从国内到达口昏昏沉沉挤出来，这年头回家过年还真是有种逃荒的味道。大妹依旧留着短发，永远都是一副假小子样，不过看上去还是挺干练的；女儿娇娇的个头儿蹿得快撵上她妈妈了，面颊和眉眼多少透着一股程智少女时代的味道。但娇娇的性格一点儿也不像她妈妈，有点害羞、含蓄，嗓门小得跟病猫似的，她大概招手问了声大舅好，程仁压根儿什么也没听到。

程智倒是直言不讳，说大哥你看到了，娇娇这孩子一点儿也不随我，说起话像蚊子嗡嗡。程仁说，女孩子家嘛，总是温柔点儿好。程智马上敏感地反问道，那大哥的意思是嫌我不够温柔？这种时候，当大哥的只能打哈哈了，难得大妹心情不错，能主动带着孩子，不远千里地飞回来，跟大伙儿一起过年，仅凭这一点，他就得高挑大拇指了。于是，他忙转移话题，说她事先也不通报一下，怎么搞突然袭击。这时，娇娇总算伸过脑袋再次出声了：我妈她就是想给你们一个惊喜呀！程仁就轻摸了一下娇娇的额头说，呵呵，这个惊喜好啊，姥爷要是知道咱们娇娇也回来了，不定多高兴呢……

他的话刚出口，程智就把话插了进来，口气却是淡淡的。对了，她姥爷人还好吧？程仁依稀觉得大妹似乎话中有话，便想到几天前的事，说不定小妹嘴快，早已跟她通过电话了，不然依照程智的性子，怎么可能突然跑回来，要知此前的几个春节，她可都是缺席的，理由不外乎是，娇娇假期要参加课外补习班，或者，孩子感冒很严重还在打吊瓶，再不就是，她和丈夫节日需要值班，诸如此类。可转念又想，做女儿的回家探望老人，还需要什么理由吗？她不回来情有可原，她能回来也是本分，自己可别再节外生枝。他思忖着，嘴里说，老爹他呀，能吃能睡也能玩，放心吧。程智坐在副驾驶位上，她把目光瞥向他，有种不无质疑的味道，好像在问，真像你说的那样，还是别有隐情？好在，她还没来得及再询问什么，娇娇又好奇地从后排探过头说，姥爷真的也爱玩？那他都玩些什么呀？程仁回头看了娇娇一眼，笑道，还能玩什么，当然是搓麻喽。娇娇听后嘟了嘟嘴，连着打了两个哈欠，半天不说话了。大妹显然有些亢奋，回来的路上嘴巴几乎没停过，不是问这就是问那，程仁觉得自己活像个新闻发言人。

安顿这母女俩睡下，早已过了凌晨一点，人还有点儿兴奋，一时半会儿睡不着。这时老婆忽然提起儿子的事，说晚上儿子来过电话了，下学期就要参加毕业实习，所以，这个寒假他想在外地跟同学一起过。程仁听了就有些不高兴，这小子，不是说好了晚几天回来吗，怎么突然又变卦了，难得娇娇跟她妈回来一趟，可真不懂事。老婆却不以为然地说，这事怨不得儿子，她们不也是突然决定来的，再说不就是过个年吗，没几天的事，少咱儿子一个，也没什么大不了的。程仁觉得老婆就是太纵容儿子了，早知道这样，元月份一放假，就该让儿子赶紧买票回来。现在木已成舟，说什么也晚了。两口子难免又为此事口角了几句，搞得彼此心情很不爽，后来谁也不想搭理谁，就背靠背赌气睡了。

早晨大妹一起床，便不顾旅途劳顿，提出要带娇娇去看姥爷。程仁听了，心中的一块石头总算落了地，他生怕大妹还记恨当年的事，不肯好好去见老爷子呢。可他因为单位例会脱不开身，说只能把她俩送过去，到时候他就不进去了。其实，他也是有意要避开这场时隔多年的父女会面，好给他们点儿单独的时间，彼此好说说话。程智笑着说，你可别把我当外人了，其实用不着你送的，我闭上眼睛也找得到老爹家的门。但程仁还是坚持把这娘儿俩拉上了车，路上，他觉得很有必要再啰唆两句。大妹，老爷子的性格你是知道的，这几年你都没回来过，说不准他心里还堵着什么疙瘩呢，到时候要是嘟囔你两句什么，只当左耳朵进右耳朵出，千万别跟他拗着劲，毕竟大过年的嘛。程智听他这么说，只好吐了吐舌头，放心吧，大哥，我也不是三岁小孩。娇娇听大舅这么一说，还真有点儿紧张，问万一姥爷挑了理，该怎么办。程仁忙安慰道，放心，不会的，姥爷只要见了咱娇娇，高兴还来不及呢，还生哪门子气。等她俩下车的时候，程仁又忽然想起两天前在父亲那里见过的女人，又简单地跟程智交了个底。大妹听后，半开玩笑似的跟他说，除了女钟点工，还有别的猫腻吗？他嘿嘿一笑说，你这张嘴啊，还是这么不饶人！程智便撇着嘴道，这就叫江山易改，本性难移嘛。

这天后来发生的一幕，程仁压根儿没有料到，还是娇娇在电话里原原本本向他学说的。原来，大妹刚一下车，就给小妹拨通了电话，两个人约好去老爹家见面。事实上，从程信家到父亲那边步行也就二三十分钟，知道姐姐突然回来了，小妹激动得什么似的，急忙打的赶了过来。姐妹俩好久没见面了，当街抱在一处，又是笑又是哭的，惹得娇娇都差点儿流泪了。小妹一个劲儿地拿手掌拍打着程智说，姐你真没良心，待在大城市里，把我们都忘光了吧。大妹则红着眼圈说，忘了谁，也忘不了你这个死丫头。娇娇打圆场说，我妈平时最惦记的就是小姨。小妹这才把娇娇搂在怀里，说好孩子，都长这么高了，快让小姨稀罕稀罕。随后，她们娘儿仨才兴高采烈地往老爹家走去。

小妹身上常年都揣着这边的家门钥匙，进屋自然是不用再敲门的，再说这天早晨她们去得确实很早，又想着要给老人一个天大的惊喜。所以，就用那把钥匙轻轻打开了房门，三个人提溜着大妹从外地带回来的礼物，径直走进屋去。小妹大嗓门惯了的，进门就嚷嚷起来，爸，爸，你快出来瞧瞧，看谁回来了！可是，她连着叫了几嗓子，始终没见老爹的人影，却忽然听见卧室里传来一个女人含混的声音，你爸他下楼买早点去了。大妹简直吃了一惊，当即愣在客厅里，像是大白天撞到了女鬼。小妹二话不说，上前一脚，便踹开了卧室门，气冲冲地闯了进去。

那个叫小苏的女人，显然刚被她们吵醒，正迷迷糊糊从床上爬起来，手忙脚乱地往身上套羊毛衫呢。那个小不点儿，就躺在妈妈身旁，还在睡梦中呢。小妹见状，早已火冒三丈高了，如果说上一次仅仅是在阳台发现了女人内衣什么的，这回她可算是真正抓到了现行，证据确凿。

喂，谁让你睡在这里的？起来，快给我起来！小妹气急败坏地冲上去，一把就扯开了女人身上的被子，一双白皙的大腿就毫无遮掩地裸露出来，在晨曦中闪着刺眼的白光。我就知道你不是个好东西，没想到你脸皮这么厚，赖在这里了！

起初，那个叫小苏的女人确实有些战战兢兢，可事情发展到这一步，尤其是小妹完全撕破了脸，不管不顾地跟她叫嚷起来，她反倒让自己镇定下来，甚至不再慌乱什么了，而是慢条斯理地往腿上套着裤子，嘴里不紧不慢地解释着。事到如今，我也不想隐瞒啥了，你也都看到了，我和老程确实好了一阵子了……这话一出口，小妹的肺管都要气炸了，她忽然失去理智，像犯了歇斯底里症。狐狸精，不要脸，真不要脸……她一面恶狠狠地谩骂着，一面顺手抄起床头柜上的一只搪瓷茶杯，用力砸在地板上，水花溅起老高，墙壁都湿了一大片。熟睡中的小男孩终于被惊醒了，一头钻进妈妈怀里，呜里哇啦哭个不休，身体哆嗦得像只受了惊的小兔子。小苏赶紧抱过自己的孩子，一边宝贝宝贝地哄着，一边愤愤地说，有啥话最好找你爸说去，犯不着冲我们孤儿寡母使性子发火的，但凡老程发句话，我们立马卷铺盖走人，一刻也不多留……说着，她竟也失声号啕起来，仿佛受了天大的委屈。

这种时候，大妹当然什么都看明白了，不过，她始终没有像小妹那样闯进去大吵大闹；娇娇长了这么大，还是头一次经历这种糗事，而且，是在多年没有回来过的姥爷家里，本来满心期待亲人重逢的美好一刻，现在心情简直郁闷到极点。换句话说，眼前这戏剧性的一幕，完全让这对归乡省亲的母女感到震惊了。大妹在公司做白领多年，头脑当然比小妹清醒得多，她知道这样无休止的吵闹，根本无济于事，也许还会适得其反，毕竟父亲不在现场，而且男女问题向来又是一个巴掌拍不响的。所以，关键时刻，她还是把小妹从卧室里生拉硬拽了出来，妹妹你冷静点儿好不好，有啥话咱等老爷子回来再说也不迟。小妹后来离开时，恨恨地撂下一句，我真想不通，老爹他咋就能堕落成这样子，把我们兄弟姊妹都当成傻子了！接下来，姐儿俩几乎怒气冲冲地跑下楼去，那阵子也就八点半光景，外面冷飕飕的，西北风卷起空地上纸屑和雪末子胡乱飞舞，她们宁愿在外面受冻，也不想再踏进那个房间半步。

娇娇在外面冻得鼻青脸肿，两只脚不停地在原地跺来跺去，妈妈和小姨都在一旁呼呼地生闷气，谁也不肯理睬她。好在没站多久，娇娇就看见了姥爷摇摇晃晃朝楼洞方向走来，他两只手里都拎着食品袋，里面装着两盒豆浆，还有油条和鸡蛋摊饼。姥爷走过来的时候，也明显愣了一下，以为自己眼花了，先抬起手背揉揉眼睛，见真是自己的女儿和外孙女，一时喜出望外，脸上跟开了花似的，笑眯眯地朝她们快步迎上来。可是，没等老人开口说话，小女儿早就劈头盖脸冲他嚷闹起来，好啊，你现在扯起谎来，眼皮都不眨一下，那天你跟我咋说的，后来你跟我大哥又是咋说的?！还说什么一个钟点工做饭的，我看你倒是成了人家娘儿俩的保姆了！啧啧，你也老老几十岁的人了，让儿孙们说你点儿啥好呢……

娇娇事后在电话里对程仁说，大舅，你是不知道，那一刻真是要多尴尬有多尴尬啊，小姨几乎指着我姥爷的鼻子，就跟我们学校教导主任修理最淘气的下差生一样不留情面，而妈妈呢，尽量把脸撇向一边，一副事不关己高高挂起的样子，或者，她压根儿就不打算过去认姥爷似的。娇娇很有些愤愤不平，她说姥爷当时的模样真的挺悲摧的，愣在那里，像只木偶。透过娇娇的电话讲述，程仁完全能够想象当时的情形，小妹倒是先放在其次，大妹毕竟远道归来，偏偏遇上这种糟心事，她的心情可想而知。至于老爹，也真是自作自受，就算有了这种事，也不该掖着藏着吧，纸里能包住火吗？早早跟儿女们沟通一下，也不至于搞得如此被动。他倒好，跟儿女们玩起了明修栈道暗度陈仓，还想搞什么金屋藏娇，连他这个长子也都被蒙骗了。这下有戏看了，大过年的捅出这么大个娄子，看他到时怎么收场。

这次，小妹的革命立场异常坚定，她当着老爹的面急赤白脸又振振有词，要是你不把那个狐狸精撵走，从今往后你就当没有我这个女儿。大妹倒是什么话也没有说，这多少有些奇怪，放在以前，她的嘴可是最不饶人的，但这次她却自始至终没有发言。

程仁暗想，也许这些年来，大妹内心深处承受了众叛亲离带来的苦果，表面上看，是她不愿意回来跟大家团聚，可实际上呢，她恰恰在为自己当年的决绝离去忍受了太多的寂寞和别愁。时过境迁，她应该更成熟些了，毕竟连女儿都跟她个头儿一般高了。

四

下班回来，程仁便觉得家里的气氛有些不妙。大妹和小妹正在客厅里不咸不淡地嗑着瓜子，表情似乎都有些凝重。后来快吃饭的时候，程礼也急匆匆被她俩召唤来了。说心里话，别看兄弟俩同居一城，可程仁至少有大半年没跟程礼照过面了，所谓兄弟情义，不过是每年过节才互相走动那么一下，平时都在忙各自的生活，谁也见不到谁的面。

时光仿佛倒转了，姊妹们又急吼吼聚在一起，开这种临时性家庭会议。跟几年前有所不同的是，上次的气氛特别沉痛和悲哀，可以说每个人心里都湿漉漉的，甚至是在滴血；这回气氛虽说也有那么点儿沉重，但更多的还是作为子女心理上所承受的那种蒙羞后的尴尬。对于要讨论的这件大事，或者干脆叫作丑闻吧，除了程礼一人之外，对于其他三人可以说都已是眼见为实了，证据确凿，铁板钉钉。小妹之前也在电话里把情况跟程礼简单交代了，所以，大伙儿坐下来稍微寒暄了一会儿，主要是因为程智昨晚刚回来的缘故，总得象征性地拉拉家常吧，之后便直奔主题。

这种情景还是会让人下意识地要去回想伤心的过往。母亲去世后，这一大家子人，在很多时候像是失去了主心骨，丧失了家庭凝聚力，尽管他们的关系没有发生任何变化，哥哥还是哥哥，妹妹还是妹妹，但曾经那种完整无缺的家庭氛围，遭到了某种不可逆转的重创，说分崩离析似乎过了，可多年来就那么一蹶不振的，像一艘旧船摇摇晃晃地搁浅在时光的河湾里。况且，几年前的那个历史节点，对于每一个人来说，又都是不堪回首的。当年主持家庭会议的是父亲，如今变成了这次会议的重要议题或声讨对象：老爹的事咱们得好好合计合计。作为长兄的程仁，只能将这个问题摆在桌面上，好让大伙儿一起讨论。大伙儿你看看我，我看看你，彼此都有心事，又都忍无可忍。

程信说：依我看，这事没商量，明天咱们就让那女人滚蛋！

程礼说：就是，小妹说得在理，她算老几呀，敢大言不惭地赖在老爹家里。

程信说：二哥，你可别小看那个狐狸精，你们没见她说话时的样子，好像我们老爹离不开她似的！

程礼说：问题就在这里，老爹要是铁了心跟人家好，咱们几个就算说破了天也白搭。

程仁说：我真是搞不懂，老爹咋会喜欢这种女人，就算他想找个老伴儿过日子，也得岁数大小各方面都相当吧。

程信说：谁说不是，老牛啃嫩草，老不正经，让人不知该说他什么好呢。

程仁说：这女人确实还不到四十岁，长相也过得去，你们说她跟老爹在一起到底图啥呢？

程信说：明摆着的，还用问吗？老爹有退休金，还有那套房子，再不值钱也得三十来万，万一将来人家老城区统一改造的话，怕还远远不止这个数呢！现在的女人，一个比一个现实，老爹要是个穷光蛋、捡破烂的，傻子才会死乞白赖地跟他好！

程仁说：那天我还真是亲眼所见，那女人手上戴着两只黄灿灿的24K金戒指，还有耳坠和项链，都是一色金子的，说不定都是咱家老爷子花的钱。

程礼说：小妹和大哥说得一点儿没错，那女的说跟老爹好了一阵子了，老爷子能不在她身上花钱吗？俗话说，手里没把小米，恐怕连鸡也哄不住，我担心到时候，她会不会乘机再讹咱爹一笔损失费？

程信说：做她的大头梦去吧，白吃白喝白住老爹的，还想要钱，门也没有！

程仁说：你们可千万别小觑了那女的，我觉得她可不是什么省油的灯。

程信说：这么说我们还怕她不成，大不了上法院告她！

程礼说：干脆明天一早，就去跟她摊牌。

程信说：对对对，事不宜迟！

……

七嘴八舌地吵到最后，大伙儿甚至开始摩拳擦掌了，恨不得马上就冲进父亲家里，把那个小寡妇轰跑为快。

直到这时，一直坐在那里沉默不语的程智终于开口说话了。

程智说：还有一个最重要情况，不知你们都考虑过没有——万一，我只是说万一啊，他俩偷偷办了手续，就是领了结婚证，咱们现在跑去跟人家摊牌，是不是很可笑？这种情况电视里早就播过，往往都是做儿女的极力反对，到头来人家照样走到一起了。

程信说：姐，那照你的意思是，就任其发展下去，我们全都装聋作哑？

程智说：其实，有些话我真的不想说，说了我知道会惹你们不高兴，会伤姊妹间的和气。可这件事情我实在是感到很奇怪，也很痛心。奇怪的是，老爷子跟一个女人好了这么久，甚至已经到了同居的地步，大家居然才刚知道；痛心的是，老人眼里完全没有儿女，没有这个家，这么大的事，他居然也不跟任何一个子女说起。老话说父慈子孝，看看我们这个家，现在都成什么样子了！当然我说这话也没有逃避责任的意思，我也是这个家里的一分子，这几年我反思了很多，我觉得自己有时确实非常自私，总考虑自己的那点儿感受，经常忽略了其他人……我觉得做女儿自己非常失败，做姐妹也很不合格。

这番话一出口，所有人都缄默不语了。

五

说好第二天，四个人要在老爹那边碰头的，可是程仁和程智都到了半天，坐在车里左等右等，就是不见那兄妹二人露面。只好再打电话去催，程信不无抱歉地解释，说她婆婆昨晚不小心把脚脖子崴了，非得有人在身边伺候，让他们先谈着，自己一忙完马上赶过来；程礼的手机，打过去总是那句该死的语音提示，对不起您拨打的电话暂时无法接通。程智无奈地摇了摇头，说早就猜到是这种局面，二哥鞋底子抹油——开溜了，小妹事出有因一时半会儿又脱不开身，只好让咱俩当出头鸟了。

程仁气不打一处来，用拳头砸了一下方向盘，搞什么名堂？关键时刻一个个都掉链子，我看咱们这个家算是彻底完蛋了，一点儿凝聚力都没有。程智倒是在一旁劝大哥别生气，说生气有什么用，再说人多嘴杂，他俩不来也成。程仁苦笑一下说，患难见真情，看来这事得靠你了。程智又拿话试探，大哥，你是不是觉得特难为情？程仁不好意思地点点头，啧着嘴说，嗨，谁说不是？这事还真不怎么好开口，毕竟是老人嘛，轻不得，也重不得，你说老爷子这不是给人出难题吗？

程智想了想说，你猜，昨晚睡觉的时候，娇娇跟我怎么说的？她说，你们全都神经过敏，不就是姥爷跟人家谈恋爱了吗，让他顺其自然就好了。程仁怪笑着说，看不出来，这孩子想得还挺开。程智接着说，娇娇还说，人老了就跟孩子一样，既然是孩子，就要按孩子的天性来对待，他有好奇心，也有冲动，你们想扼杀姥爷的好奇心，根本不可能，索性就让他随性去吧，一味地横加干预和阻挠，最终只能适得其反。这就像她班上的那些早恋男生一样，老师和家长越是强烈阻止，人家私下里越是谈得风生水起。程仁完全被娇娇的这通奇谈怪论给说蒙了，但仔细咂摸咂摸，又似乎不无道理。思谋了一会儿，程仁说，问题是，咱老爹毕竟不是孩子，这么一大家子人都看着呢，他也不能太为所欲为了吧，长辈总得有个长辈的样儿。

后来的主意还是程智给拿的，她说这阵子去家里反倒无益，那个女的在场总是不大方便，好多话都说不开，干脆把老爷子约出来，找个地方坐下来慢慢聊。程仁也觉得有道理，就忙把手机拨过去，老人在电话里明显迟疑了一下，口气多少有点生硬。程仁只好开门见山地说，爸，你要是没啥事的话，我和大妹想请你喝个茶。老爹沉默了片刻，才犹犹豫豫地说，也好，我正好也有话说。挂了电话，程仁不无紧张地说，看来这回老爷子十有八九是要跟咱们摊牌了，我怎么突然有种兵临城下的感觉。程智却抿嘴一笑，谁说不是，我们不是眼看都有点逼宫的味道吗？于是，两个人相视苦笑一下，又静静坐在车里等待。

程智盯着车窗外面望了一会儿，嘴里淡淡地说，其实，那天在楼下见到老爹，我连一句话也没有跟他说，小妹一直不停嘴地数落他，我当时就是觉得心里特别堵，特别痛，就像是被针扎了一下，这些年我好不容易快把过去的事忘得差不多了，可老爷子偏偏又闹出这么一出，一下子就把我那种归心似箭的好心情全部破坏掉了，我甚至开始后悔，这次真不该冒冒失失带着娇娇跑回家来。可有时，我又觉得，老天像是要有意惩罚我，惩罚一个女儿的种种不孝，说心里话，这几年我对老爷子确实够冷漠了，不管怎么说，父亲终归是父亲，女儿毕竟还是女儿。昨晚躺在你家的床上，翻来覆去怎么也睡不着，后来就胡乱回想当初老妈临走前的情景，她那皮包骨的可怜样子，忽然变得那么清晰，一切都好像是头天刚发生的事。后来不知不觉又迷糊着了，还破天荒地做了一个梦。梦中老妈拉着我的手，泪水涟涟的，看着叫人好心酸啊，要知道这些年我是极少能梦见她老人家的。这次真是奇了怪了，你猜老妈在梦里跟我说什么，她说我的好闺女，你可算回家来了，有件事妈要安顿你，你们千万不要怨恨你爸，他身边的那个女人是我让他去找的，我把他一个人丢在那个空荡荡的家里，不放心啊，要是能有个人给他做做伴，妈在那边也就安心了……

程仁看见大妹眼里倏忽闪起了点点泪光。

父亲大人终于出现了。他的脚步看上去多少有些蹒跚，不再像几年前那样风风火火，兄妹俩的目光就不约而同地从车内转向街对过。这阵子，街上车水马龙的，想横穿过马路并不太容易，那些汽车一个赛一个开得凶险跋扈，呼啸着在街道上横行，极少数骑自行车的本来就冻得瑟瑟发抖，又被这些车辆挤在中间，不得不使出浑身解数，左拧右拐，摇摇晃晃，个个都是一副亡命天涯的窘相。父亲夹杂其间，跟迷失了方向的老头儿那样走走停停，间或，惶惶地抬起头来，朝四下里瞅瞅望望，一时拿不准主意是该前进还是后退。他那半灰半白的头发在人流中晃动得格外刺眼，曾引以为荣的工人阶级最有力的双臂，也已无奈地耷拉下来，变得松松垮垮，那发了福的腰身也不再挺拔，相反每往前迈出一步，他都会下意识地用一只手在腰眼处撑那么一撑，像是要给自己注射一剂强力针，才能勉强走下去……

程仁远远看着，心里多少有些不舒服，就顺口说要不要去接他一下。程智马上反应过来，你开着车呢，还是我下去吧。于是，大妹迅速跳下车，朝父亲那边一路小跑过去。多年未回家的闺女，脚步飞快地奔向自己的老父亲，这一幕的确来之不易，程仁始终待在车里吸着烟，透过朦胧的烟雾，他倒是也注意到，父女俩见面时的某种不自然或不协调，就像是两个彼此很陌生的人初识，尤其是，当大妹伸出手去，想要善意地搀扶对方一把的时候，老人明显地往旁边闪躲了一下，不无某种抵触和矫情，一点儿也没有配合对方的意思，客气得实在不像是一家人了。程仁暗想，也许老爹嘴里还在小声嘀咕呢，用不着你，我自己能行。对，这是父亲的口头禅，记得上次他去父亲家里的时候，就听他说过类似的话，但有时他也想父亲之所这样说，不外乎是不想表露出自己已经老迈不堪，凡事已经离不开儿女搀扶和照顾了，这一点他多少还能理解。

不过，此刻大妹只是稍作迟疑，并未跟他计较什么，她的动作不无女儿家特有的亲昵和执拗，竟毅然将父亲牢牢地搀扶住了，那感觉多少有点儿要绑架对方的意思。父亲显然也拗不过女儿，只好由着她去了。两个人并肩躲闪着过往的车辆，像是在虚拟的游戏世界里联手闯关，他们总算是双双走过了熙熙攘攘的马路。这种场面对程仁来说久违了，他的心头不由得泛起一股暖意，抑或仅是酸楚，他仿佛要刻意掩饰什么，忙把自己的脸撇向马路的另一边。

好说歹劝，兄妹俩总算是把父亲硬拉进街边的一家茶楼里。若依照父亲的意思，坐在车里谈就可以了，何必再多花茶水钱呢。事实上，这个点喝茶的人寥寥无几，茶楼显得空荡荡的，昨夜腐朽的烟气和茶锈味始终在空气中缭绕着，给人一种邋遢和慵懒的印象。因为没有旁的人，他们随便找了个靠窗的位置坐下来，父亲始终盯着兄妹俩一言不发，又似在察言观色静待其行，那表情说不上是烦恼还是忧虑。老板打着黏稠的呵欠，服务员尚未到岗，他只能亲自端上来一壶铁观音和两三盘瓜子、杏仁之类。程智先忙着给父亲和大哥各斟了一杯茶，然后才给自己倒了，将茶杯紧紧握在两只手里取暖，袅袅的热气弥漫着三个人，缥缈的茶香中透着些许苦涩，一如生活的原味，而每个人的脸上，都笼罩着一层淡淡的气雾，显得阴郁而迷茫，神情都有些捉摸不定。这中间，程仁和程智互相悄悄对视了一下，像是都在催促对方先开口似的，可最终却是父亲先说话的，老人肯定也是有备而来的。

我的事，你们几个，恐怕是，都知道了吧。父亲半是嗫嚅，半是自语着，说出的话倒是言简意赅、直冲要害。等他终于抛出这句也许是早就准备好的开场白后，整个场面就变得更加的不尴不尬。老人似乎并不在意这些，他稍稍停顿了一会儿，像是故意要弄出点儿动静，打破眼下快要腐朽的沉闷，咝咝啦啦地吹着杯面，又热热地抿了几口茶，再将茶叶梗咂出嘴皮，突然扭头，呸的一声啐在旁边的地上，才继续说话。本来，我是想缓缓的，过了年再跟你们讲，可这两天都到家里撞上了，俗话说选日不如撞日，我们也不想再瞒着谁了。我跟这个小苏，交往了有一年多，觉得她人不错，心眼好，能持家，照顾人没得说，到了我这把年纪，也不图啥，只要能在家里给做个伴，就成了。父亲说到这里忽然刹住口，不无狡黠地望向他们兄妹二人，脸上有种叫人难以捉摸的味道，是豁出去，是木已成舟，或二者兼而有之，甚至于还有点儿可怜巴巴的劲儿，好像一切都是受人指使的，非得逼着他走这步棋不可。程仁偷偷瞥了一眼大妹，对方却始终低着头，在沉思什么，模样凝重。

爸的意思是……你俩非在一起不可了？果然，程智的话一出口，程仁就感到某种直面矛盾且理直气壮的讨伐意味了。他生怕大妹再往下说过激的话，忙接过话头说，之前，咋一直也没听爸说起这事，怎么一下子就冒出这么个小苏来？关键是，我们还一点儿都不了解她，她到底是个什么来头，跟你好是真心还是假意？现在社会太复杂了，尤其她一个寡妇女人，还带着个小孩子，万一是人家精心编好的圈套呢，到时候出了事，可怎么得了，这些情况总得容我们考察考察，再定吧……

哪知，父亲不等他把话说完，腾地从椅子上立起来，眼前的茶杯差点掀翻了。老人颏下的那撮儿短须颤抖着，真是天大的笑话！你们都把我当成三岁娃娃了，好赖人也分不出来？我这辈子过的桥，比你们走的路还多！老大，你给我说说，爸以前上过谁的当，受过哪个的骗？哼，我算看出来了，说一千道一万，你们是成心不想让我找老伴儿啊，今天老子把话搁在这，你们高兴五八，不高兴四十，反正，我跟小苏已经在一起过日子了，你们几个看着办吧！

程仁见父亲真的急眼了，忙起身拽住老人的胳膊，想让他重新坐回到椅子上，嘴里不无央求道，爸，你这又何苦呢？谁敢说你的不是，咱们这也就是随便闲聊吗，又不是在开批判大会，您犯不着又急眼又较真的。再说，这大过年的，万一生气窝火，伤了身子咋办？父亲听他这么说，才又呼呼喘着粗气，勉勉强强坐下来，脸色比先前阴沉得更甚。

程智一直都显得比较冷静，父亲冲大哥发火的时候，她始终不卑不亢的，这时她再次说话了，显然这番话是经过深思熟虑的。我觉得，爸说的话一点儿不错，婚丧嫁娶本来就是人之常情，即便是做子女的，也不能随便干涉父母，就拿那天小妹的做法来说，我个人也不太赞成，犯不着跟人家一个女的口角争执。话说回来，这件事打一开头，爸您确实没太顾及儿女们的心情，这个也是事实。您毕竟是上年岁的老人了，膝下又有一堆儿孙，小辈们也都有自己的思想了。别的不说，就拿您外孙女娇娇来说，这两天小家伙的心情就非常郁闷，她说自己都快没有勇气过年了，她甚至还批评了我这个当妈妈的，说我们都太敏感太狭隘了。我承认，我们确实存在类似的心态。可现在的问题是，爸突然决定要跟那个女人在一起生活了，这不能不引起大家伙儿的猜想和担心吧，所以，我们才变得有些焦虑，有些抓狂，甚至还有些不知所措！爸，我真心希望，您老人家也能设身处地替孩子们想想，替这一大家子人想想，好不好，千万别太感情用事。

程仁觉得大妹到底是姊妹中学历最高的，又常年在大城市里生活打拼，说话就是有分量，至少有礼有节、不温不火，让人不由得要暗竖大拇指，想必这下父亲应该挑不出什么理来了。他心里想着，还是偷偷扫了一眼坐在对面的老人，那张绛紫色的老脸，正由盛怒转向羞赧和茫然，不再一味地吹胡子瞪眼，也不再高高在上，而是片刻的沉默下来，说明这些话他还是能听得进去的。这时，程仁又听见大妹语气不无沉重地叫了声爸，然后照直说下去了：

本来，昨晚我们几个都碰过头了，约好今早都来家看您的，可现在的情况您也看到了，别人好像都有不来的理由，可我和大哥必须得来，而且，弄不好可能还得惹您老人家动怒发火，过不好这个年。但是，我们完全是为您和这个家着想的，毕竟妈她老人家现在不在了，她走得太早，把好多事情都留给了您和我们，您想追求晚年的幸福生活，这无可厚非，只要合情合理，我相信大家都能理解和接受的。不过，您是不是也要稍微考虑一下孩子们的感受？单这一点，我觉得小妹那天虽说做得有些过分，可那也合乎情理，在没有取得孩子们的赞成以前，那个小苏就贸然留宿在家，这多少是有些不太妥吧！毕竟那个家是我妈曾经住过的地方，那里有儿女们太多太多的记忆，谁也不想亲眼看到自己最美好的回忆随便被外人践踏吧？小妹那天之所以出言不敬，我想跟这个不无关系。那个女人不明不白住在咱家里，确实让谁都觉得不太舒服。所以，我觉得当务之急是，能不能让她先从家里搬出去，至少，等我们一家子人团团圆圆地把这个年过完再说吧……

父亲活像一头老牛哞地抬起头，脸色青铁铁的，身上仿佛挨了谁重重一鞭子，他双手一撑劲，忽地从椅子上立起身，颏下的灰白胡须根根都在扑颤着，脸色真的已经相当难看了，几欲发作的程度。可大妹说话的方式和声调语气，无论如何都不足以促使他当场爆发一场牛脾气，他才又愤愤然地无可奈何地垂下头思谋着什么了，最后低调而恼羞地咕哝了一句，啥破茶嘛，喝得人直想上厕所……就闷声闷气地转过身，呼哧呼哧地走开了。

临街有无聊的家伙往空中扔双响炮，大清早的那种突兀的叮咚声，听着着实有点儿惊心动魄。两个人这才意识到，明天可不就是大年三十了。

六

跟往年除夕相比，今年家里人头最是齐全。程仁之前少不了又挨个给弟弟妹妹安顿了一番，说凡事都要以大局为重，眼下先把这个年对付完再说，所以，去老爷子那边吃年夜饭，谁都不准再提那件事。大伙儿虽然表了态，可都觉得，大哥分明有些前怕狼后怕虎的，依照小妹的说法，就算这个年不过了，也绝不能跟老爷子妥协，否则，家里就得多出一个小妈了。程仁皱着眉头道，这不是妥不妥协的问题，关键时刻你们一个个鞋底子抹油，溜得比兔子还快，到时候还不是把我跟程智晾在那里，当你们的替罪羊了，还好意思说这说那。小妹那张嘴巴这才让堵瓷实了。

当大伙儿浩浩荡荡涌进父亲家里的时候，所有人都怔住了，客厅里已经满满当当摆好了两桌子酒菜，冷热荤素大鱼大肉海鲜蔬菜搭配得十分齐全，孩子们喜欢的饮料，男人们要喝的白酒，女人们钟情的红酒，一切都应有尽有。往年这些事情，都要等儿女们到全了，大伙儿齐动手去张罗的，今年父亲却来了个大刀阔斧的改革，甚至就连饺子也是现成的，就等一会儿下锅了。程仁那颗始终悬着的心，才算咽进肚子里，他真怕昨天茶楼里的谈话惹怒了老爷子，搞得这个除夕夜冷锅冷灶没法过，现在看来，父亲终究还是识大体的，到底也是个老革命，这点觉悟人家还是有的。

小妹进屋先神神秘秘满屋子转了一大圈，感觉像个十足的暗探，后来她还把程智单独拉进卫生间，反手锁了门嘀咕，咦，太阳从西面出来了，老爷子今儿是怎么了，我咋觉得像是要给咱们摆鸿门宴呢？程智倒是看得开，说即便是鸿门宴，那也是老爹亲自摆下的，咱们呀，只能照单全收。小妹又狐疑道，这些菜八成是那个女人准备的吧，她知道咱们这个点要来吃晚饭，所以趁大伙儿来之前开溜了。程智说，眼不见心不烦，只要今天她不露面就行。小妹还是疑神疑鬼地，说她总觉得今天情况不太妙。

两人扯悄悄话的工夫，父亲已经开始招呼大伙儿上桌了。一时间，板凳桌椅的腿儿吱吱乱响，儿子儿媳女儿女婿坐了一桌，另外一桌由娇娇跟几个小兄妹坐了，明显的，这代人要比程仁他们更活跃也更欢乐，气氛一下子就被搞热乎了。父亲很可能是被这群叽叽喳喳的小家伙感染了，他说难得娇娇能回来过年，非要凑过去跟孩子们挤在一起热闹热闹，他还给每个孩子挨个发了压岁钱。这种时候，大家倒觉得老人还是挺可爱的，多少还有点儿老小孩的样儿。接下来，父亲提议儿女们共同举杯，跟往年一样，他大概又要发表热情洋溢的春节祝词了。每年，父亲的祝酒词都是洋洋洒洒长篇大论，从国际局势到国内形势，再到一家老小吃喝拉撒睡，可以说是高瞻远瞩面面俱到，逗得大伙儿捧腹发笑，而每次几乎都是在小妹的强烈抗议下，父亲才不得不草草收兵偃旗息鼓的。哪知，今天大伙儿刚刚站起来，正准备洗耳恭听的时候，外面却有人敲门了，大伙儿就有些纳闷，娇娇刚去把门打开，一个满头银丝弯腰驼背的老太太颤巍巍走进来了，竟是程仁他们的老姑母——父亲这辈人总共姊妹五个，另外三位已相继谢世了，如今父亲在这世上只剩下这个唯一的老妹妹了。

老姑母来了，大伙儿自然少不了寒暄一番，小辈们又挨个儿过来给老人鞠躬拜年，之后老姑母才被程仁他们让过去坐了那桌的上席。小妹冲坐在身旁的程智挤了挤眼，压低嗓门说，看吧，我就说没那么简单，这回人家怕是救兵来了。话音虽小，还是让程仁听到了，他赶紧冲她俩摇头挤眼，意思是千万别造次。

酒喝到第三圈时，桌上的菜也动得差不多了，父亲那桌的孩子们早让糖果啦鸡腿啦鱼虾啦饮料啦撑得肚皮溜圆，一个个就不愿意再乖乖地坐着了。很快，娇娇就让几个表兄妹拉扯着呼噜呼噜下去玩了，楼下顿时传来一阵鞭炮和蹿天猴的吱吱响声，孩子们在外面大呼小叫，年味一下子被他们喊得浓酽了。屋里的大人似乎也受了孩子们的传染，也都喝得更欢畅起来，猜拳行令，频频举杯，面红耳赤。这中间，程仁带着姊妹几个，依次给老姑母和父亲敬了酒，父亲今天海量，跟每个儿子儿媳女儿女婿都干了满杯，尽管大伙儿一个劲儿地劝他少喝点，意思意思就行了，可他打着酒嗝坚持道，没事，今儿爸高兴，咱这一大家子难得这样团聚。

后来父亲就栽晃着身子走到程智跟前，他嫌美中不足的是，大妹的女婿没能一起回来过年。程智忙解释事出有因，又保证来年春节一定让娇娇爸爸也回来，陪老爷子好好喝一场。父亲笑笑说，回不回来其实也不重要，只要你们有那个心就好。显然，父亲话里是有话的，程智知道老人还是在挑她的理，就忙举起酒杯说，爸，都是我们不好，现在我替娇娇爸爸再给您敬个酒，以前做的有啥不周的地方，您千万别往心里去啊。说着，跟父亲手里的杯子挨了一下，一饮而尽了。父亲大概还想说点什么，程仁忙过来打圆场，说大妹其实早想回来了，今年清明节就跟他提过这事，他说统共放两天假，来来回回尽坐飞机玩了，就没同意，上坟的时候他还在老妈跟前叨叨过这事呢。父亲听了这话，也就不好再怨什么了，便吱啊一声喝了大妹敬他的那杯酒。或许是母亲的话题太过沉重，尤其这种时候被抛出来，欢乐的气氛中平空注入了一股悲情的味道，虽说是有点不合时宜，但又能恰到好处地遏制某种不良情绪的滋生繁衍。

父亲后来又连着喝下了五六杯，终于栽晃着身子趴在桌上，脑袋不受控制地左右乱歪。老姑母这时就怪怨起来，你们几个也真是，咋让你爸喝那么多，一点儿不知心疼他。回过头就指使程仁程礼，赶紧把他架到床上去歇着，又让两个儿媳妇沏了浓茶，端过去好给醒醒酒。在这个家里除过父亲，就数老姑母德高望重了。父亲老早以前常跟孩子们念叨，说他小的时候，姑母跟他最亲最近，家里有好吃的，都互相惦记着对方。妹妹犯了错，哥哥总是替她扛着；妹妹在外面受了坏孩子欺负，哥哥总是不顾一切跑出去给妹妹出气，经常被打得鼻青脸肿；哥哥大了要结婚了，是妹妹连天连夜一针一线给他赶制的新婚喜被；等妹妹出嫁的日子，哥哥一直把妹妹送到婆家去，临走不忘瞪着眼睛给妹夫交代，这辈子要好好待她，不然准没他好果子吃，吓得新妹夫半天不敢吭声。后来，哥哥有了孩子，工作忙，分不开身，半个月才能回一趟家，又是妹妹大老远跑来帮着伺候嫂子和带孩子，程仁姊妹小时候真没少给姑母添乱。可惜的是，姑母一生也没生下一男半女，姑父年轻时常常为这事跟她吵吵闹闹，有时姑母实在气不过，就赌气跑回哥哥家里住上一阵子散散心，母亲在世时嘴里总记挂着姑母的种种好处，说当年要是没有她帮衬，真不知该怎么办呢。所以，母亲在去世前也没忘叮嘱儿女们，将来一定好好孝敬老姑母。

等把父亲伺候着在床上躺安生了，老姑母才又提议，说让你爸睡他的觉去，可也别浪费了这一桌子好酒好菜，咱们娘儿几个好好乐和乐和。难得姑母今天兴致这么高，大伙儿当然得众星捧月般围着她，又重新坐了。桌上的菜都凉了，程信自告奋勇，端进厨房里挨个热了一遍，程智帮忙打下手，新的一瓶酒又打开了，兄弟姊妹又说要好好敬敬老人。这时，老姑母却摆摆手说，咱也改改规程吧，以往都是男人当酒令官，今儿这个酒令官，就让我老婆子也过过瘾。大伙儿没有不同意的，都说人老了像孩子，看来老姑母也不例外。于是，程仁就把刚启开的那瓶白酒款款放在老姑母面前。老姑母很郑重地把椅子往桌前拉了拉，又把身子坐端正了，才冲大伙儿说，酒桌上谁官最大？然后她拿手指着自己说，当然是我老婆子，所以你们今儿都得听老姑母的，谁要是不听话，就乖乖罚上一杯。说着，她已颤巍巍地拿起酒瓶，往自己眼前的三个杯里倒酒，老人手抖得厉害，酒水都洒到外面去了，程仁本想伸过手去代劳，可老人摇着头拒绝了，你是这家里的老大不假，可我这酒令官挂了帅，凡事都得按我的心思办，你就算是天王老子也没用。老姑母的认真劲儿，还真把大伙儿逗乐了。老人自己先端起杯子喝了一满杯，才吱吱咂着嘴皮说，咱也别高声大嗓地划拳了，吵得四邻不安，也没啥意思，干脆这样办吧，你们每个人都给老姑母讲一段自己小时候的事，不过可有一条，不管谁讲啥事，都得是跟爹妈有关的，谁若是跑了我这个题，就得老老实实把这三杯酒都喝光。别说，老人的这个建议还真有点儿新意，于是，大家或低下头或闭上眼开始静静寻思。

程信脑子转得最快，头一个举手要发言，老姑母目光慈爱地盯着最小的侄女说，哼，还别说，你们几个里面，就数老四的故事最多。程信说姑母的意思是嫌我小时候太皮了呗，这话惹得大家都哈哈笑了。程信就大大咧咧讲开自己的故事了。她说上小学那阵子，有一年春节，爸妈在伙房里忙着做红烧肉，大锅里煮了满满一锅肉块，肉都是老爸一刀一刀切出来的，四四方方的，看着好喜庆，老妈负责煮肉，撇锅里的肉沫子，让她往灶里添柴火，火苗子呼呼叫着，伙房里的肉桂香气越来越浓了。她实在是禁不住诱惑，就老抬头往锅里瞅，汤花正在翻滚呢，发白的肉块一起一伏，快馋死人了。这时，她发现伙房里只剩下她一个人，爸妈都不知上哪里去了，大人不在正好，她就用大漏勺捞起一块，拿嘴就去啃，差点把她烫了个半死，肉却还硬邦邦的，根本啃不动。她气得又把肉扔进锅里，嘴皮子火辣辣疼，越想越来气，就想再能搜腾点什么解解馋呢，翻腾来翻腾去，就在碗橱的最里面找到了一小罐蜂蜜，那是老爸专门买回来做红烧肉上色用的，她早就垂涎欲滴了，可一直被老妈像宝贝似的锁在斗橱里，没想到这阵子它却鬼使神差地现身在厨房里，想来是老天爷特意犒赏她的。她猴急忙慌地拿小勺子扢了往嘴里送，甜死了，美死了，那滋味真叫一个幸福，要说蜂蜜真是世上最好吃的东西，这样左一勺右一勺，一小罐蜂蜜转眼扢下去了一大半，眼看要见底了，这时她听见外面有脚步声，忙撂下罐子，躲在灶坑前，假装埋头干活……

讲到这里，程智他们都快笑破肚皮了，都说怪不得你是家里最胖的，原来小时候偷吃了太多的好东西，那年你害得咱仨都受了株连，爸妈鼻子不是鼻子脸不是脸的，把我们挨个审贼一样审了一遍，没想到都是你这个小偷干的好事。老姑母也笑得流了眼泪，她揉着浑浊的老眼说，老四那时候没一点儿姑娘样，整天猴高爬低的，难怪你们爸妈总跟我叨叨，说这丫头将来可嫁给谁呀。程信就绯红着脸说，姑母他们都讨厌，人家故事还没讲完呢，就一个个跑来乱打岔，全都该罚酒了，每个人必须喝一满杯才成！老姑母止住笑声说，别看我上岁数了，可这眼不花来耳不聋，你刚讲的那些个都跑了题了，赶紧自个喝一杯吧。程智附和说，就是就是，小妹尽讲她自己了，压根没有爸妈什么事，理该受罚的。程信还想抵赖什么，早被她身旁的两个嫂子端了酒围住硬灌了一气。气氛一下子就活络起来，大伙儿都在绞尽脑汁琢磨该讲点什么好，程礼平时不吭不哈，今天喝了酒也变得活跃起来，争着说该他讲一讲了。

程礼说在他念初中那会儿，不知怎地就迷上了跳迪斯科，那时上课下课老想着去跳舞的事，礼拜六和礼拜天总往街上跑，去赶工人文化宫的群众舞会，学习成绩眼看就掉下来了，老师非让他请家长不可，他当然不敢让老爸去，就跟屁虫似的给老妈做工作，让她去学校随便应付一下老师，还央求她千万别跟老爸说起这件事。可老爸后来不知怎地，还是知道了他赶舞会的事，有一晚他跳舞跳得太尽兴了，竟忘了时间，结果等人家舞会散了，他到外面一看，晚上偷偷骑出来的老爸的自行车没了，满场子找了老半天，连个车影子也没有，后来只好灰溜溜回家来。那时一家还住在平房里，院门已经上锁了，他怕惊动家人，就蹑手蹑脚翻墙爬进来，可做梦也没想到，老爸一个人坐在院里葡萄架下的小马扎上，正气呼呼地抽着烟等他呢，看来东窗事发了，他吓得打了一个激灵。老爸声色俱厉地问他，这么晚到底干啥去了，他撒谎说去同学家补习功课了，老爸又问是哪个同学，他随便胡诌了一个名字。老爸又问那自行车呢，他说落在同学家了。老爸听完二话不说，转身去煤房把那辆自行车推了出来，他这才傻眼了，知道老爸整个晚上都在盯他的梢。扯谎的代价当然是巨大的，老爸后来进屋把书包拎出来，挂在他脖子上，然后默默地打开了院门，一本正经地对他说，你这个扯谎溜屁的小混蛋，老子再也不想管你了，你爱去哪个同学家，就去哪个同学家，从今往后，这个家你休想再踏进一步。那晚不管老妈后来出面怎么苦苦求情，哭鼻子抹泪，老爸自始至终都没有松口……那以后他才痛改前非开始好好学习了。

程礼一口气讲完，他似乎忘了老姑母先前的规定，竟自己主动端起一杯酒爽快地喝了下去，像是在惩罚当初自己的少不更事，大伙儿也没在意，只顾低着头想心事。唯独程智注意到了这个细节，就说，我们仨光记着二哥一直被妈娇生惯养着，真没想到他也有过败走麦城的一段呢。程礼讪讪一笑道，现在你们知道了，其实老爷子当年对我够狠的，大半夜的硬是把我撵到大街上去流浪，这辈子我都忘不了那种滋味啊。老姑母接过话头说，你爸那叫恨铁不成钢，要是都像你妈那样只顾护犊子，你后来不知怎么样呢。说着，老姑母就把目光移到程智脸上了，咱们的三尖尖打小性子就倔，也没少惹爹妈生气，我说的没错吧。于是，程智就接着姑母的话题说，老姑母记性可真好，我这个人用身边好朋友的话说，就是太以自我为中心了，还有那么点儿自以为是，所以总是忘了考虑别人的感受，到头来惹得姥姥不疼舅舅不爱的。程仁听了就说，大妹这话算是说到点子上了。程信马上道，大哥故意打岔，姑母该罚他一杯！老姑母点点头，说老大多嘴该喝。程仁只好抿了一口。

于是程智言归正传。说起来，咱们每个人跟爸妈都有太多太多的过往，他俩辛辛苦苦把咱们拉扯大不易，一转眼老妈走了也好几年，老爸也到了该颐养天年的时候了，今天我突然就想起来，那年我要去外地上大学了，老爸那阵子整天喜笑颜开的，说心里话，他这个人一直不苟言笑的，我一直觉得他不够亲切，可那年他一下子变得有些奇怪，跟换了个人似的。记得我出发前，爸非要在家里张罗着摆两桌酒席，用现在的时髦话叫谢师宴，那时好像还不兴上街吃，当然街上也没那么多馆子。家里那次真叫一个忙乱和热闹，老爸几乎把我从小学到初中再到高中的所有班主任和主要代课老师都请来了，我记得那天就是咱妈和姑母在厨房忙乎吧？老姑母听到这里，一个劲儿地点头称是。程智接着道，就在那天，咱爸喝高了，后来醉得一塌糊涂，我们老师跟他说了好几声再见要走了，他死活从后面拽着人家的自行车坐架不撒手，嘴里一个劲儿地说，没把老师陪好抱歉得很，老师客气地说喝好了喝好了，老爸又说你们把我闺女培养成大学生，这个恩情喝多少酒也报答不了。就那样，他一直缠着老师不让出门，后来老师对我说，这辈子他教过那么多学生，还就数咱爸是最重情义的一个人……可不知为什么，就在老妈走的那年，我又觉得咱爸是这世上最残酷最薄情寡义的人，我确实打心里恨过他，因为我总在想，当初要是他不执意做那个决定，也许咱妈还能多活几年，我知道自己这种想法其实很偏执，那种病根本不以谁的意志为转移，不是想治好就能治好的，可我的心里就是结了个死疙瘩，好多年总也解不开，我不是不想回家，而是不敢回来，怕一到家往事都涌上心头……程智说到这，眼泪早已经止不住淌下来了。老姑母也跟着动了感情，一个劲地揩抹着皱巴巴的眼圈，干瘪的嘴唇嗫嚅，好闺女，这大过节的，咱不提那些陈芝麻烂谷子了……

终于，就轮到程仁开讲了。他想了想说，我干脆给大家讲个小故事助兴吧。说从前，有户人家，家里生了姊妹四个，老大是个聋子，老二是个哑巴，老三是瘸子，老四呢，偏又是个瞎子。未等程仁再往下讲，程信早笑得前仰后合，说大哥真有你的，你不是拿他们比咱们四个吧。一时逗得大伙儿都乐了。程仁倒是不动声色，继续讲他的故事。说有那么一天啊，爹又在外面喝得酩酊大醉，他脾气本来就坏，回到家指桑骂槐地又跟老婆掐了起来，他嫌弃老婆这辈子太窝囊，尽给他生了一堆废物，将来连个养老送终的人都没有。两个人是越吵越凶，后来还真动起手来，妈无端地挨了爹的辱骂和耳光，实在是气不过，就哭着鼻子一口气跑回娘家去了；爹呢，醉醺醺地倒在堂屋的炕上，只顾呼呼大睡，两口子都忘了灶里有火，锅里煮着饭。结果，这柴火就引着了灶房，火越烧越旺，转眼间就把整个家院烧成了火焰山样。好在那天，老大老二都在外面玩耍，别看老二说不出话，数他耳朵最尖，老远就听到了家里的动静，忙给老大用手使劲比画。老大看明白了，拉起哑巴弟弟的手拼命往家跑。老三老四平时基本都待在家里，不怎么出门去，爹妈大吵大闹他俩当然都听到了，后来大火烧起来的时候，多亏了老三，用双手一点一点爬进堂屋，先把老四从里面拖出来，自己又不顾危险爬进堂屋去救人，爹身子太沉了，又醉成一团烂泥，即便用上吃奶的力气也搬不动，就在这个节骨眼上，老大老二也双双赶回来了，兄弟俩赶紧冲进火海，总算是把爹拖了出来。

姑母最后听罢才说，你们个个都讲得好，老二和老四呢，讲自个小时候怎么调皮捣蛋，怎么惹爸妈生气了，听着让人又想笑啊，又想抹眼泪；老三讲爹妈对自己的养育恩，和自己对爹妈的情义，我觉得做闺女的应该像老三这样，得时时刻刻记着爹妈的好处；老大听着是在讲古，可这里头有咱们做儿女的大道理在呢，子不嫌母丑，狗不嫌家贫嘛。姑母今儿也想就着你们几个的话，多唠叨两句。我知道你们这些天气都不顺，老人的事让你们烦心了，其实想开了，这又有啥呢？你爸这辈子说起来也够难肠的，打小小的时候，就没了爹妈，全凭兄弟姐妹互相帮衬着带大，不大点儿就跟着老钳工师傅做学徒，半夜里还要给人家端尿盆子，啥样的苦没吃过，啥样的罪没受过？后来好不容易在工厂站稳脚跟，从学徒工转成正式工，自个儿后来也当上了师傅，一个月能挣几十块钱养家了。说起来，你妈当年就是他一手带出来的女徒弟，一来二去两个人有了感情，再后来就有了你们这个家，有了你们姊妹四个。虽说这工人家庭的日子过得紧紧巴巴，也总算是把你们都养大成人了，可谁能想到你妈福分浅，偏又半道得了那么个症，撒开手撇下你爸走了。俗话说，亡人先升天界，这活人还得好好活着啊，你们都有各自的小家小业，兄弟妹子，各锁柜子，可你爸还得守着这个空房子，一个人吃，一个人睡，一个人活，身边连个说话的人都没有，想想他一个人能不孤清得慌吗？依我看啊，孝就是顺，顺就是孝，他眼看奔七十了的人了，人活七十自古稀少，他还能活多长呢？你们的心思我老婆子最清楚，嫌他不吭不哈就找了个伴，嫌他老老几十岁，还挑那么年轻的。其实这有啥呢，这世上男人哪个不喜欢年轻貌美的，真要找个七老八十的丑八怪，恐怕你们还不答应呢，就算放开了让他可劲地找，顶多也就剩下几年光景吧。我们都老了，说得再难听点儿，黄土末子眼望就盖到脖颈上了，都是有今儿没明儿的人，你们做儿女的，但凡能顺着老人的心思，就都顺着点呗……

七

大年初一上午。儿女们自然还要上门来的，得好好给老人拜个年，可去那里才知扑空了，狠敲了半晌门，也没一丝一毫回音。大伙儿忽然有种不好的预感，以为老人的身体出了什么状况，毕竟昨天酒喝得高了些，好在程信身上有现成的钥匙，急忙动手拧开了房门，这才知晓家里已然人去楼空了。

一伙儿女如无头苍蝇满屋子乱撞，南屋、北屋、厨房、阳台，就连小小的卫生间也没逃过，搜寻的结果是，老爷子居然结结实实给大伙儿唱了出空城计。真是叫人匪夷所思！这大年初一的，他人能上哪去呢？按理说么，每年初一这天，父亲总是一清早就穿戴齐整，一个人坐在屋里静候儿女们的到来。这是一年当中最当紧的日子，儿孙团聚，其乐融融，这一天父亲会给几个小孙子小孙女压岁钱，儿女们也都各自给老人备了年礼，什么营养滋补品、服装鞋帽、便携式老年人健身器，等等，都是孝敬老爷子的好东西。众人寒暄一会儿，父亲便会招呼大伙儿赶紧上桌子开始激战——打麻将。这种时候，老爷子很有些老将出马的架势，他常年都在小区外面的棋牌乐里摸牌打发时间，可谓寒暑不断，比他过去上班时还要准点，牌技自然不赖，什么清一色、一条龙、对对碰，时不时还下一两道鱼子，玩得那叫一个顺风顺水，又兼老谋深算，几乎总是他在和牌赢钱，惹得孩子们个个龇牙咧嘴不停抱怨，说这哪里是在玩牌，纯粹是给老头子送银子来了。老爷子始终在那里嘿嘿乐着，一副多多益善的老财迷相，嘴里还不住地叨叨，准备银子喽准备银子喽，这把非自抠不可。

还是娇娇眼睛最尖，她无意中一抬头，就发现客厅冰箱门上贴着一张字条，急忙撕下来递给妈妈。程智拿在眼前扫了一眼，上面写着：这两天我答应陪小苏出去转转，你们就好好过年吧，千万别惦记我们。这张字条真不啻为一枚重磅炸弹，轰隆一声巨响，把所有的儿女都惊呆了：老爷子准是疯了，大过年的竟撇下一大堆儿孙，带着狗屁小寡妇出门逍遥快活去了，这算怎么一回事！直到这时，程仁他们也才如梦方醒，原来昨天的和谐欢宴确是早有预谋的，一切都是为了今天打铺垫的，包括老姑母那番语重心长的话，甚至还有父亲的酩酊大醉，大伙儿全都不明就里地钻进了该死的圈套中。

几乎是，每个儿女都被这张该死的字条给激怒了。程信简直气不打一处来，嘴里直嚷嚷，看吧，看吧，我昨天就说，老姑母准是咱爸搬来的救兵，专门来和稀泥的，这回你们都信了吧，人家这叫缓兵之计，我们就像大哥故事里讲的聋子瞎子，都傻乎乎的让骗了！更好笑的是，等现在什么都明白了，可咱们只能待在这里，一个个像个瘸子似的，追不能追，撵不能撵。

一时之间，大伙儿的心情都变得莫名而复杂，那个女人到底有什么好的，老爷子非要铁了心跟她好去，难道儿孙们都不重要，难道大伙儿还比不上一个寡妇和月嫂？这个问题再度困扰着每个人，如果说此前不过是怀疑和揣测，现在事情完全坐实了，父亲就是这么孤注一掷、一意孤行，甚至不再需要隐瞒什么，白纸黑字，写的再清楚明白不过：他就是要选择这种好日子，光明正大地带上小女人出门逛去。自然，又少不了一番七嘴八舌的热议，就像联合国临时召开安理会，绝大多数常任理事都认为非得予以严厉制裁，否则不足以平民愤，而那个手持木槌准备一锤定音的重量级人物，已经被吵得头晕眼花了，完全失去了自己的主张。这种时刻，程仁忽然觉得，做大哥真是一件吃力不讨好的事，弟妹们的矛头基本都指向了他。

程信忍不住先发飙了，这事明明都怪大哥，昨天偏不让我们提，现在人家远走高飞了，看你怎么收场！

一向对家事有些漠不关心的程礼，这阵子也不无狐疑地质问起了程仁，大哥，我老觉得你是不是有啥事瞒着我们？

老二，别扯淡了，我能有什么好隐瞒的？程仁脑门的青筋都蹦起多高，他觉得自己真是有口难辩了。平心而论，这次父亲的事他确实知之甚少，他已经记不得有多久，没有好好跟父亲坐在一起聊一聊家常了，更不要说是这种本来就难以启齿的个人感情问题，因此，对于父亲的最新的思想动态，他完全忽略掉了。或者说，父亲在他心目中，早已经垂垂老矣，老胳膊老腿，定了型的，不会再发生任何改变，就如一株大半截都枯朽了的老树，根本不可能再起死回春，不过是一天天挨光阴、混吃等死罢了，他又何曾想到过，老人会有这方面的需求，而且会如此的强烈，不择手段。

这一伙人里，唯独大妹还算比较理智，她见大哥脸色已十分难看，就过来打圆场说，事到如今了，咱们就别怪天怪地的，要怪就怪咱们自己，都太麻木了。可小妹还是不依不饶，她乜斜着白眼球说，大哥就是把她的话当耳旁风了，她明明打过几个电话提醒过他的，要是大哥能及时跟老爷子谈谈，做做工作，事情也不至于发展到今天这么荒唐的地步。程仁简直快被妹妹给气晕了，他竟像个大男孩似的蹲在地上，双手胡乱搓揉的头发，俨然一副失败者的沮丧嘴脸，他不满地咕哝着，谁说没谈，前天到底是哪条小狗，约好去见老爹，临时又不露面的？程智见大哥真的急眼了，又忙补充说，我和大哥确实跟老爷子摊过牌，结果怎么样，你们也知道，老爷子在茶馆里说是要去上卫生间，可他自个一道金光溜了，把我跟大哥傻傻地晾在那里。

大伙儿吵吵得正不可开交的工夫，程仁的手机忽然叫了起来，掏出来一看却是儿子打来的。他正憋着满腔的火气没处发泄，便抓起手机，大声吼嚷起来，你个臭小子，还记得你老爸死活啊，大过年的不老老实实回家，就知道一个人在外面躲清静，你还是不是咱程家的长孙了！

儿子在电话那边一个劲儿地给程仁赔礼道歉，最后才言归正传说，爸，你听我解释好不好，不是我不想回家过年，主要是因为，爷爷说他好多年没出过远门了，在家待着闷得慌，他想趁着过年这几天来南方转转，我正好又放寒假没事，就帮忙订了机票和旅馆，爷爷还要让我一定替他保密，现在我已经在机场等着接爷爷呢，所以，才斗胆敢给你们打这个电话，我这也算是替爸妈尽了孝心，没有功劳总还有苦劳吧。

儿子说得轻轻松松，程仁却觉得自己仿佛石化了，老半天呆住没了言语。现在的情况是，就在他们兄妹几个对父亲的行为指指点点不恭不敬的时候，儿子却在遥远的南方全心全意地恭候着爷爷的到来。且不论事情的对与错，单就儿子的懂事程度和一番孝心，这屋子里似乎谁也比不了的。程仁只是茫然地冲手机哦哦了几声，最后才尽量平缓语气说，那你小子可要多费点儿心，爷爷我就交给你了。儿子马上给他打了保票，让他放一百二十个心，说已经把接下来几天的行程都替爷爷安排好了，一定会照顾好老人家，让他开开心心的。

当程仁一字不落地将这个突来的消息通报给大家的时候，房间里至少安静了一刻钟，每个人都变得有些心事重重的。

又是程信率先打破了沉默，她气冲冲地说，这到底算什么？老爸这分明就是成心的，表面看他是想出去转一转，可实际上呢，还不是想通过这事逼咱们就范，这叫和平演变，到时候生米煮成熟饭，我们几个还能怎么样？

这次程仁当机立断打断程信的话道，小妹，你也别太胡咧咧，咱爸还不至于那样阴险吧，再说退休这些年，他确实哪里也没去过，这回能出去散散心，又有大孙子陪着，我看也不是啥坏事情嘛。

程信听了，很不服气地梗着脖子道，那他干吗神神秘秘的，还非要带上那个狐狸精？搞得跟要去私奔似的，成啥体统嘛！

没等程仁再开口说什么，程礼也在一旁添油加醋，就是嘛，大过年的，亏他怎么想出来的？八成都是那个坏女人挑唆的！

这下，程信总算是找到了帮手，忙附和道，二哥这话在理，反正都是咱爸花银子，人家落得个潇洒开心，免费旅游，谁不喜欢。

程仁实在不想再听他们这样东拉西扯，就说事情已经这样了，总不能把他们追回来吧。

哼，追是追不回来了，可大哥你得好好给你儿子叮嘱叮嘱，让他千万把爷爷给盯紧了，别让那个狐狸精钻了空子！

程信回头说这番话的时候，眼神中忽然有种很狡黠的东西在闪烁。

够啦！够——啦!!

一直站在旁边安安静静的娇娇，突然失声尖叫起来。少女激愤的声音里几乎带着歇斯底里的味道，一下子就把在场的所有长辈全都震住了，霎时，房子里变得鸦雀无声。程智稍一愣神，简直有点儿不敢相信自己的耳朵，当她意识到，那种可怕的尖叫声，是从自己女儿那副柔弱的身体里迸发出来时，才红着脸不无尴尬地快步走过去，狠狠瞪了娇娇两眼。

你疯了，乱嚷什么？这里哪有你小孩子家说话的份儿！

这种时候，娇娇的脸色的确非常难看，眼神中迸射出豁出去的味道，胸口正往外一鼓一鼓的，做母亲的还从未见自己的孩子这样激动过呢。

不等程智再次开口说话，娇娇就像打开了的话匣子，一股脑儿地冲大伙儿道：

你们口口声声都在数落姥爷的不是，好像姥爷真的让每个人都蒙羞了似的，可我觉得你们更有问题，姥爷不辞而别，他偌大年纪，出一次远门多不容易，可你们有谁真正关心过他的健康和平安，你们在乎的只有自己的面子，你们太自私了、太冷漠了！

程智压根没料到，一向文文弱弱的乖乖女，讲起话来竟跟大人似的，一套一套的，又那么不知轻重，她的脸上再也挂不住了，忙低着头用力推搡着娇娇的肩膀，想要把她弄到别的屋子去，绝不能再由着孩子信口雌黄了，但娇娇此刻就跟犯犟的牛犊相似，任凭谁也休想搬得动她。

娇娇变成一只好斗的小母鸡，一边用力反抗母亲的推搡与拉扯，一边继续向所有人嚷道：

妈，你别管我好不好，你就让我把话说完，这几天人家都快郁闷死了，要是不说出来，我会活活憋死的！本来好好的一个年，这下都让你们给搅黄了，就算姥爷真想跟那个女人结婚，那又能怎么样，地球又不会毁灭，世界末日也不会到来！再说，姥姥都走了那么久，姥爷又没犯哪门子法，难道他再婚了，从此就不再是姥爷了？还有，你们是否想过，也许将来有那么一天——对不起，我只是假设——假如你们自己也遇到跟现在姥爷一样的状况，你们希望自己的孩子——也就是在座的我们——怎么来对待你们呢？是置之不理，还是冷嘲热讽、横加干涉……

程智万万不能再允许女儿这样唐突下去了，她实在是忍无可忍，猛地挥起手来，给了娇娇一记耳光。

放肆！你这孩子，也太没大没小了!!

耳光声太响亮了，啪的一声，像炸开的炮仗，一时间屋子里的人又全都愣住了。

那一刻，娇娇惊愕地拿手捂着涨红的脸蛋，滚滚的泪珠儿就在眼眶里直打转，她狠狠地咬了咬嘴唇，鲜红樱桃般的下唇便留下一排清晰的牙印。最后，她愤愤地撂下一句，你们太让人失望了！就头也不回地冲进卫生间去，并随手锁闭了房门，只闻得水龙头哗哗啦啦在响。

八

父亲回来的那天已是正月初八。

程智娘儿俩是搭乘头天傍晚的航班飞走的，程仁依然开车去机场送行。一路上，娇娇始终泪眼迷蒙地望着车窗外，一语不发。那天之后，娇娇跟母亲的关系一直很僵，以至于吃饭两个人都不愿在同一张桌上坐着，谁也不想跟谁说一句话，或许，孩子正处在青春期的缘故吧，有些叛逆情绪也在所难免的。程仁尽量在她们娘儿俩中间周旋和调停，可这小姑娘身上确实有股子罕见的倔劲，可以毫不夸张地说，跟少女时代的程智几乎一模一样。所以，他才半开玩笑地劝程智说，有其母必有其女，你就原谅孩子吧。

分别的一刻，程智用力跟大哥拥抱了一下，同时，若有所思地说，这些天她反反复复想过了，老爷子的事还是顺其自然吧，老姑母说得在理，就算放开了让他找，还能找几个呢，只要他自己觉得晚年幸福就好。她还提及当年母亲那桩事，说她其实早就原谅了父亲，她相信父亲是疼爱母亲的，所以才能断然做出那个不得已的决定，这些年她只是一直不能说服她自己。现在，一切都过去了，明年这时候，她保证一家三口会一起回来过年的。

大人说话的工夫，娇娇就静静地站在旁边，兴许她也听到了母亲的谈话，在跟大舅作别的时候，终于忍不住呜咽起来，晶莹的泪珠儿扑簌簌的像断了线的珍珠，一颗一颗无声砸落。程仁赶紧拍抚着娇娇的后背说，好孩子，不哭，不哭……你在舅舅眼中是最懂事的！记住，千万不要记恨你妈妈，她那也是为你好。娇娇的额头终于轻轻地碰了碰他的胸口。

初八这天，因为单位头天上班要查岗脱不开身，程仁只好让程信去机场接人。程信在电话里一百二十个不乐意，说美得那个狐狸精，难不成还要拿八抬大轿抬她进门？程仁道，让你去你就去，难道连老爷子你也都不管了！程信这才嘟嘟哝哝闭了嘴，又说，那你可得给我报销来回的路费啊。快到中午饭口时，程信突然兴兴头头打来电话，听那口气像中了刮刮奖头彩一样乐不可支。哥，我告诉你个好消息吧，这下他俩肯定臭了！程仁丈二和尚摸不着半点儿头脑，什么香了臭了的，让你接的人呢？程信回答说，当然接到家了，老爷子见了我，还有点儿不好意思呢，我就拿话揶揄他，这回你老游山玩水逛美了吧，你猜他咋说的，他红着脸皮，半天挤出仨字，美个屁。这时，那个狐狸精拉着小崽子背着行李随后跟了出来，我压根儿没拿正眼瞧她，故意搀起老爷子的胳膊大步往外走。等一出大厅，我正拿眼睛踅摸民航大巴在哪儿停呢，你猜怎么着，那个狐狸精径自招手拦住一辆出租车，拉起孩子钻进车里就颠了，连头也没回一下。我就纳闷了，忙问老爷子，喂，人家怎么撇下你自己先溜了，是不是不要你了？你猜老爹当时是啥表情，那张脸啊，就跟吃了半斤黄连似的，半天只拿鼻子苦哼了哼，才气呼呼地说，走就走呗，好像谁离开谁活不成。后来坐大巴回家的路上，我才又拿话套他，可老爷子气得鼓鼓的，多一个字也不想跟我谈。我说，你那是活该的，谁让你放着好好的年不过，偏偏别出心裁出去旅游，还带上那么个狐狸精，不受气才怪呢。没想到老爷子这时真的火急了，差点没从椅子上蹦起来，他气冲冲地瞪着我说，往后不准再提那个姓苏的。

过去一周的时间里，父亲和那个小苏究竟在外面发生些什么，程仁也是后来从儿子嘴里零星探知的。儿子大概碍于爷孙间的情面，起初也是三缄其口，难露其详，只说也没啥大不了的，都是些鸡毛蒜皮的小事，让程仁还是亲自问爷爷去。后来经不住程仁再三地追问，才透了其中的一两个小细节。

据儿子讲，刚去南方的头三天，倒也风平浪静，主要就是带着他们逛了附近的一些名胜古迹和市内的公园广场什么的，爷爷跟那个女的每天都有说有笑的，两个人还一左一右牵着那个小家伙，儿子还乘机给照了好多相片。后来到了第四天头上，那个女的就提出来，不想再去看什么风景了，她说要上街好好逛逛大商场去。儿子欣然点头了，便带着他们去了当地最著名的步行街，那是这个南方城市最重要的一条十里洋场，中国每年的进出口交易会都是在这里举行的，国内外的各种商品货物琳琅满目、应有尽有，女人们一到这种地方，就像到了天堂，眼睛通常都不够使了，脚底下根本迈不开步。

那女的尤其喜欢试衣服，天性使然，什么T恤、裙子、长裤、风衣、外套，甚至真丝睡衣，穿了一件又一件，惹得人家服务员都一个劲儿地抛白眼。爷爷就像忠实的老仆人，抱着那个小孩子，傻呆呆地戳在旁边干等着。这样大半天逛下来，那女的总算是挑上一件自己满意的水红色长裙，一问价钱要好几千块呢，说是什么世界名牌，爷爷皱着眉头说，又不是金丝银丝做的，咋那么老贵老贵的。那女的不以为然地说，你老土了吧，这叫纯天然真丝的，穿在身上对我们女人的皮肤最有好处，我早就想买一件了，只是一直碰不上称心如意的。爷爷摇着头坚持说，要不咱们再往前面转转，兴许还有更好的呢。

其实，儿子知道爷爷嫌贵，就说他知道一个更好的地方，那里的东西绝对物美价廉。后来，儿子就辗转地把他们领到火车站附近，一个专门搞服装批发和集散的大市场里，果然儿子很快就找到了类似的女装铺位，一打问，同样的裙子还真比商场便宜十几倍，爷爷当即就大方地要掏出钱给买了。哪知，那女的却没了好心情，眼睛不是眼睛，鼻子不是鼻子的，甚至连那衣服都懒得再试一下，嘴里唧唧咕咕，说这种破地方能有啥好货，还说爷爷是成心拿这种地摊货打发叫花子呢。爷爷说不就是件衣裳么，穿在身上还不都一个样，咱干吗花几千块冤枉钱呢。那女的急赤白脸，乜斜着眼睛说，这根本不是钱不钱的问题，这说明你老程心里压根儿就没我这个人，你把钱看得比命还当紧。爷爷听了这话，也多少动了气，忙争辩说，我大过年的带你们娘儿俩出门逛，把一家儿女都撇在家里，你还说这种没良心的话。那女的一听更来了劲，一手卡腰，一手指着爷爷嚷，不提这个还好，你一提他们，我浑身上下都想冒火，你那些狗屁儿女，哪个能像我那样尽心尽力伺候你？我让你花千把块买件衣裳，你就心疼得不行了，你留着那些退休金，将来是买棺材板用，还是等百年之后，让你那帮孝子贤孙们挥霍去！这话实在太过分了，连儿子也听不下去，老人当时简直快被气晕了，他一定没想到那女的会说出如此不堪的话，他浑身上下都筛糠样抖颤起来，好在儿子在身旁及时扶住，老人才不至于瘫在地上。

接下来两天，老人哪儿都没去，成天就闷在儿子学校附近的小旅馆里。南方的那种小旅馆非常简陋，主要是为了方便每年新生报到时，那些陪送学生的家长临时住宿用的。人家小苏每天洗漱完毕，照样描眉画眼拉着孩子上街去闲逛，顶多出门的时候不咸不淡撂一句，走了，饭自己解决吧。儿子说，那两天爷爷的心情糟透了，一整天也不说一句话，总是一个人呆呆地趴在窗前，盯着外面那片绿油油的芭蕉叶出神。南方的雨水说来就来了，漫漫漉漉下个没完，雨点噼噼啪啪敲打着外面的芭蕉叶，也敲打着模糊的窗玻璃，房间的光线渐渐暗淡下来，爷爷的身影变得瘦小而又孤单，偶尔发出的叹息声，让房间显得更加阴郁。

儿子说，他实在是无法理解爷爷当时的心情，只是从爷爷跟那女人的言谈举止间获悉，他俩的关系出现了不可弥合的裂痕。对此，儿子没有向程仁表达任何个人看法，也许只是出于对年迈的爷爷最起码的尊重。他倒是反问过家里人都是什么态度。

程仁只得在电话里敷衍一番儿子，说大家意见不太统一，关键要看爷爷自己的想法。儿子沉默了一会儿才说，早知道这样，他真不该帮爷爷这个忙的，爷爷当初并没有跟他说实话，只说是想带一个亲戚和小孩来南边散散心的。程仁想了想说，儿子你做得没错，不然爷爷会更伤心的。

九

春天真是不经过，刮几场恼人的沙尘暴，就到一年一度的清明节了。

父亲提前给程仁通了电话，说今年也想去坟上看看。往年，都是程仁带着兄妹们去扫墓的，父亲只在家中母亲遗像前上炷香，默默祷告一番。程仁就说，山上一开春，风大齁冷的，你老腿脚又不方便，能不去就不去了吧，当心再受凉感冒。哪知老人的牛脾气又来了，冲着电话嚷叫，狗日的，我就是想去看看你妈，这个你也管啊？吓得程仁再不敢吱声了。这中间，程智也主动来电话，一是打问父亲近来的状况，二是也有回家上坟的打算。程仁就说，老爷子最近安生得很，能吃能睡的，就是麻将打得太凶；小妹说他整天泡在麻将馆里不动窝，颈椎病都快打出来了，劝他也没用，不过忙一点儿也好，省得他一个人又胡思乱想的。他还劝大妹别再兴师动众跑回来了，说那根本不值当，等大伙儿给母亲烧纸的时候，替她念叨念叨就成了。

其实，程仁还是跟大妹隐瞒了一件事，就是那个小苏后来到父亲家里狠闹过两回。

头次儿女们都不在身边，事后小妹还是听父亲家对门的女邻居讲的，说那女人一直哭哭啼啼的，一阵寻死一阵觅活，好像是来求老程原谅她什么的，具体说些啥，听不太真切。另外一回，小苏是带了帮手一同来的。这次父亲大概感觉到情况不妙，就在打开房门之前，先给程仁程信他们拨了求援电话，等儿女们急急火火赶到时，屋子里已经吵得天翻地覆了。

一个五大三粗的中年男人，自称是小苏的远房表兄，口口声声要父亲赔偿一笔青春损失费，说他表妹不能白白让一个糟老头子占了便宜，若是不拿出十万块来私了，他们就要上人民法院起诉打官司。程仁自然要据理力争，说这本来就是两相情愿的事，她一个已婚女人，难道不明白吗，谁也没强迫她这样做。程信更是当仁不让，说小苏原本只是居委会介绍来伺候老人的，放着好好的月嫂不做，自己心甘情愿赖在别人家里，撵都撵不走，我们还想告她图谋不轨呢。就这样，双方又是一番火力相拼，无非是公说公有理，婆说婆有理，最后实在闹得难开交了，程礼也是急中生智，就拿出手机威胁说，干脆打 110 报警算了，不要再跟他们啰唆下去！姓苏的女人或许自觉理亏，才悻悻灰灰地带那男人撤了。

再后来，这事也就不了而了了。但程信一直很怀疑父亲，她说老爹一准儿是私下里出了点儿血，肯定是拿钱封了那狐狸精的嘴，不然的话，那女的怎能善罢甘休呢。程仁倒也疑惑过，但他实在不想再提及此事，生怕事情真闹大了，于双方都没有好处，尤其是他自己，毕竟还要在机关单位混饭吃呢。

吃一堑总得长一智。姊妹几个里面数程信心眼儿最活泛。有一天，她又像往常一样去帮父亲收拾屋子，趁老人坐下吃饭不留神的工夫，她偷偷地钻进卧室，从柜子底里取走了那张房产证，她总担心老爷子哪天又犯糊涂病。不过，这件事小妹可再也没对大哥他们讲。

附　录

浮力的重量

杨新岚

一个漂在城市中的大龄“丑男”，租了一个“野女人”回乡，安慰他那卧床多年且病情加重的老父亲。作者不紧不慢地把一正一邪一丑一美的两个男女，装进一个旅途，扮成一双新人安慰故乡的亲人。

贫穷而满怀爱意的亲人们让“野女人”找到了家和爱的感觉，对亲情的渴望迅速产生一股强大的浮力，推动她从此告别皮肉生涯，回到有尊严的生活，她开始假戏真做。

“丑男”的同学方寅虎是这场演出的知情者与羞辱者，他固执地要把“烂女人”扯回城里，厮打中，“丑男”出现，自卑而沉默一生的他冲天一怒……

一个漂在城市中的乡人，沉在失意人生中的乡人，拼命一搏，浮出了水面，捍卫了他的尊严。

作品的结尾干净漂亮：朱安身反反复复嘟囔这几个字，什么漂啊，沉啊，浮啊的……也不知都啥意思，兴许，是我耳朵听差了？

这个结尾，既点题，又自然，是主人公一生的三种状态，又有一种伸向远方的迷茫。一个读书时能学好阿基米德定律的优秀少年，因为“丑”这种先天的不足，感觉被生活打压到尘埃深处，借助金钱和“野女人”，才能回乡安慰亲人，屈辱的假戏中还有人来搅局和羞辱，冲天一怒之后，陷入更深的困境……

这部作品在2018年的中篇中，应该是一部能进入排行榜的佳作。

从乡村进入城市，是四十年来文学的主题，以路遥的《平凡的世界》为代表，写出了这种变迁中的种种身份的改变及精神之痛。那种不顾一切扑向城市的决绝和代价是今天的年轻人难以理解的痛。

在城镇化发展到今天的当下，乡村已经成为众多作家尘封的记忆，从城市回到乡下，到底是一种什么状态？今天贫困地区的乡村，究竟是一种什么样的人际关系和亲情关系？人们为什么回乡？会不会把真实的城里的生活告诉亲人？亲情是怎么在城乡之间维系的？那些古老的面子为什么值得人用性命去捍卫？

张学东的写作中，始终渗透着一种《红楼梦》中小人物的视角，他在本色场景中，不声不响地缓缓展开他的人物，让他们自己去碰撞，去感知，去熔化，生出新的感觉和行动。

在本文中，他的视角又加重了现实的分量，添加了外来文化的视角。阿基米德定律作为一种童年时外来的文化符号，成为他一生中浮沉漂泊的标尺，少年时在阿基米德定律上获得的满足成为人生中再难企及的高度。

阿基米德定律中，物体的浮力等于排开水的重力。定律移植到文学中，一个男人在社会中到底是漂浮、沉浮还是悬浮，他的浮力到底多大？大致等于他在女人心中的重量。丑男眼见着“野女人”真心不嫌弃地给老父父亲接尿擦身，他的人生中，有过女人的暖，但暖过之后是一种远离，这个“野女人”才是他的真爱，他不能允许旁人把她看成“烂女人”呼来喝去，于是，冲天一怒……

张学东

1972年生，宁夏作家协会副主席。
中国作协会员，国家一级作家。
宁夏文坛新三棵树之一，曾获宁夏“四个一批人才工程奖”。
作品入选中国年度优秀小说选刊、选本百余种，曾获《中国作家》《上海文学》《北京文学中篇月报》优秀小说奖，2016~2017《小说选刊》全国双年奖，宁夏文学艺术一等奖，四度荣登国内权威小说排行榜。

代表作品

长篇小说

《西北往事》

《妙音鸟》

《超低空滑翔》

中篇小说

《坚硬的夏麦》

《蛇吻》

《父亲的婚事》

《阿基米德定律》

《给张杨福贵深鞠一躬》

短篇小说

《跪乳时期的羊》

《黑的不是夜》

《安魂曲》

有度
YOUDU CULTURE
有度文化

Books
北岳好书

阿基米德定律

出 品 人｜续小强　选题策划｜刘文飞　责任编辑｜刘文飞
复　　审｜陈学清　终　　审｜古卫红　印装监制｜巩　璠
项目运营｜有度文化·刘文飞工作室
投稿邮箱｜liuwenfei0223@163.com　微信公众号｜bywycbs1984
微　　博｜http://weibo.com/liuwenfei0223